الأسوَد يليق بكِ

أحلام مستغانمي

الأسود يليق بكِ

نوفل

صدر عام 2012 عن **نوفل**، دمغة الناشر هاشيت أنطوان.
الطبعة السابعة، 2013

سنّ الفيل، حرج تابت، بناية فورِست
ص. ب. 0656-11، رياض الصلح، 2050 1107 بيروت، لبنان
info@hachette-antoine.com
www.hachette-antoine.com

صورة الغلاف: **Shutterstock.com**
طباعة: **Chemaly & Chemaly**
ر.د.م.ك.: 978-9953-26-713-5

إهداء

سألتها:

– والآن.. أتندمين على عشقٍ التهمَ تلابيب شبابك؟

ردّت بمزاج غائب:

– كانت سعادة فائقة الاشتعال، لا يمكن إطالة عمرها، كلّ ما استطعته إيقاد المزيد من النار.. لأطيل عمر الرماد من بعده.

من أجل صديقتي الجميلة، التي تعيش على الغبار الذهبيّ لسعادة غابرة، وترى في الألم كرامة تجمّل العذاب، نثرتُ كلّ هذه النوتات الموسيقيّة في كتاب.. علّني أعلّمها الرقص على الرماد.

من يرقص ينفض عنه غبار الذاكرة.

كفى مكابرة.. قومي للرقص.

أحلام

الحركة الأولى

«الإعجاب هو التوأم الوسيم للحب»

كبيانو أنيق مغلق على موسيقاه، منغلق هو على سرّه.

لن يعترف حتّى لنفسه بأنّه خسرها. سيدّعي أنّها من خسرته، وأنّه من أراد لهما فراقًا قاطعًا كضربة سيف، فهو يفضّل على حضورها العابر غيابًا طويلًا، وعلى المُتع الصغيرة ألمًا كبيرًا، وعلى الانقطاع المتكرّر قطيعة حاسمة.

لشدّة رغبته بها، قرّر قتلها كي يستعيد نفسه، وإذ به يموت معها، فسيفُ العشق كسيف الساموراي، من قوانينه اقتسام الضربة القاتلة بين السيّاف والقتيل.

كما يأكل القطّ صغاره، وتأكل الثورة أبناءها، يأكل الحبّ عشّاقه. يلتهمهم وهم جالسون إلى مائدته العامرة. فما أولَمَ لهم إلّا ليفترسهم.

لسنوات، يظلّ العشّاق حائرين في أسباب الفراق. يتساءلون: من ترى دسَّ لهم السمّ في تفّاحة الحبّ، لحظة سعادتهم القصوى؟ لا أحد يشتبه في الحبّ، أو يتوقّع نواياه الإجراميّة. ذلك أنّ الحبّ سلطان فوق الشبهات، لولا أنّه يغار من عشّاقه، لذا يظلّ العشّاق في خطر، كلّما زايدوا على الحبّ حبًّا.

كان عليه إذًا، أن يحبّها أقلّ، لكنّه يحلو له أن ينازل الحبّ ويهزمه إغداقًا. هو لا يعرف للحبّ مذهبًا خارج التطرّف، رافعًا سقف قصّته إلى حدود الأساطير. وحينها يضحك الحبّ منه كثيرًا، ويُرديه قتيلًا، مضرجًا بأوهامه.

أخذ غليونه من على الطاولة وأشعله بتكاسل الأسى.

إنّها إحدى المرّات القليلة التي تمنّى فيها لو استطاع البكاء، لكن رجلًا باذخ الألم لا يبكي. لفرط غيرته على دموعه، اعتاد الاحتفاظ بها. وهكذا، غدا كائنًا بحريًّا، من ملح ومال.

هل يبكي البحر لأنّ سمكة تمرّدت عليه؟ كيف تسنّى لها الهروب وليس خارج البحر من حياة للأسماك؟

قالت له يومًا «لا أثق في رجل لا يبكي».

اكتفى بابتسامة.

لم يبح لها أنّه لا يثق في أحد. سلطة المال، كما سلطة الحكم، لا تعرف الأمان العاطفيّ. يحتاج صاحبها إلى أن يُفلس ليختبر قلوب من حوله. أن تنقلب عليه الأيّام، ليستقيم حكمه على الناس. لذا لن يعرف يومًا إن كانت قد أحبّته حقًّا لنفسه.

ذلك أنّ الأيّام لم تنقلب عليه، بل زادته مذ افترقا ثراءً، كما لتعوّضه عن خساراته العاطفيّة بمكاسب ماديّة.

هو يرتاب في كرمها. يرى في إغداقها عليه مزيدًا من الكيد له. أوليست الحياة أنثى، في كلّ ما تعطيك تسلبك ما هو أغلى؟

يبقى الأصعب، أن تعرف ما هو الأغلى بالنسبة إليك. وأن تتوقّع أن تُغيّر الأشياء مع العمر ثمنها.. هبوطًا أو صعودًا.

يوم شاهدها لأوّل مرّة تتحدّث في حوار تلفزيونيّ، ما توقّع لتلك الفتاة مكانة في حياته، فلا هو سمع باسمها يومًا، ولا هي كانت تدري بوجوده. لكنّها عندما أطلّت قبل أيّام، كان واثقًا أنّها لا تتوجّه لسواه، فما كانت أبّهتها إلّا لتحدّيه.

غادرت حياته كما دخلتها من شاشة تلفزيون. لكأنّ كلّ شيء بينهما حدث سينمائيًّا في عالم افتراضي. وحده الألم غدا واقعًا، يشهد أنّ ما وقع قد حدث حقًّا.

عزاؤه أنّها لا تسمع لحزنه صوتًا - وحده البحر يسمع أنين الحيتان في المحيطات - لذا لن تدري أبدًا حجم خساراته بفقدانها. هل أكثر فقرًا من ثريّ فاقد الحبّ؟

قال لها يومًا بنبرة مازحة حقيقة أخرى: «تدرين.. لا أفقر من امرأة لا ذكريات لها». لم تبدُ قد استوعبت قوله، أضاف: «كانت النساء، قبل أن توجد المصارف، يخبّئن ما جمعن على مدى العمر من نقودٍ ومصاغٍ في الوسادة التي ينمن عليها، تحسّبًا لأيام العوز والشيخوخة. لكن أثرى النساء ليست التي تنام متوسّدة ممتلكاتها، بل من تتوسّد ذكرياتها».

كانت أصغر من أن تعيَ بؤس امرأة تواجه أرذل العمر دون ذكريات جميلة.

كيف لفتاة في السابعة والعشرين من العمر، أن تتصوّر زمنًا مستقبليًّا يكون فيه جليسها ماضيها..

أوصلته عزلته إلى هذه الاستنتاجات. غالبًا ما يعود إلى وكره. يرتّب ذكرياته، كما لو كان يرتّب ملفّاته. هو اليوم هناك ليعدّ خساراته.

لقد أفقره بُعدها. لكنّه ليس نادمًا على ما وهبها خلال سنتين من دوار اللحظات الشاهقة، وجنون المواعيد المُبهرة. حلّق بها حيث لن تصل قدماها يومًا. ترك لها إلى آخر أيامها وسادة من ريش الذكريات، ما توسّدتها إلّا وطارت أحلامها نحوه. فقد وهبها من كنوز الذكريات، ما لم تعشه الأميرات، ولا ملايين النساء اللائي جئن العالم وسيغادرنه من دون أن يختبرن ما بقدرة رجل عاشق أن يفعل.

هكذا هو مع كلّ امرأة أحبّها، حيثما حطّ رحاله، استحال على رجل أن يطأ مضاربه. فلتحبّ بعده من شاءت.

ما يندم عليه حقًّا، ليس ما وهبها، بل ما باح به لها. لم يحدث أن استباحت أعماقه امرأة. كان غموضه إحدى سماته، وصمته جزءًا من أسلحته.

لعلّها كانت التاسعة مساءً حين رآها لأوّل مرّة.

كان في مكتبه، قد انتهى يومها من متابعة نشرة الأخبار، منهمكًا في جمع أوراقه استعدادًا للسفر صباحًا، حين تناهى إلى سمعه صوتها في برنامج حواري ليس من عادته متابعته.

كانت شظايا جمل تصله من كلامها. ثم راحت لهجتها المختلفة تستوقف انتباهه. لهجة غريبة، منحدرة من أزمنة الفلامنكو، تُوقعك في شراك إيقاعها.

وجد نفسه في النهاية يجلس لمتابعتها.

راح يشاهد بفضول تلك الفتاة، غير مدرك أنّه فيما يتأمّلها، كان يغادر كرسي المشاهد، ويقف على خشبة الحبّ.

لفرط انخطافه بها، ما سمع نبضات قلبه الثلاث التي تسبق رفع الستار عن مسرح الحبّ، معلنة دخول تلك الغريبة إلى حياته.

الحبّ لا يعلن عن نفسه، لكن تشي به موسيقاه، شيء شبيه بالضربات الأولى في السمفونية الخامسة لبيتهوفن.

«سانتيانا» الذي قال «خلق الله العالم كي يؤلّف بيتهوفن سمفونيته التاسعة»، ربما كان يعني أن الله خلق هذا العالم المبهر، كي لا نستطيع أمام عظمته إلّا أن نتحوّل إلى كائنات موسيقيّة، تسبّح بجلاله في تناغم مع الكون.

ما الانبهار إلّا انخطاف موسيقيّ.

يذكر طلّتها تلك، في جمالها البكر كانت تكمن فتنتها. لم تكن تشبه أحدًا في زمن ما عادت فيه النجوم تتكوّن في السماء، بل في عيادات التجميل.

لم تكن نجمة. كانت كائنًا ضوئيًّا، ليست في حاجة إلى التبرّج كي تكون أنثى. يكفي أن تتكلّم.

امرأة تضعك بين خيار أن تكون بستانيًّا، أو سارق ورود. لا تدري أترعاها كنبتةٍ نادرة، أم تسطو على جمالها قبل أن يسبقك إليه غيرك؟

لقد أيقظت فيه شهوة الاختلاس متنكرة في زي بستانيّ.

تتفتّح حينًا،كوردة مائيّة، وقبل أن تمدّ يدك لقطاف سرّها، تُخفي بنصف ضحكة ارتباكها وهي تردّ على سؤال، وتعاود الانغلاق، فيباشر حينها رجالها نوبة حراستهم، وتغدو امرأة في كلّ إغرائها. امرأة لا تهاب الموت، لكنّها تخاف الحياة في أضوائها الكاشفة.

سيعرف لاحقًا أنها لم تتمرّن على النجاح، ولا تهيّأت له. الثأر وحده كان يعنيها.

يسألها مقدّم البرنامج:

– لم تظهري يومًا إلّا بثوبك الأسود.. إلى متى سترتدين الحداد؟

تُجيب كمن يُبعد شبهة:

– الحداد ليس في ما نرتديه بل في ما نراه. إنّه يكمن في نظرتنا للأشياء. بإمكان عيون قلبنا أن تكون في حداد.. ولا أحد يدري بذلك.

– يوم أخذت قرار اعتلاء منصّة لأوّل مرّة، هل توقّعتِ نجاحًا كهذا؟

– هل تعتقد أنّ المرء أمام الموت يفكّر في النجاح؟ كلّ ما يريده هو أن ينجح في البقاء على قيد الحياة. ما أردته هو أن أشارك في الحفل الذي نظّمه بعض المطربين في الذكرى الأولى لاغتيال أبي بأدائهم لأغانيه. قرّرت أن أؤدّي الأغنية الأحبّ إلى قلبه، كي أنازل القتلة بالغناء ليس أكثر.. إن واجهتهم بالدموع يكونوا قد قتلوني أنا أيضًا.

– أما خفت أن تشُقّي طريقك إلى الغناء بين الجثث؟

– لقد غيّر تهديد الأقارب سلّم مخاوفي. إنّ امرأة لا تخشى القتلة، تخاف مجتمعًا يتحكّم حماة الشرف في رقابه. ثمّة إرهاب معنوي يفوق جرائم الإرهابيين.

تمتم المذيع مأخوذًا بكلامها:

– صحيح.

– تصوّر حين وقفت على الخشبة لأوّل مرّة، كان خوفي من أقاربي يفوق خوفي من الإرهابيين أنفسهم. أنا ابنة مدينة عند أقدام الأوراس لا تساهل فيها مع الشرف.

– حسنٌ أن تكوني كسبت الجولة.. ما دمت هنا بيننا.

– الجولة؟ الجولة يُنازل فيها طرف طرفًا آخر.. ليس أن تكون وحدك على حلبة لتلقّي ضربات يتنافس الجميع على تسديدها إليك.

إنّ امرأة واقفة في حلبة ملاكمة، دون أن يحمي ظهرها رجل، ودون أن تضع قفازات الملاكم، أو تحمل في جيبها المنديل الذي يُلقى لإعلان الاستسلام، احتمال الخسارة غير وارد بالنسبة لها، لذا تفتح بشجاعتها شهيّة الرجال على هزيمتها، هذا ما أخاف والدتي وجعلها تصرّ على أن نغادر الجزائر إلى الشام بحكم أنّها سوريّة.

– أتعتقدين أنّ قصّتك الشخصيّة ساهمت في رواج أغانيك؟

– حتمًا استفدت من تعاطف الجمهور، لكنّ العواطف الجميلة وحدها لا تصنع نجاح فنّان.. الأمر يحتاج إلى مثابرة وإصرار. النجاح جبهة أخرى للمعركة.

– والحبّ؟

ردّت على استحياء:

– الحبّ ليس ضمن أولويّاتي.

– برغم ذلك كل أغاني ألبومك أغان عاطفيّة؟

ردّت ضاحكة:

– في انتظار الحبيب، أغنّي للحبّ!

– أنت إذًا تتحرّشين بالحب كي يأتي.

– بل أتجاهله كي يجيء!

– لو دعوتك إلى الحلقة التي نعدّها الشهر القادم بمناسبة عيد العشّاق فهل تقبلين دعوتي؟

– طبعًا، وكيف أرفض للحبّ دعوة؟

– إذًا، لنا موعد بعد شهر من الآن.

* * *

للحظات بعد انتهاء البرنامج، ظلّ جالسًا مكانه مذهولًا.

أيّة لغة تتكلّم هذه الفتاة؟ كيف تسنّى لها الجمع بين الألم والعمق، أن تكون عزلاء وعلى هذا القدر من الكبرياء؟

بالرغم من مرور سنتين على ذلك اللقاء التلفزيوني، ما زال يذكر كلّ كلمة لفظتها، احتفظت ذاكرته بكلّ تفاصيله. ندم يومها لأنّه لم يتنبّه لتسجيله، فقد كان يحتاج إلى أخذ جرعات إضافيّة من صوتها، كمن يأخذ قرصًا من الأسبرين لمعالجة مرض مزمن. اكتشف مرضه للتوّ وهو يتابعها. كانت تنقصه امرأة مثلها كي يتعافى، ويتخلّص من كلّ الأجهزة الاصطناعيّة التي يستعين بها على حياة فقدت مباهجها.

كيف لم ينتبه إلى تسجيل ذلك البرنامج، كي يحتفظ بطلّتها في براءتها الأولى، قبل أن تتغيّر لاحقًا على يده؟ ذلك أنّه كان واثقًا أنّها ستكون له.

تابع فرحتها ومقّدم البرنامج يمدّها بباقات الورود التي وصلتها، ويقرأ عليها بطاقات أصحابها.

كانت مبتهجة كفراشة وسط حقول الزهور، شهيّة بفرح طازج، له عطر شجرة برتقال أزهرت في جنائن الخوف. تمنّى لو أنّها غنّت كي يرى دموع روحها تنداح غناءً، فقد أصبح له قرابة بكبرياء دمعها.

فاجأته رغبة جارفة لرؤيتها، في أن يحظى بلقائها. أحسّ بأنها أهدت له ما كان ينقصه ليحيا: الشغف. أطفأ جهاز التلفزيون، وراح يحشو غليونه شباكًا للإيقاع بها. يريد الإمساك بهذا النجم الهارب.

* * *

في الصباح، حال انتهائه من إجراءات المطار، قصد السوق الحرّة بحثًا في جناح الموسيقى عن شريطٍ لها. لكنّه لم يكن يعرف عمّا يبحث بالتحديد، فهو لا يعرف اسمها، ولا يدري كيف يردّ على البائعة التي عرضت مساعدته.

راح يبحث دون جدوى عن صورتها فوق عشرات الأشرطة. دُهش لهذا الكمّ من المغنّيات اللائي لم يسمع بهنّ يومًا، فهو لا يتابع البرامج الفنّيّة، ولا يستمع للأغاني الحديثة، ولا يطالع من المجلّات إلّا الصحافة السياسيّة أو الاقتصاديّة. لكأنه يعيش في مجرّة أخرى.

أيكون الشريط قد نفد لفرط رواجه؟ أم أنّها ليست مشهورة بما فيه الكفاية لتتبنّاها إحدى شركات الإنتاج، وتؤمّن لها مكانًا في كبرى نقاط البيع؟

انتهى به الأمر أن اشترى بحكم العادة مجموعة «شتراوس» في تسجيلٍ لحفل حديث.

في الطائرة التي كانت تقلّه إلى باريس، راح يتصفّح صُحف الصباح، وبعض المجلّات المتوفّرة على الدرجة الأولى حين فوجئ بصورتها في صفحة فنّيّة لإحدى المجلات، مُرفقة بمقال بمناسبة صدور ألبومها الجديد.

إذًا، اسمها هالة الوافي. تمتم الاسم ليتعرّف على موسيقاه، ثم ترك عينيه تتأمّلانه بعض الوقت. شيء ما يؤكّد له أنّه سيكون له مع هذا الاسم قصّة، فهذه المصادفات المتقاربة، تلقّاها كإشارة من القدر. ثم.. إنه يحبّ الأسوار العصيّة لأحرف اسمها.

أضاف إلى معلوماته أنّها تزور بيروت ترويجًا لألبومها الأوّل، وأنّها تُقيم في الشام مذ غادرت الجزائر قبل سنة.. وأنّها وُلدت ذات ديسمبر قبل سبع وعشرين سنة.

تأسّف لأنّ عليه أن ينتظر أحد عشر شهرًا ليحتفل بعيد ميلادها. كان واثقًا أنّه سيكون ذلك اليوم معها. ذلك أنّه يثق تمامًا في كلّ الأفكار المجنونة التي تعبر خيالاته كرؤى. فلسفته، أنّ كلّ ما يمكننا تخيّله قابل للتحقيق. يكفي أن نريده حقًّا، وأن نثابر على حلمنا.

طلب من سائقه الذي جاء ينتظره في المطار أن يوصله مباشرة إلى المكتب، وأن يحتفظ بحقيبته في السيّارة.

قلّما يأخذ معه حقيبة غير تلك الصغيرة التي يسحبها، فله في كلّ بيت خزانة ثياب، ولوازم لإقامة طويلة.

هذه المرّة أخذ معه بذلات جديدة. يحبّ أن يتحرّش بالجمال، أن يرتدي أجمل بذلاته، ولو احتفاءً بزجاجة نبيذ فاخر يحتسيها وحده في بيته. هو دائما في كل لياقته، لأنه على موعدٍ مع أنثى تدعى الحياة. ومن أجل ألّا تتخلّى عنه هذه الأنثى، قرّر أن يعتني بصحّته.

قبل سنوات، كان يدخّن علبة سجائر في اليوم، ثم أخذ قرارًا حاسمًا عندما بدأ يتجاوز العلبة. قال: «لن تلمس يدي سيجارة بعد اليوم». ولم يعد أبدًا إلى التدخين. شفي من إدمانه كما بسحر.

الإرادة هي صفته الأولى. بإمكانه أن يأخذ قرارًا ضدّ رغباته، وأن يلتزم به كما لو كان قانونًا صادرًا في حقّه، لا مجال لمخالفته. ذلك أنّه عنيد وصارم. صفتان دفع ثمنهما باهظًا، لكنّهما كانتا خلف الكثير من مكاسبه، فهو في الأعمال كما في الحياة، لا يقبل بالخسارة.

ما أراد شيئًا إلّا وناله، شرط أن يبلغه كبيرًا. يأبى أن يسلك أزقة التحايل والنصب الضيقة لتحقيق أحلامه. لكن ليس من السهل دائمًا أن تكون نزيهًا ومستقيما في عالم الأعمال، أو أن تغفو أثناء منازلتك أسماك القرش. من غير المسموح للّذي يسبح مع الحيتان الكبيرة أن ينام.. وإلّا انتهى في جوفها. لذا هو يعود إلى باريس للمرّة الثانية في ظرف أسبوعين، لمتابعة عقد يعمل عليه منذ مدّة.

* * *

غـادرت الاستوديو مبتهجة كفراشة. على المقعد المجاور لها سلّة ورد، وبجوار السائق باقتان أخريان. ظلّت طوال الطريق إلى الفندق ممسكة بالسلّة، خوفًا على زينتها.

عبثًا طمأنها السائق أن لا شيء سيحدث للورود. هو لا يدري أن لا أحد أهدى إليها وردًا قبل أن تصبح «نجمة». إنّها كمن تكتشف على كِبر أنّها لم تمتلك يومًا دُميةً، وأنّهم سرقوا منها طفولتها. كلما قُدّمت لها باقة ورد، شعرت أنّها تثأر لزمنٍ قُمعت فيه أنوثتها. كما الليلة، تشعر وهي في عربة الورد هذه، كأنّها عروس، وإن كانت لا تدري لمن تُزفّ. بلى هي تُزفّ للنجاح. غير أنّ النجاح زوج مزاجيّ لا يُعوَّل عليه، يمكن أن يتخلّى عنها، تمامًا كما عقد قرانه عليها، لسبب وحده يعرفه.

حـال وصولـها إلـى غـرفـتـها، راحـت تـتـفـقّـد بـاقـات الـورود بسعادة. ثم تذكّرت أنّها لا تدري مع من تقتسم فرحتها، وهذه أعلى درجات الوحدة.

حزنت، لأن لا أحد سيرى هذه الباقات بتنسيقها الجميل. ثمّ هي لا تملك آلة تصوير، والورود ستذبل. أوصلها التفكير إلى العمر الذي يمضي بها، وذلك الشابّ الذي كانت ستتزوّجه وتخلّت قبل سنتين عنه، فأثارت بذلك غضب أهلها، خشية أن تذبل في انتظار خطيب لا يأتي.

لا أحد يُخيّر وردة بين الذبول على غصنها.. أو في مزهريّة. العنوسة قضيّة نسبيّة. بإمكان فتاة أن تتزوّج وتنجب وتبقى رغم ذلك في أعماقها عانسًا، وردة تتساقط أوراقها في بيت الزوجيّة.

«ما الذي ينقصه؟ أيّ عيب وجدت فيه كي تفسخي الخطوبة؟ أتعتقدين أن كثيرين سيتسابقون إلى الزواج من معلّمة أبوها مغنّ؟ الطبيبات والمحاميات ما وجدن رجلًا وأنت فرّطت في شابّ من عائلة كبيرة.. تركته المسكين كالمجنون لا يعرف لمن يشكي..».

نجحت عمّتها في التأثير حتّى على أمّها، لكنّ ما فاجأها كونها لم تجد تفهّمًا لدى والدها، وهي ابنته الوحيدة العزيزة.

أكان سيفهمها لو قالت له وهو الموسيقيّ، إنّ لقادر إيقاعًا خاطئًا. لم يكن سيّئ الصوت، كان سيّئ الإيقاع، وهذا أكثر إزعاجًا. كان نشازًا مع موسيقاها الداخليّة، تلك التي ما كان يملك «أُذنًا» لسماعها.

سدًى حاولت أن توفّق بين إيقاعهما. كانا آلتين لا تصلحان لعزف سمفونيّة مشتركة. فكيف إذًا لروحيهما أو جسديهما أن يتناغما؟ كان قادر مزمارًا تتعذّر دوزنته مع قيثارتها. أثناء انشغالها بضبط الإيقاع، كان هو مشغولًا بضبط النفس. منهمكًا في سدّ كلّ ثقوب المزمار بمخاوفه، وتردّده، وخجله.

كيف لجسده الأبكم محاورة أنوثتها الصارخة؟ وكيف لها أن تتعرّى أمام رجلٍ لم تجرؤ يومًا أن تُعرّي أمامه صوتها؟

من تناقض طباعهما، أدركت أنّ الحبّ، قبل أن يكون كيمياء، هو إيقاع كائنين متناغمين، كأزواج الطيور والفراش التي تطير وتحطّ معًا، دون أن تتبادل إشارة.

الحبّ هو اثنان يضحكان للأشياء نفسها، يحزنان في اللحظة نفسها، يشتعلان وينطفئان معًا بعود كبريت واحد، دون تنسيق أو اتّفاق.

معه كان عود الثقاب رطبًا لا يصلح لإشعال فتيلة!

* * *

استيقظت على منظر الورود التي ازدادت تفتّحًا أثناء الليل. لولا أنّها تنقصها قطرات الندى لتبدو أجمل، فهكذا اعتادت رؤيتها في طفولتها في صباحات مروانة الباكرة. تدري أنّ ما من أمل في أن يتساقط الندى على ورود المزهريّات أو يحطّ على مخادع الفتيات الوحيدات!

وحدها الورود التي تنام عارية ملتحفة السماء، مستندة إلى غصنها، تحظى بالندى. لكن حتّى متى بإمكان غصن أن يسند وردة ويُبقيها متفتّحة؟ سيغدر بها، وسيسلّمها إلى شيخوختها غير آبه بتساقط أوراق عمرها.

ذكّرتها الورود بالزوال الآثم للجمال، في عزّ تفتّحها تكون الوردة أقرب إلى الذبول، وكذا كلّ شيء يبلغ ذروته، يزداد قربًا من زواله. فما الفرق إذًا بين أن تذبل وردة على غصن أو في مزهريّة؟

في الواقع، أيقظها اتصال من إحدى الصديقات في الجزائر، تهنئها على حلقة أمس وتبشّرها بأنّ «كلّ الناس في الجزائر شافوها». نقلت أيضًا إليها سلام زميلة سابقة في المدرسة:

– نصيرة تسلّم عليك بزّاف.. طلبت منّي تلفونك واش نعطيهو لها؟ بالمناسبة.. قالت لي باللّي مصطفى تـزوّج من أستاذة جات جديدة للمدرسة وطلب نقلهم للتدريس في باتنة.

كنقرة على نافذة الذاكرة، جاء ذكره. شيء من الأسى عبرها. حنين صباحي لزمن تدري الآن أنه لن يعود. لعلّها الذكريات تطوّق سريرها، وحين ستستيقظ تمامًا، ستنسى أن تفكّر في ذلك الرجل الذي أصبح إذًا لامرأة أخرى!

امـرأة تحمل اسمه، ستحبل منه في ساعة من ساعات الليل أو النهار. امرأة لا تعرفها ستسرق منها ولدين أو ثلاثة، لكنّها لن تأخذ أكثر. لن يمنحها ضحكته تلك. الزواج سيغتال بهجته وروحه المرحة.. وفي هذا خُبث عزائها.

مصطفى هو الوحيد الذي كان من الممكن أن يسعدها.

كانت تحبّ طلّته المميّزة، أناقة هيأته، شجاعة مواقفه، طرافة سخريته حين يغازلها بطريقة جزائريّة مبتكرة حسب الأحداث، كيوم قال لها «أفضّل، على إرهاب البنات، الإرهابيين.. على الأقلّ هم لا يغدُرون بك. يُشهرون نواياهم، يصيحون «الله أكبر» قبل الانقضاض عليك بسواطيرهم وسكاكينهم. البنات يُجهزن عليك دون تنبيهك لما سيحلّ بك. عندما تصرخ يكون قد تأخّر الوقت، الله يرحمك.. «أكلك فوكس». لو أصرخ الآن مثلًا وأقول إنّك ذبحتني وأنت ترفعين خصلة

شعرك، أو تنسين زرًّا مفتوحًا أعلى ثوبك، لن يأتي أحد لنجدتي، فالقتل إغراءً لا يعتبر عنفًا.. لأنه جريمة غير معلنة تحبّب للضحيّة موتها!»

ذات مرّة في زمن المذابح، كاد يقتلها ذعرًا وهو يستقبلها في الصباح سائلًا:

– هل صادفتِ في طريقك سيّارة إسعاف؟

ردّت مرعوبة:

– لا.. لم ألحظ ذلك.. هل حدث شيء؟

أجاب بجدِّيَّة:

– أتوقّع أن تحدث أشياء.. لا بدّ أن تلحق بك سيّارة إسعاف لجمع الجرحى من الطرقات وأنتِ تمشين هكذا.. على صباح ربّي!

مصطفى تمنّته زوجـا. الحياة معه لها خِفّةُ دمـه، والقلب لا تجاعيد لـه. ربّـما كان يمكن أن يحدث ذلك لو أنّـها بقيت في مروانة. لكنّ الأحداث تسارعت بعد اغتيال والدها، وأخذت مجرى تجاوز أمنياتها.

لم يُمهلها القدر وقتًا كافيًا لقصّة حبّ. في مدينتها تلك، الحبّ ضرب من الإثم، لا يدري المرء أين يهرب ليعيشه.. في سيّارة؟ أم في قاعة المعلّمين؟ أم على مقعد في حديقة عامّة؟

الخيار هو بين تفاوت الشبهات ليس أكثر. آخـر مـرّة حاولا الجلوس على كرسي في حديقة، كـان مجرّد الجلوس معًا فضيحة انتشرت بسرعة «خبر عاجل».

كان يمكن أن تكون الكارثة أكبر، فيحدث أن تقوم قوّات الأمن بمداهمة الحدائق والتحقيق مع كلّ اثنين يجلسان متجاورين.

في نوبة من نوبات العفّة، تمّ إلقاء القبض ذات مرّة في العاصمة على أربعين شابًّا وصبيّة معظمهم من الجامعيّين، وأودعوا السجن فيما كان الإرهابيّون يغادرونه بالمئات مستفيدين من قانون العفو!

كان زمنًا من الأسلم فيه أن تكون قاتلًا على أن تكون عاشقًا.

في تلك المرّة الوحيدة التي جلسا فيها في حديقة عامّة، أصيبت بالذعر حين مرّ بهما أحد المختلّين وهو يتشاجر مع نفسه، ويشتم المارّين ويهدّدهم بحجارة في يده. ظاهرة شاعت بسبب فقدان البعض صوابهم، وتشرّد الآلاف إثر «عشريّة الدم» - سنوات الإرهاب العشر - وما حلّ بالناس من غُبن وأهوال.

ما زالت تضحك لتعليق مصطفى يومها وهو يطمئنها:

– لا تخافي، نحن هنا في عصمة المجانين.. إذا دهمتنا الشرطة فسأتظاهر بالجنون وأضربك فينصرفوا عنّا.. إنّهم لا يتدخّلون إلّا إذا قبّلتك!

لأنها لم تميّز يومًا جدّه من مزاحه ردّت محذّرة:

– إيّاك أن تفعل.. أجننت؟

أجاب ممازحًا:

– ما أدراك.. ربّما ما كنتُ عاقلًا! تدرين أن نسبة الجزائريين الذين يعانون من اضطرابات نفسيّة أو عقليّة، تتجاوز حسب آخر الإحصاءات 10٪. نحن نملك بدون منازع أكبر مؤسّسة لإنتاج الجنون. من إنجازاتنا أنّ عدد مجانيننا بعد الاستقلال تجاوز عدد شهدائنا أثناء الثورة.

– معقول؟!

– إيه والله.. الرقم من مصادر طبيّة. ما الذي يُخرج المرء عن صوابه غير أن يرى لصوصًا فوق المحاسبة.. ينهبون ولا يشبعون، ويضعون يدهم في جيبك، ويخطفون اللقمة من فمك، ولا يستحون! إنّه القهر والظلم و«الحقرة» ما أوصل الناس للجنون. إذا فقد الجزائري كرامته فقد صوابه، لأنّه ليس مبرمجًا جينيًّا للتأقلم مع الإهانة، كيف تُريدين أن أتزوّج وأنجب أولادًا في عالم مختلٍّ كهذا؟

كانت تلك المرّة الوحيدة التي جاء بها على ذكر الزواج. صدّقت أنّه لهذا السبب لن يطلب يدها.

غادرت سريرها حتّى لا تترك غيوم الماضي تُفسد مزاجها.

بدأت صباحها بملعقة عسل دافئ. لا بدّ ألّا يكون لها من شاغل إلّا صوتها. لسنوات كان هذا هاجس والدها الذي صان صوته، بقدر ما حرس صمتها. لذا أراد لها مهنة لا يُسمع لها فيها صوت، إلّا بين جدران الصفّ الأربعة.

أبهذا الصوت نفسه كانت تشرح لساعات قواعد النحو واللغة، وتلقّن التلاميذ المحفوظات، وتعيد وتكرّر لكلّ تلميذ على حدة ما لم يفهم؟ صوتٌ كان يقول كلمات من طباشير، تقوم بمحوها من على اللوح في آخر الدرس. اليوم كلّ نفسٍ في صوتها يوثّق ويُحفَظ إلى الأبد على شريط مضغوط.

أوّل ما لقّنوها حماية صوتها من نزلات البرد، ومن التلوّث ومن دخان السجائر. وماذا عن الألم ووعكات القلب حين تغصّ بها الحنجرة، فيختنق صوتك رافضًا النطق؟

يوم تسجيل ألبومها، اعتذرت لمهندس الصوت، مطالبة بإعادة تسجيل تلك الأغنية مجدّدًا. بعد المحاولة الثانية، نصحها أن تستسلم لأحاسيسها كما لو كانت تغنّي لنفسها، وألّا تقمع أيّة مشاعر حتّى لو كانت الرغبة في البكاء، مستشهدًا بقصّة «سيرج غانسبور» في الثمانينيّات حين قال لزوجته النجمة «جين بيركين»: «Je suis venu te dire que je m'en vais» فأجهشت جين بالبكاء. وما كانت تدري وهي تنتحب أنّه كان يسجّل بكاءها، كي يرفقه بالأغنية التي ستحمل عنوان ما قاله لها «جئت أخبرك أنّني راحل». كان في الواقع إعلانًا حقيقيًّا لهجرانها!

أمِنَ النبل أن نوثّق دموع الآخرين في أغنية نتخلّى فيها عنهم؟

نحن نملك دموعنا لا دموع من أحبّونا.. أمّا هي فلا تملك حتّى دموعها. ما يمنعها ليس خوفها من الإخفاق في بروفا البكاء، بل ما أورثوها من كبرياء في مواجهة الدموع.

ما كان جدّها ليتصوّرها يومًا واقفة خلف الميكروفون باكية، حتّى وإن كانت تؤدّي أكثر أغاني مروانة حزنًا. قد يغفر لها الغناء، لكن لن يغفر لها البكاء، ففي مروانة، عن حياء، لا يبكي الناس إلّا غناءً. يأتون الحياة وهم يغنّون، صرختهم الأولى بداية شجنٍ يستمر مدى العمر. فالحزن في جموحه يغادر مآقيهم ليتحوّل في حناجرهم إلى مواويل. لذا، هم منذورون للفجائع الكبرى، فالعواطف العاديّة، كما الخسائر الصغرى، لا تصنع لديهم أغنية. في تطرّفه، يعطيك المرواني انطباعًا بلا مبالاته بهموم الحياة، في الواقع هو يحوّل همّه الأكبر إلى غناء، ما لا يغنّيه ليس همّه.. إنه يُهين كلّ ما لا يُغنّيه.

استعادت جأشها، وعاودت أداء تلك الأغنية إياها التي غنّتها في أربعين أبيها. ما توقّعت يومها أنها تغنّي قدرها، فقد غنّاها قبلها عيسى الجرموني وأبوها وجدّها ومغنّو الأوراس جميعهم، فلماذا حلّت لعنتها عليها وحدها، وإذ بالحياة تقلّد الأغنية، وتأخذ منها رجلين لا رجلًا واحدًا!

ما كانت لتدري بقصة تلك الأغنية، لولا أنّ المؤرّخين وثّقوا تفاصيلها. لقلّة معرفتها باللهجة الشاويّة، غنّتها من دون أن تفهم تماما كلماتها، لكن الألم تولّى إخبارها بما لم تعلم.

لعلّ مروانة كانت تحتاج إلى فاجعة كبيرة تمنحها فرصة إهداء آلهة الحزن أغنية تليق بحناجر أبنائها، وقلوبهم المولعة بقصص العشق المفضي إلى الموت.. فاستجابت الحياة لأمنيتها.

يُحكى أنّه ذاع صيت جمال إحدى الفلّاحات حتّى تجاوز حدود قريتها، فتقدّم لخطبتها أحد الباشاغات، لكنّها رفضته لأنها كانت تحبّ ابن عمّها. عندما علم الباشاغا بزواجها، استشاط غيظًا ولم يغفر لها أن تفضّل عليه راعيًا. فدبّر مكيدة لزوجها وقتله. كانت حاملًا، فانتظر أن تضع مولودها، وتُنهي عدّتها، ثمّ عاود طلبها للزواج. وكانت قد أطلقت اسم زوجها على مولودها فردّت عليه «إن كنتَ أخذتَ مني عيّاش الأوّل فإنّي نذرت حياتي لعيّاش الثاني»، فازداد حقده، وخيّرها بين أن تتزوّجه أو يقتل وليدها، فأجابته أنها لن تكون له مهما فعل.

ذات يوم، عادت من الحقل فلم تجد رضيعها، وبعد أن أعياها البحث، هرعت إلى المقبرة، فرأت ترابًا طريًا لقبرٍ صغير، فأدركت أنه قبر ابنها، وراحت تنوح عند القبر و«تعدّد» بالشاويّة بما يشبه الغناء «آآاعيّاش يا ممّي». فأقبل الناس عند سماعها تنادي «يا عيّاش

يا ابني» يسألون ما الخطب، وما استطاعوا العودة بها، فلقد لزمت القبر الصغير وظلت تغنّي حتّى لحقت بوليدها وزوجها. ففي مروانة، يُفتدى الراحلون بالغناء حتّى اللحاق بهم. ذلك أن لا وسط ولا اعتدال في طباع أبنائها، إنهم يمارسون كلّ شيء بلا رحمة.

أكثر ما يُبكيها وهي تسجّل تلك الأغنية، إدراكها أن أمّها ستظلّ تستمع إلى هذا الشريط، برغم عدم فهمها للشاويّة، وغربتها عن هذا النوع من الغناء. فما عاد لها من عزاء إلّا في نواح هذه الأغنية، التي أرادت لها الحياة أن تسمعها بصوت زوجها ثمّ ابنتها، مردّدة كلمات امرأة أخرى، هي أخت مصابها، مثلها، سرق منها الموت إبنها وزوجها.

* * *

عاد إلى البيت بعد انتهائه من عشاء عمل طويل.

كان متعبًا من السفر والاجتماعات المتواصلة حتّى المساء. انتهت أعماله تقريبًا، لكنّه يحتاج إلى تمديد إقامته ليرتاح بعض الوقت في باريس.

في بيروت هو دومًا مزدحم بـ«الأصدقاء»، مُحاصر بحبّ الأقارب، مُجتاح.. مُستباح. للوجاهة ضريبة وضعته دائمًا في الواجهة.

عندما يشتاق إلى نفسه، يأتي إلى بيته الباريسي، يتمادى في عصيانه الاجتماعي. لا يردّ سوى على هاتف سكرتيرته. يحتاج كلّ شهر، إلى أن يسرق بضعة أيّام لممارسة المباهج الصغيرة التي سرقتها منه بيروت.

هنا يطالع الكتب التي لا وقت له لقراءتها. يستمع لفيفالدي، يبدأ نهاره بـ«الفصول الأربعة»، وينهيه بـ«كليدرمان». يحبّ أن يختم

مساءَه بمقطوعات من العزف على البيانو. بالذات Ballade pour Adeline. بإمكانه الاستسلام لسماعها طوال المساء. لكنّه الليلة على موعد مع شريطها الذي عثر عليه سائقه في معهد العالم العربي. استعدّ لسماعه بطقوس الموسيقى الكلاسيكيّة، رغم درايته أنّه قد يُرضي فضوله لا ذوقه.

راح يحشو غليونه صبرًا وتأهّبًا أثناء إنصاته إلى ذلك التمهيد الموسيقي.

انطلق صوتها من على درجة مواربة للشجن. لم يدرك وهي تغنّي إن كان مبتهجًا أو حزينًا، فتلك الأغنية لم تهزّ شيئًا فيه. الطرب في لسان العرب «خفّة تعتري المرء من سرور أو حزن». مشاعره كانت خارج هذه الأحاسيس. لكن موسيقاها علقت بسمعه كأغنية إيطاليّة تردّدها دون أن تفهم كلماتها، مراهنًا أنّها برغم ذلك تعنيك أو تتوجّه إليك. أليس غريبًا إصراره على قرابة ما، تجمعه بأغانٍ لا يحبّها ولا توافق في الواقع ذوقه!

ما الذي يريده منها؟ هذه الفتاة التي ليست أجمل من غيرها، والتي لا تهزّه أغنياتها. لعلّه يريد حالة الشغف التي سكنته مذ رآها. صخب العواطف الذي يسبق امتلاكه لامرأة. دوخة الحبّ.. وذلك الدوار الذي يحتاج إليه لمواصلة اشتهاء الحياة. لذا، لن يحتسيها دفعة واحدة. سيجعل الطريق إليها طويلًا. لقد انتظر شهرًا ليراها مجدّدًا في برنامج تلفزيوني، شهرًا ليُلقي إليها بالطعم، الذي لا يمكن لسمكة صغيرة مثلها إلّا أن تزدرده.

* * *

عندما أطلّت في ذلك البرنامج، مع الضيوف الثلاثة الذين شاركوها الاحتفاء بالحبّ، بدت وكأنّ الحبّ اختارها ليحتفي بها.

شيء فيها تغيّر مذ طلّتها الأخيرة قبل شهر. إنها تبدو أبهى. لعلّه ثوبها الأسود الذي كانت ترتديه مع عقد طويل بصفّين من اللؤلؤ، منحها إطلالة تتجاوز سقف ميزانيّتها.

بدا الجوّ على البلاتو احتفاليًّا: قلوب حمراء، وسائد حمراء، ورود حمراء، علب وهدايا بشرائط حمراء. هل أجمل من الأسود لونًا يعقد عليه الأحمر قرانه في عيد الحبّ!

فكرة البرنامج كانت جمع أسماء غنّت الحبّ أو كتبته، وهي التي درّسته لتلاميذها ضمن المقرّرات المدرسيّة في النصوص الأدبيّة والشعريّة، كان يجب أن تشارك بهذه الصفة لا غير.

هي لم تسمع بعيد الحبّ إلّا مذ أصبحت تقيم في الشام. في مروانة، كان الحبّ يُقيم في بلاد أخرى، لهذا ما اعتادت أن تعايده، أو تنتظر هداياه.

كان موجودًا في أغاني أبيها لا في بيته. مسموحًا به للغرباء.. لا لأهله.

في البيت، كان ثمّة «محبّة» أي حرفان زائدان عن الحبّ.

وبرغم ذلك، هي لا تصدّق هذه القلوب الحمراء من الساتان المحشوّة قطنًا، والتي تقول «I love you»، ولا تثق في وفاء الدببة المتعانقة التي تقول بالإنكليزيّة «أشتاقك»، أو «أنا مجنون بك». جميعها دليل على حبّ غدا كاذبًا لفرط ثرثرته، مفقودًا لفرط تواجده.

عادت وراجعت نفسها. لكأنّها لا تغفر للعشّاق سعادتهم ولو كذبًا. وأين المشكل إن هم قالوا «أحبّك» بلغة غير لغتهم. وأين

الخطر في أن تتوحّد لغة العواطف، ويسير العشّاق خلف الألوية الحمراء للحبّ.

لا تريد أن يتحوّل الهدف من وجودها في البرنامج إلى إدانة عولمة المشاعر، عليها أن تكفّ عن أن تكون مدرّسة لغة عربيّة!

سألها مقدّمُ البرنامج بفرحة صحافي وقع على سؤال يربك ضيفه:

– هل يمكن لمن ليس في حياته حبّ أن يغنّي الحبّ؟

جاء جوابها هادئًا:

– وحده فاقد الحبّ جدير بأن يغنّيه.. الفنّ العظيم كالحبّ الكبير، يتغذّى من الحرمان.

بدت كما لو كانت تتكلّم بحياء عن الحبّ. هي تدري أنّ أهلها وتلاميذها ومصطفى وزوجته وكلّ مروانة والجزائر يتابعونها في هذه اللحظة، ولولا إحساسها بذلك لربّما قالت شيئًا آخر. لكنّها بدت صادقة في ما قالته على استحياء. الحياء نوع من أنواع الأناقة المفقودة. شيء من البهاء الغامض الذي ما عاد يُرى على وجوه الإناث.

وهي التي تنازل الإرهابيين بملء حنجرتها، عندما تتحدّث عن الحبّ تخفت طبقة صوتها حتّى درجة البوح، وحينها تصبح شهيّة، ويكتشف الآخرون وهم يستمعون إليها، تلك الحقيقة التي نسوها: بإمكان امرأة خجولة أن تكون مثيرة.

تدخّل الشاعر معلّقًا على قولها:

– لا حبّ يتغذى من الحرمان وحده، بل بتناوب الوصل والبعاد، كما في التنفّس. إنها حركة شهيق وزفير، يحتاج إليهما الحب لتفرغ وتمتلئ مجدّدًا رئتاه. كلوح رخامي يحمله عمودان إن قرّبتهما كثيرًا اختلّ التوازن، وإن باعدتهما كثيرًا هوى اللوح.. إنه فنّ المسافة!

هبّ الملحّن الكبير محتجًّا:

– الحبّ تعتير.. لا شهيق ولا زفير. جيب لي مَرا بتحبّك لَنفسك مو لَجيبك.. وتُنطرك مو تُنطر لَتبرم ظهرك، ع أيامنا الحبّ عمليّة نصب عاطفي.. مَرا بتتجمّل لك.. تتغنّج.. تتبرّج.. لَتوَقّعك، وبس تجن وتتزوّجها ما تعود تعرفها. ما في حبّ، في صفقة حبّ.. يا زلمِه بشرفك تعرف شي مَرا بتِقبَل تتجوّز واحد معتّر لأنّا بتحبّو؟!

بهت الجميع، وموسيقار الحبّ يهاجم الحبّ في عيده ويتبرّأ منه.

كان قلبًا مجروحًا، ورجلًا مخدوعًا، حضر ليُصفّي حساباته مع الحبّ. إنّه ينتمي إلى العناصر غير المنضبطة في حزب العشّاق، يُطلق النار كيفما اتّفق على النساء. أثناء دفاعه عن الحب، لا ينتبه أنّه أفرغ رشّاشه فيه.. وأرداه.

توجّه مقدّم البرنامج إليها سائلًا:

– هل تعتقدين أنّ وسائل الاتّصال التكنولوجيّة الحديثة خدمت الحبّ؟

– ربّما خدمت المحبّين، لكنّها لم تخدم الحبّ. كان الحبّ أفضل حالًا يوم كان الحمام ساعي بريد يحمل رسائل العشّاق. كم من الأشواق اغتالها الجوّال وهو يقرّب المسافات، نسيَ الناس تلك اللهفة التي كان العشّاق ينتظرون بها ساعي بريد، وأيّ حدث جلل أن يخطّ المرء «أحبّك» بيده. أيّة سعادة وأيّة مجازفة أن يحتفظ المرء برسالة حبّ إلى آخر العمر. اليوم، «أحبّك» قابلة للمحو بكبسة زرّ. هي لا تعيش إلّا دقيقة.. ولا تكلّفك إلّا فلسًا!

لا رغبة لها في أن تحكي كم يُمكن لكلمة «أحبّك» أن تكون أحيانًا مكلفة، عندما تُكتب على ورقة.

كذلك التلميذ الذي نقلت الصحافة الجزائريّة قبل سنتين قصّته. كان المسكين قد اقترف جرم كتابة «أحبّك» على ورقة، ووضعها على طاولة زميلة له في الصفّ. وما إن وقع الأستاذ على الورقة، حتّى ألغى الدرس وأعلن حالة استنفار بحثًا عن صاحب الرسالة. أمام إنكار الجميع أن يكونوا من كتبوها، راح يلعب دور شرلوك هولمز مدقّقًا في أربعين نسخة لكلمة «أحبّك»، طلب من التلاميذ كتابتها وإحضارها إلى مكتبه لمقارنتها.

انتهى التدقيق المجهري بعثوره على الجاني، الذي أصيب بحالة فزع بعد توبيخه وضربه في حضرة أترابه، أمّا المدير فقد رفع سقف العقاب حدّ استدعاء أهله لإخبارهم أنّ ابنهم مطرود من المدرسة لسوء أخلاقه!

أثارت الحادثة يومها جدلًا لدى زملائها. جلّهم وافق الأستاذ في إدارته قضيّة «الجرم» الذي ارتكبه تلميذ لم يبلغ بعد سنّ الرشد العاطفي. أرادوه في الثانية عشرة من العمر، عِبرة لباقي التلاميذ منعًا لعدوى الانفلات الأخلاقي.

وحده مصطفى كان من رأيها.

قال بأسى:

– سيكون صعبًا على هذا الفتى أو أترابه أن يكتبوا بعد اليوم هذه الكلمة.. أو أن يقولوها في حياتهم لأحد!

بعد أيّام، حين نقلت الصحافة أخبار مذبحة بن طلحة التي نحر فيها الإرهابيّون 500 قروي، علّق مصطفى بحزن:

– من صفّ ذلك الأستاذ سيتخرّج فوج القتلة القادمون. إنّ اليد التي تُعاقَب لأنّها كتبت كلمة أحبّك إنّما هي يد أُعِدّت لإطلاق الرصاص.

لاحقًا، قال لها مصطفى بجدّيّة كاذبة:

– إنّي أفكّر في الهجرة إلى أميركا.

سألته مندهشة:

– أميركا.. لماذا أميركا؟

– لأنّه، في استطلاع أخير، جاء أنّ الأميركي هو أكبر مستهلك لكلمة «أحبّك». تصوّري أنّه يلفظها بمعدّل ثلاث مرّات في اليوم، كأنه يتناولها مع وجباته الثلاث. أريد أن أهاجر كي أسمعها ولو مرّة في حياتي. هنا قد يموت المرء ولا يسمعها حتّى من أمّه برغم أنّ كلّ شيء يشي بحبّها له. لكنّها عندما تنطق تقول عكس ذلك!

واصل بنبرة مازحة:

– بإمكانك أن تجعليني أعدل عن الهجرة، يكفي أن تقولي إنّك تحبّينني!

ضحكت لابتزازه العاطفي، لكنّها طبعًا لم تقلها.

لو قالتها، لربّما كانت الآن في معسكرات الاعتقال العاطفي. وبدل أن تُرزق بألبوم، لكانت هناك تخدم أمّه وتربّي أولاده!

هل أحبّته حقًّا؟

هي نفسها لا تدري. معظم الذين يعتقدون أنّهم يعيشون قصّة حبّ، هم في الواقع يعيشون وهم الحب.

ترك لها مقدّم البرنامج قول كلمة الختام، بعد أن شغلتها أفكارها عن المشاركة في نقاش احتدّ بين أنصار عيد الحبّ ومهاجميه. قالت:

– يوم كان العشّاق يموتون عشقًا، ما كان للحبّ من عيد. اليوم أَوجد التجّار عيدًا لتسويق الأوهام العاطفيّة، غير معنيّين بأنّهم بابتداع عيد للحبّ يُذكّرون غير العشاق بخساراتهم، ويقاصصونهم بفرح الآخرين. إنّه في الواقع أكثر الأعياد تجنّيًا!

علّق مقدّم البرنامج بدعابة تستدرجها لاعتراف ما:

– لكأنه كلام امرأة لن تحتفل اليوم بالعيد.

ردّت بالمزاح نفسه:

– الأعياد دوّارة.. عيد لك وعيد عليك. إنّ الذين يحتفلون اليوم بالحبّ، قد يأتي العيد القادم وقد افترقوا. والذين يبكون اليوم لوعة وحدتهم، قد يكونون أطفال الحبّ المدلّلين في الأعياد القادمة. علينا في الحالتين أن نستعدّ للاحتمال الآخر!

انتهى البرنامج، ووقف الضيوف يواصلون نقاشاتهم محمّلين بما تلقّوا من باقات ورد. كلام الحبّ لا ينتهي. لكنّها كانت على عجل، تهمّ بمغادرة الاستديو هربًا من أسئلة أيقظت مواجعها، حين أمدّها مقدّم البرنامج بباقة ورد قال إنّ مُرسلها طلب ألّا تُقدّم إليها على الهواء. أمسكت بها باندهاش، فلقد استوقفت تلك الباقة نظرها بغرابة تنسيقها، حين رأتها في زاوية الهدايا، من الواضح أنّ صاحبها أرادها فريدة ومُبهرة برفضٍ مُعلن لطفرة اللّون الأحمر في عيد الحبّ. لا تضمّ سوى أزهار توليب في غرابة لون مُشعّ بأمواج ضوئيّة تتراوح بين البنفسجيّ والأسود. مصطفّة بحيث تبدو منتصبة كالعساكر، على

القدر نفسه من التفتّح الخجول الأوّل، متدرّجة في ثلاثة صفوف، يلفّ خصرها شريط عريض من الساتان الأحمر الفاخر.

فتحت بلهفة الفضول الظرف الصغير المُرفق بها، لم يكن على البطاقة سوى ثلاث كلمات «الأسود يليق بك». جمدت مكانها مذهولةً. كان في الجوّ شيء شبيه بإعلان حبّ. كإشعارٍ باقتراب زوبعة عشقيّة. شيء لا اسم له كصاحب البطاقة، لكنّه يُحدث فيها دوارًا جميلًا لم تعهده. لا تدري ما الذي يحدث لها. موسيقى شبيهة بفالس تراقص روحها، انطلقت من مكان ما داخلها، وراحت تدور بها وتُفقدها القدرة على التفكير المنطقيّ.

نزلت من السيّارة وكأنّها راقصة باليه تنتعل خفّين من الساتان، تمشي على رؤوس الأحلام التي أصبحت لها أقدام.

* * *

لو أنّ صحافيًّا أعاد عليها الآن الأسئلة نفسها، لقالت شيئًا آخر مخالفًا تمامًا لما قالته قبل ساعة. ثلاث كلمات على بطاقة لا تحمل توقيعًا أوقعت بقناعاتها العاطفيّة.

اللحظة، هي تفضّل وهم الحبّ على اللاحبّ. ولا بأس أن تنضمّ إلى كتائب العشّاق المغفّلين الذين فتك بهم هذا الوهم. تريد أن تتناول من جرعات هذا الداء ما يقتلها حقًّا.. أو يُحييها.

في الفندق، وضعت باقة الورد على الطاولة المستديرة، بحيث تراها أينما تواجدت. حاولت أن تخفّف من تسارع أحلامها، ورهان قلبها على بطاقة لا تحمل سوى ثلاث كلمات «الأسود يليق بك».

ما تشعر به لا علاقة له بسلّة الورد. أيًّا كانت الكلمات والألوان، كانت جاهزة للتعثّر بأوّل حبّ تضعه الحياة اليوم بالذات في طريقها. لكأنّ الأمر عدوى لا نجاة منها.

تأمّلت بامتنان تلك الورود الغريبة اللّون. لولاها لاغتالها اللّون الأحمر، كما تجنّى اليوم على الملايين ممن لا حبّ في حياتهم.

تراك استمعت إلى حكايا الناي وأنين اغترابه، إنه يشكو ألم الفراق، (يقول):

«إنني مذ قُطعت من منبت الغاب لم ينطفئ بي هذا النواح،
لذا ترى الناس رجالًا ونساءً يبكون لبكائي
فكل إنسان أقام بعيدًا عن أصله، يظل يبحث عن زمان وصله
إن صوت الناي نار لا هواء، فلا كان من لم تضطرم في قلبه هذه النار».

مولانا جلال الدين الرومي

كان يحبّ الجاذبيّة الآسرة للبدايات، شرارة النظرة الأولى، شهقة الانخطاف الأوّل.

كان يحبّ الوقوع في الحبّ.

ما كان مولعًا بصيد النساء، إنّما برشف رحيق الحياة، وبذلك الفضول الجارف الذي يسبق الحبّ.

حدث أكثر من مرّة بعد ذلك، أن عاود مشاهدة تلك المقابلة، التي يحتفظ بها في مكتبه، علّه يفكّ شيفرة تلك الفتاة، أو سرّ تعلّقه بها.

ليس جمالها ما يأسره، هي ليست جميلة حدّ فقدان رجل مثله صوابه. ولا هي أنيقة أناقة يمكن أن تنازل بها النساء من حوله. لعلّها ما كانت لتستوقف نظره لو صادفها. لكن كلماتها صادفت أذنه، وأوقعته في فتنة أنوثة ما خبر من قبل بهاء عنفوانها.

أفـرغ غليونه وراح يحشوه بـتـأنٍّ، كما يفعل عـادة عندما تأخذه الأفكار.

هو لا يفكّر أثناء التدخين، بل أثناء إعداد غليونه وحشوه. هكذا يعدّ لمشاريعه ولصفقاته. وهكذا يدير معاركه قبل أن يخوضها، لاعتقاده أنّ الاستعداد للفوز أولى مُتع الفائز.

أن تنتظر امرأة بالذات، خارج الزمن وخارج الحسابات، أن تنتظرها كما لو أنّ لا امرأة سواها على الأرض، يا للجهاد.. يا للنصر العظيم حين تفوز بها.

ثلاثة أشهر وهو يتقدّم نحوها بتأنٍّ كما على رقعة شطرنج. تصلها باقات وروده في أيّ مسرح تغنّي عليه، وأيّ برنامج تطلّ فيه. كقنّاص يعرف كلّ شيء عن طريدته، كان مُلمًّا بأخبارها، بينما لا تعرف هي شيئًا عنه.

يعنيه فضولها، ترقّبها، حيرتها. يودّ أن يدخل حياتها علامة استفهام جميلة، تغدو مع الوقت علامة تعجّب.. فعلامة إعجاب! هكذا تُكتَب قصص الحبّ الكبيرة. كلّ ما يأتي على عجل يمضي سريعًا، وكلّ ما نكتسبه بسرعة نخسره بسهولة. وهو بلغ من الحكمة عمرًا، أصبحت فيه متعة الطريق تفوق متعة الوصول، وانتظار الأشياء أكثر شهوة من زهو امتلاكها.

كتب لها على البطاقة الثانية «أملك كلّ الوقت».

وعلى الثالثة «إحتفِ بورود الانتظار».

لعلّها أدركت أنّ عليها أن تنتظر أكثر، قبل أن تعرف من يقف وراء تلك الباقة نفسها، بكلمات مختلفة كلّ مرّة. كلمات مواربة البوح، تحفظ له مسافة أن يظلّ المشتهى.

الحبّ هو ذكاء المسافة. ألّا تقترب كثيرًا فتُلغي اللهفة، ولا تبتعد طويلًا فتُنسَى. ألّا تضع حطبك دفعة واحدة في موقد من تُحبّ. أن تُبقيه مشتعلًا بتحريكك الحطب ليس أكثر، دون أن يلمح الآخر

يدك المحرّكة لمشاعره ومسار قدره. أوه.. كم يُتقن لعبة نقل النار بين الحطب، وإنقاذ الشعلة في اللحظة الأخيرة قبل أن ينطفئ الجمر بقليل.

ثلاث رسائل كافية لإشعال فتيلها. سيترك لها رقم هاتفه مع الباقة القادمة، لكنّه حتما لن يترك اسمه. سيطيل لعبة الغموض ما استطاع ليُشعل شغفها بما لا تعرف عنه. الغموض مصمّم أزياء انتقائيّ، لا يضع توقيعه إلّا على تفاصيل الكبار.

لم تتجاوز كلماته لها الثلاث في كل بطاقة. كلامه أغلى من أن يملأ بطاقات تُرسل في المناسبات، وهي لا تعرف هذا بعد، ولا أنّ اللغة هي بعض ما أوقعه في شراكها. معها يتوقّع جولات لغويّة على علوّ شاهقٍ. هذه المتعة بالذات هي التي يفتقدها مع سواها، يريد شريكًا لجولة كرة طاولة، تتطاير فيها الجمل فيهبّ لالتقاطها و الردّ عليها. النساء من حوله لا جولات لهنّ خارج السرير.

غادر البيت مشيًا نحو غابة بولونيا. اعتاد أن يمشي طويلًا في نهاية اليوم أثناء مواصلة سيره في أفكاره، تارة نحو الذكريات.. وأخرى صوب المستقبل.

هو دائمًا على أهبة مشروع، أو خارج لتوّه من ذكرى. يمارس رياضة المشي السريع في زمن مفتوح بين طفولته العاديّة في بيروت ونجاحاته الخارقة في كبرى عواصم العالم.

إنجازه الأكبر ما كان في بلوغه تلك المكاسب، بل في الطريق التي سلكها لبلوغها.

كان مولعًا بالأقدار الكبيرة. تبهره السير الذاتيّة لرجالات صنعوا أقدارهم. وكان صانعًا ماهرًا للأحلام الخرافيّة. يكفي أن يحلم لتصادق الحياة على أحلامه. قد يبدو في لحظات نادرة متواضعًا، لكن أحلامه

لا تعرف التواضع. يمشي.. وأثناء ذلك يحلم. يتأمّل الأشجار المتعانقة على طريقه بأشكالها المختلفة، والبط متزلّجا بأناقة على الضفاف الهادئة لبحيرة بولونيا.

كثيرًا ما تمنّى لو كان شاعرًا أو كاتبًا ليصف انبهاره بهذا المكان الذي يتردّد عليه منذ أكثر من عشر سنين. لا يدري إن كانت تنقصه الموهبة أو الشجاعة ليصبح كاتبًا، فهو ليس خرّيج الجامعات بل خرّيج الحياة. لذا لم يأخذ الشهادات يوما مأخذ الجدّ.

ما عاد الأمر ليزعجه. حُلّت عقدته مذ تفوّق بحكمته وذكائه على طاقم المستشارين والمساعدين العاملين في شركاته. حدث أكثر من مرّة أن أنقذ أعماله من الإفلاس بمهاراته لا بشهاداتهم.

ما يحسد البعض عليه حقًّا هو الثقافة. لذا، كان ينهل منها بشغف وفضول معرفيّ، ذاهبًا مع العمر نحو أرقاها وأعمقها، بعدما لم يعد يعنيه إبهار أحد.. بل إمتاع نفسه.

انقضت ثلاثة أسابيع قبل أن تأتي أوّل مناسبة. حفل علم أنها ستشارك فيه مع مجموعة من المطربين في سورية. هذه المرّة سيلقي لموقدها بما سيشعلها من حطب لأيام، لكنه لن يستعمل سوى عود ثقاب واحد.

كتب على بطاقة أرقام هاتفه فحسب، ووضعها في الظرف الصغير المرفق بالباقة نفسها التي اعتاد أن يرسلها إليها. طلب إرسال الباقة مع سائق إلى الشام. كان عليه أن يقصد بنفسه بائع الورود، وأن يتابع كل التفاصيل. لو كان في باريس لكلّف سكرتيرته الفرنسيّة بذلك، في بيروت لا يمكن أن يأتمن أحدا على سرّ. هذه مدينة كلّ واحد فيها يدير وكالة أنباء.

ثلاث ساعات وتصلها البطاقة، تمامًا بتوقيت ختام الحفل. إنّها الساعات الأكثر توتّرًا وجمالًا في أيّة قصّة حبّ. تلك التي تسبق الإعلان ببدء حالة الجنون العشقي. هذه المرّة رفع سقف فضولها العاطفي بثمانية أرقام ليست مُرفقة باسم. كان لا يتوقّف عن استراق النظر إلى ساعته. ابتداءً من الساعة العاشرة، يمكن للهاتف في أيّة لحظة أن يدقّ.. وتكون هي على الخطّ. ففي كلّ امرأة تنام قطة يقتلها الفضول.

أطال البقاء في المكتب، حتّى لا يفاجئه الهاتف وهو مع زوجته.

ثمّ، عند منتصف الليل قرّر العودة إلى البيت، لكنّه وضع هاتفه على الصامت كي يأخذ علمًا باتّصالها. تفقّد هاتفه قبل الخلود إلى النوم، دون جدوى. توقّع أن يشهق قلبها حين ترى رقمه، فتسارع إلى طلبه. لكنها لم تفعل، ولم يجد عذرًا لعدم اتّصالها، فقد تأكّد من وصول السائق.

شعر أنّها هزمته حتّى من قبل بدء الجولة. كان نومه مضطربًا، نام عاريًا من صوتها.

* * *

إنّها الحياة تتحيّن فرص إدهاشك.

لكأنّ هذا الرجل قرينها، أيكون جنًا كي يعرف عنوان كلّ مكان تظهر فيه.. أو لعلّه مجنون؟ لكنّ لغته أرقى من أن تشي بذلك.

أحاسيس جارفة ومتناقضة انتابتها، وهي ترى رقمه المكتوب، دون أيّة كلمة مرفقة به.

تردّدت في طلبه مساءً. لا يليق بفتاة أن تتّصل ليلًا برجل غريب. لكنّها كانت على عجل أن يأتي الصباح. قلبها يرى في أرقام هاتفه

إشارة مشفّرة للحبّ يستعجل فكّها. قلبها يخفق، قلبها أحمق يقول «قومي واطلبيه»، وعقلها أحمق آخر يردّد «عيب.. انتظري غدًا!».

قاومت الأرق، ثم صباحًا، قاومت لهفتها وفضولها، في انتظار الساعة التاسعة. الوقت الذي بدا لها مناسبًا للاتّصال.

كان رقمًا من لبنان، ولا فرق في التوقيت إذًا. طلبته دون أن تدري كم بإمكان رقم هاتفي أن يعبث بأقدارنا.

ارتجف صوتها كما يوم جرّبته لأوّل مرّة قبل أن تغنّي:

– ألو..

ردّ صوت رجل على الطرف الآخر:

– أهلًا.

ساد بينهما للحظات صمت البدايات. قال فاتحًا باب الكلام:

– سعيد بالتحدّث إليك..

وجد نفسه يواصل:

– كنت أستعجل هذه اللحظة.

ردّت بنبرة لا تخلو من الدعابة في إشارة إلى بطاقته السابقة:

– ظننتك تملك كلّ الوقت!

– أن أملك الوقت لا يعني أني أملك الصبر..

علّقت بالدعابة نفسها:

– أمّا أنا فطوّعتني الحياة.. لا أكثر صبرًا من الأسود!

أُسقط بيده. ما اعتقد أنّ الجولة معها ستبدأ على هذا العلوّ الشاهق. أمّا هي فما ظنت أنها ستخفي ارتباكها بالمزاح. ليس هذا ما تمنت أن تقوله.

قالت مستدركة:

– شكرًا على الورود.. أسعدتني التفاتتك كثيرًا.

أجاب:

– مذ أول برنامج شاهدتك فيه وأنا أودّ أن أبدي لك إعجابي.

سألته:

– أي برنامج تعني؟ تبدو متابعًا جيّدًا للبرامج التلفزيونيّة!

في ظروف أخرى كان سيكون له ردّ فعل آخر، لكنّه وجد لها عذرًا. هي لا تعرف من يكون، ثمّ لقد وصلتها منه ورود في أكثر من ظهور تلفزيوني، وربّما اعتقدت أن لا شغل له سوى الجلوس أمام شاشة التلفزيون.

ردّ:

– كنت أقصد المقابلة التي أجريتها في نهاية ديسمبر.. أحببت حديثك.

علّقت ممازحة:

– ظننتك أحببت حدادي حين كتبت لي «الأسود يليق بك».

– ربّما كان عليّ أن أقول إنّك تليقين به.. الأسود يا سيدتي يختار سادته.

لم تجد ما تردّ به. هكذا هم المشارقة، لا يمكن لأحد أن يجاريهم في انتقاء كلماتهم عند الحديث مع امرأة. ما كان من اللائق أن تسأله عن جنسيته. طرحت سؤالها بصيغة أخرى:

– هل تقيم في بيروت؟

– نعم.

– أنت محظوظ.. أحبّ بيروت كثيرًا.

ردّ:

– وبيروت تحبّك.. لقد خصّص لك إعلامها استقبالًا جميلًا.

– صحيح.. أنا مدينة لها بانطلاقتي.

علّق:

– لعلّك يومًا تكونين مدينة لها بلقائي.

تركت كلماته بينهما شيئًا من الصمت. شعر أنّ عليه ألّا يطيل المكالمة الأولى. قال منهيًا الاتّصال:

– رقمي معك.. يُسعدني سماعك.

باغتها، لم يترك لها فرصة أن تضيف شيئًا. غادرها في عزّ فضولها.

أغلق الجولة على جملة «يسعدني سماعك».

احتفظ لنفسه بما تمنّى لو قاله لها «أتعبتني قبل أن أسمع بك.. وسأتعب لأنّني لا أريد أن أسمع سواكِ».

بقي على جوع إليها. لكنّه أبقاها ظمأى. في هذه المرحلة يحتاج الحبّ إلى أن يقتات من تعطّشها لمعرفة المزيد عنه، وإلّا انطفأ وهج الشعلة بينهما، فلا بأس أن ينتظر. خبرته تقول إنّها ستعاود الاتّصال به في حدود يومين. هذا أقصى حدّ عرفه للصبر النسائي.. إلّا إذا زايدت عليه مكابرة، وصدق قولها ألّا أطول صبرًا من الأسود!

بعد انقضاء ثلاثة أيّام دون أن يأتيه اتّصال منها، بدأ يشكّ في نظريّاته. في جميع الحالات، هو لن يطلبها، خاصّة أنّها اتصلت به من رقم أرضي قد لا يكون رقمها الخاصّ.

على الرغم من انشغاله الدائم، ما كان يفارقه هاجس انتظار مكالمتها. في اليوم الخامس، بدأ يساوره الخوف أن تتوقّف قصّته معها هنا. إنّها فتاة عنيدة وعصيّة، قد لا ترى مبرّرًا لمعاودة الاتّصال به، وعندها، لن يكون من اللائق أن يواصل إرسال الورود إليها. يخشى أن تكون اعتبرته مجرّد معجب لا يستحق أكثر من مكالمة واحدة.

بدأ يخطّط لمواجهة الموقف الجديد عندما فاجأه هاتفها في صباح اليوم السادس.

– أهلًا، صباح الخير.

بمكر رجولة طاعنة في ترويض النساء، لم يُبد لها سعادته العارمة بسماعها، ولا سألها لماذا تأخّرت إلى هذا اليوم. من المفروض أنّه «يملك كلّ الوقت». هذه المرّة استعمل معها اللامبالاة، إنّه سلاح يفتك دائمًا بغرور المرأة، محوّلًا نحوها أسئلة الشكّ. تبادل معها كلمات مجاملة، سألها عن أخبارها، لكنّه لم يمنحها الوقت لتسأله عن اسمه. أعطاها الإحساس أنّه في اجتماع. ثم ودّعها قائلًا «أسعدني سماعك». تعبير ملتبس يُقال عن حبّ.. كما عن محبّة.

استعاد عافيته وزهوه وهو يضع السمّاعة.

لقد خطا خطوة إلى الوراء في هذه المكالمة، كما ليقاصصها دون أن تدري لماذا، واثقًا أنّها الخطوة التي ستقفز بقصّتهما خطوات إلى الأمام.. إنّه يراقصها التانغو!

طالما آمن بأنّ الأنوثة إيقاع.

هذه المرأة تراقص روحه. كلامها مزيج من الإغراء والعنف والأنفة. إنّها سيّدة التانغو. حتّى الأسود الذي ترتديه خُلق لهذه الرقصة: رقصة الثأر.

ما كان لهذه التفاصيل أن تفوت رجلًا اغترب نصف قرن في أميركا اللاتينيّة، وما زال في سرّه يُطلق على كلّ امرأة اسم رقصة.. أو مقطوعة موسيقيّة.

* * *

كلّ الفرسان من حولها يمتطون جيادًا خشبيّة. هذا ما اكتشفته متأخّرة. لكن قلبها يقول إنّ هذا الرجل لا يُشبههم. ربّما لم يكن أفضل منهم، هي لا تدري بعد. ما تدريه أنّه يختلف عنهم. إنّه لا يشبه أحدًا. يختار ورودًا غريبة اللون، لا تشبه ورودًا رأتها من قبل، مرفقة بكلمات ما قالها أحد قبله.

غموضه، إيجازه، طريقته المبتكرة في مطاردتها، في مقاربتها، ما عهدتها في رجل.

برغم ذلك، هي تحافظ على مسافة الأمان. على لهفتها إليه تبطئ السير نحوه، فما أسرعت الخطى نحو رجل إلّا وخانها رهانها.

حدث أن حاولت أن تُطبّق في الحياة إحدى الطرق الحديثة في التعليم، التي تنصح بها مدارس علم النفس المعاصر، فتمنح التلاميذ منذ بدء العام الدراسي نقاطًا عالية، كي تحفّزهم على الحفاظ على تلك العلامة، بدل أن تعطيهم العلامة التي يستحقّونها، فتفقد حماستهم للتحسّن.

أيّ حماقة أن تضعي أعلى علامة لرجل قبل امتحانه، مراهنة أنّك، بتجميل عيوبه، ستكسبين رهان تحويله إلى فارس زمانه.

لن تقع في هذا الخطأ مجدّدًا. على هذا الرجل أن يشقى لينال علاماته.

كانت تفكّر بمنطق المعلّمة، وكان القدر يقع على قفاه من الضحك، وهو يسترق السمع إليها. هي لا تدري بعد، أنّ هذا الرجل جاء ليعيدها إلى مقاعد الدراسة!

* * *

بعد مكالمتين، فازت بمعرفة اسمه الصغير، لكنّها اعتبرت فوزها كبيرًا.

قبله، كان هاتفها جهازًا، بمجيئه أصبح رجلًا، وكان رقمًا فغدا اسمًا. اسم هاتفها «طلال». اسم سرّي، وحدها تعرف به.

طلال اسم رجل يقيم في سمّاعتها، لكن كلماته تنتشر في حياتها مع الهواء.

رجل لا تعرفه إلّا قليلًا.. ويعرفها كثيرًا. أدخلها في حالة دوار عشقيّ يصعب الخروج منها. أسكنها في مساحة وسطيّة بين باقتين وهاتفين، على حافّة حرائق الانتظار.

مكالمة بعد أخرى، كان يراها تزداد تعلّقًا بما ترك لها من إضاءات وسط أسرار عتمته، وها هي ذي تترقّب صوته، تلومه على انقطاعه، تحتفي بعودته، تلاحق هواتفه مدًّا وجزرًا.

أصبح لها عليه حقّ الحبّ، وله واجب العاشق في الاطمئنان عليها، والاطّلاع على برنامجها اليوميّ، من دون أن يبادر أحدهما بقول كلمة حبّ للآخر.

استسلم لعادة سماعها يوميًّا. كان يهاتفها بين المطارات والاجتماعات، أو بين المكتب والبيت، أثناء وجوده في السيارة.

كانت تتفتّح كزئبقة مائيّة ظهرت فجأة في بركة المياه الآسنة لحياته. وحين عرضت عليه أن يلتقيا، قرّر أن يضعها أمام امتحان شيطاني قبل أن يسلّمها قلبه.

ذلك أنّه كان دائم الشكّ في كلّ من يدخل حياته المهنيّة أو العاطفيّة. حذر بحكم ثرائه، لاعتقاده أنّ أصحاب جيبه، يفوقون عدد أصدقائه، وأنّ السحر الساطع للمال، كثيرًا ما غطّى على سحره الشخصي.

لعلّها فرصة، أن يختبر في امرأة لا تعرفه، حضوره العاري من أبّهة الجاه، فبريق الثراء حوّله إلى بؤرة إشعاع يجذب ضوؤها الناس إليه، فيبدو حيث حلّ جميلًا بما يملك.. لا بما هو.

حين أخبرته أنّها ستقيم حفلًا في باريس، عرض عليها أن يلتقيا هناك، متذرّعًا بكونها مشهورة في بيروت، ولن يكون سهلًا أن يلتقيا في مدينة عربيّة. مدّعيًا أنّ سفرها يوافق تواجده في أوروبا.

وجدت في عرضه حرصًا منه على صيتها، وأكبرت فيه ذلك. بدأت تحلم بلحظة لقائها به، فهي لم تزر باريس إلّا مرّة واحدة مع والدها وأخيها قبل سنوات، يوم كان أحد أعمامها يُقيم هناك. ربما أشفق الله عليها من عودتها إلى باريس لتواجه وحدها وجع ذكراهما، فواساها بأن بعث لها بهذا الحب.

لم تلتق من قبل مع رجل في مدينة تتنفّس الحرّيّة، ولا كانت يومًا حرّة. لعلّها فرصتها لكسر قيودها، واكتشاف العالم. عادت وصحّحت نفسها: اكتشاف العالم لا الانكشاف به، فكلّ ما تتمناه هو جلسة جميلة مع هذا الرجل، الذي لوّن حياتها بالورود، والكلمات التي لا تدري من أين يقطفها لها، كل- مرّة.

قضت يومًا كاملًا تجوب المحلات مع نجلاء، بحثًا عن ثياب أنيقة، تليق بإقامتها في باريس وبذلك اللقاء. قالت نجلاء متذمّرة في آخر المطاف:

– الناس يقصدون باريس للتسوّق وأنت تتسوّقين قبل الذهاب إلى هناك.. هلكتني يا إختي ما في شي عاجبك!

أجابت مازحة:

– ما أدراك.. ربما لن يترك لي الحب في باريس من وقت!

لا تريد إخبارها أنها ستتقاضى مبلغًا رمزيًّا، نظرًا إلى كون الجالية الجزائريّة هي التي تنظّم الحفل. في الواقع، دون أن تعي ذلك، تأبى أن تنفق على شراء ثوب، مبلغًا يتجاوز ما كانت تتقاضاه في شهر، يوم كانت مدرّسة. ما زال مبلغ 170 دولارًا يشكّل بالنسبة إليها حاجزًا نفسيًّا عليها أن تتخطّاه.

ما كان لها من شاغل سوى توضيب حقائب الحلم، وحين غدت أحلامها جاهزة للإقلاع، وجاء وقت التفاصيل الصغيرة، هاتفها سائلًا:

– أيّة ساعة تصل طائرتك؟

قالت:

– الساعة السادسة بتوقيت باريس.

– على أيّ مطار؟

– مطار شارل ديغول.

– حسنًا.. ثمّة رحلات من لندن كلّ ساعة تقريبًا. سأغادر لندن بحيث أصل قبلك وأنتظرك هناك عند مخرج الركّاب القادمين.

واصل بعد شيء من الصمت:

– أتمنّى أن تتعرّفي إليّ وسط حشود المسافرين.

ردّت:

– في جميع الحالات، لن نضيّع بعضنا البعض، فأنت تعرفني أليس كذلك؟

واصلت ممازحة:

– أو إحمل باقة الورد تلك كي استدلّ إليك!

ردّ بنبرة جادة:

– إن لم يدلّك قلبك عليّ فلن تريني أبـدًا.. وهـذه القصّة لا تستحقّ عندها أن تُعاش!

فاجأها بمنطق التحدّي العاطفي الظالم لامرأة لم تره من قبل، ولا تعرف في النهاية شيئًا عنه.

ما توقّعت إلى أيّ حدّ كان جادًا. قرّرت أن ترفع التحدي.

قالت وهي تُنهي المكالمة ضاحكة:

– فليكن.. موعدنا في مطار شارل ديغول!

لم تكن تدري أيّ فخ نصب لها. فلقد أوهمها أنه يحدّثها من لندن. كيف لها أن تتوقّع وهو يطلبها من رقم فرنسيّ، أنّه في الواقع لم يغادر وأنّه يحدّثها من.. بيروت!

هو يعرف الآن عن تفاصيل رحلتها ما يكفي ليأخذ الطائرة نفسها، ويسافر معها في مقصورة الدرجة الأولى. فهي التي أخبرته سابقًا أنّها ستسافر من بيروت، لعدم وجود رحلات في ذلك التاريخ من الشام، وأنّه لولا سفرها على الدرجة الأولى لما وجدت مكانًا في تلك الطائرة، معلّقة:

– معقول؟ ثلاث طائرات يوميًا إلى باريس ولا تضمن وجود مكان فيها!

ردّ:

– طبعًا. إنّه موسم الأعياد.

* * *

أقسى الذكريات وأطرفها، تلك التي عاشها يومها وهو جالس لمدّة أربع ساعات على بعد خطوات من انشغالها عنه.. بالرجل الذي كانت تتهيّأ للقائه!

كانت على قرب مقعدين منه، لكن أبعد من يوم شاهدها على شاشة التلفزيون. إنّها أبهى من الشاشة، لكنّها ليست طويلة كما كانت تبدو، وهذه أوّل مرّة يراها داخل معطف أسود. معطف أنيق دون بهرجة، بحزام مربوط على جنب، يزيّنه شعرها المنسدل على كتفيها. ناولت المضيفة معطفها، فبدا له جسدها لأوّل مرّة عن قرب. هو الآن على مرمى يده، وملء نظره. كان يمكن أن يقف ويسلّم عليها، أن يرفع خصلة الشعر من على جبينها ويقول «مرحبا هالة.. هذا أنا». غير أنّه أحبّ دور الرجل الذي لا تراه.. ولا يرى سواها.

تأمّلها وهي تطالع الصحف، وهي لا تأكل إلّا قليلًا ممّا قُدّم لها من مأكولات. كأنّها وُلدت أميرة. لا أشهى من امرأة تجلس في الدرجة الأولى، وتترفّع عن الانهماك في الأكل. الناس يفعلون ذلك عادة لقتل الوقت، ولإبعاد التفكير وهم في الجوّ في احتمال الموت، لذلك تتنافس شركات الطيران لفتح شهيّتنا على كلّ المباهج، كي ننسى أننا مجرّد ريشة في الهواء. إلّا إذا كانت المباهج التي تنتظرنا عند الوصول أشهى مما يُعرض علينا، عندها فقط نزهد في كلّ شيء بانتظار لحظة الهبوط. تمامًا كما يحدث لها الآن.

إنه استخفاف المكان بالزمان. هي تستعجل الوصول بعد أربع ساعات إلى رجل يجلس بمحاذاتها ولا تراه!

أضحكه فشلها في معرفة طريقة استعمال سمّاعات الموسيقى، أو طريقة تغيير الشاشة المقابلة لها، والتي كانت مثبّتة على بثّ مسار الطائرة والوقت المتبقّي للوصول. من الواضح أنّها لم تسافر كثيرًا.

كان بإمكانه، تماديًا في عبثيّة الموقف، أن يتطوّع لمساعدتها. لكنّه قرّر ألّا يفعل حتّى لا يفسد للمكان خديعته.

قبل الوصول بقليل، وقفت «النجمة» وأخذت من حقيبتها محفظة صغيرة وقصدت الحمّام. حتمًا ذهبت لتتفقّد زينتها، فقد عادت بإشراقة واضحة، جدّدت حمرتها وسرّحت شعرها على جنب.

ألقت وميض ابتساماتها على الركّاب، كتلك التي ترمي بها «النجوم» على العامة من باب المجاملة. لم يلتقط الابتسامة، تركها تسقط أرضًا. مات فرحه وهو يراها تستعجل النزول للقاء رجل سواه.

عندما حطّت الطائرة، تركها تسبقه إلى مغادرتها. وجد نفسه خلفها ببضعة ركاب. لكنه أنهى إجراءاته قبلها لحيازته جواز سفر أجنبيًّا وسفره دون أمتعة عدا حقيبة يد، ما أتاح له الخروج وانتظارها مع جموع المستقبلين.

زحام وازدحام.. وأحلام تتهشّم بين الأقدام. أمواج من البشر القادمين والمغادرين، وهو المغادر من قبل أن يصل، لكأنّه جاء ليغادر.

راح يتابع حيرتها أمام وجوه الرجال وهيئاتهم. تأمّلها من بعيد وقد استوقف نظرها رجل تمنّت لو كان هو. بادلها الرجل النظرات عندما رآها تحدّق فيه. لكن قبل أن تتوجّه نحوه، قادها حدسها إلى خيار خاطئ آخر.. بالمعايير الجماليّة ذاتها.

إذًا هكذا تمنّته أن يكون، أو هكذا توقّعته.. عربيّ أربعيني.. وسيم يسحب حقيبة جلديّة سوداء خفيفة. أو مثل الآخر يسافر بدون أمتعة، سوى بذلة يحملها بيده في غلاف جلدي.. وبيده الأخرى يجرّ حقيبة رجل أعمال.

على نصف خطوة منه كانت.. دون أن تبلغه.

لم يحاول أن يقف في حيّز نظرها، عساه يساعدها على اجتياز الامتحان في اللحظة الأخيرة.

لعبة خطيرة تلك التي اختارها لامتحانها. هي هنا أمامه، هل الأهمّ الإمساك بها.. أم التمسّك بقراره؟

حدسه كان يقينه، هي لن تتعرّف إليه. ما كان لها أصلًا من عيون إلّا لغيره من الرجال. قرّر أن ينسحب أمام أوّل خطأ، فهو لا يتقبّل الهزيمة، ولا يرضى أن يُذَلّ ولو أمام نفسه.

في الواقع، كان بإمكانه أن ينصرف حال نزوله من الطائرة، فالأمور قد حُسمت قبل الوصول. لكن ما أراد أن يعرفه، هو كيف تمنّته أن يكون. أراد أن يرى المسافة الحقيقيّة بينه وبين أحلامها. بينه وبين ما يعرّيه منه المال.. عندما تساويه الفرص بباقي الرجال!

ما كاد بهو المطار يفرغ في انتظار وصول الرحلة القادمة، حتّى رآها تغادر المطار خائبة. عند الحدّ الفاصل بين الفرصة وضياعها.. ضاع منها.

طلب سائقه على الهاتف. لمحها من زجاج سيّارته تنتظر دورها أمام محطّة التاكسي. تركها للمطر. ابتسم بمكر. قرّر لحظتها أن يثأر لذلك الخذلان العاطفي بموعدٍ لن ترى فيه سواه.

في الصباح، عندما استيقظ، لم ينس أن يهاتف معهد العالم العربي، منتحلًا صفة صحافي، سائلًا عن عنوان إقامتها.

سيواصل مفاجأتها. لكن بإشعارها بعد الآن أنها خسرته.

* * *

ما توقّعَت كمينًا محكمًا كهذا. كيف لها أن تتعرّف إليه في مطار؟

ألم يجد مكانًا أقلّ ازدحامًا؟!

إنها لعبة غير نزيهة، ما دام وحده أحد الطرفين يعرف الآخر. ثمّ.. أما كان يمكن أن يكسر قواعد اللعبة في اللحظة الأخيرة معلنًا أنه هزمها؟ أيّ انتصار هذا الذي يخسر فيه موعدًا انتظره طويلًا!

عليها الآن بعد الترقّب المبهج، أن تتأقلم مع الغياب الموجع.

كانت تحتاج إليه من أجل كلّ الأفراح التي منّت بها نفسها، والمباهج التي خالت القدر سيهديها إليها أخيرًا. وأيضًا لمواجهة انكسارات الروح، في مدينة زارتها قبل خمس سنوات سعيدة، وتعود إليها وحيدة. حمدت الله أن يكون عمّها الذي استقبلهم هي ووالدها وعلاء آنذاك في بيته قد ترك باريس وعاد بعد تقاعده للعيش في الجزائر.

لو أنّه في باريس، لكان أفسد عليها حفلها بوعيده، كما في الجزائر، متّهمًا إياها بتدنيس شرف العائلة، لكونها «لم تجد رجلًا يتحكّم فيها». كأنّما الموت غنيمة حرّيّة، سعِدت بالفوز بها حين فقدت أغلى الناس إليها.

لو كان أكثر حنوًا وتفهّمًا، لربّما بقيت في الجزائر.. لكنْ، كثيرٌ عليها أن تُخوض معارك حتّى ضدّ أهلها.

في الثمانينيات، قصد والدها حلب لدراسة الموسيقى، فعاد منها بعد سنتين وكأنه تخرّج من مدرسة الحياة. بينما كان عمّها قد سافر في السبعينيات للعمل في فرنسا، وعندما عاد إلى الجزائر ليتقاعد، بدا وكأنّ كلّ تلك السنين في أوروبا لم تترك أثرًا في عقليّته.

فجأة طالت لحيته، وتغيّرت لغته، واعتمد لباسًا يقارب زيّ الأفغان، وأصبح لا يتردّد على بيتهم. ودون أن يعلن ذلك، كان واضحًا أنّه رأى في احتراف أخيه للغناء ارتكابًا لفعل مستهجن يقارب الحرام.

آخر زيارة لهم، لم يمكث للعشاء. كان قد حضر ليأخذ من أبيها تسجيلات يُنشد فيها والده ابتهالات دينيّة في إحدى المناسبات، ومضى.

كان المطربون على أيّام جدّها منشدين، وأبناء طرق وزوايا دينيّة. وكانوا ثوّارًا أيضًا ومجاهدين، نجا بعضهم وسقط آخرون، كأحد أبناء مشيخة الزاوية المختاريّة، الذي اكتُشف أمره. كان عازف كمنجة ويهرّب وثائق الثورة بإلصاقها في جوف الكمنجة. سمعت القصّة من جدّها، الرجل الذي أهدى لها طفولة سعيدة، دون أن يسعى حقًّا لذلك، فقط منحها حظّ التردّد عليه في بيته على ربوة عند أقدام الأوراس.

كان جدّها بسيطًا، منسوب حكمته أعلى من منسوب حصاده، زاهدًا في بهارج الحياة وقشورها. يحيا في تعايش سلمي مع الطبيعة، يحضر الأعراس، يستمتع بالولائم، ينشد مع المنشدين، ويغنّي مع المغنّين ما يحفظ من التراث البربري الشاوي. لكنّه لا يقبل مالًا من أحد، ولا حتّى من أبنائه. يبيع عند الحاجة رأسًا أو رأسين من ماشيته. كلّ ما يحتاج إليه يوجد في مزرعته. وما كان يحتاج للكثير. عاش متصوّفًا على طريقته، لم يستهلك يومًا بذلات ولا ربطات عنق ولا أحذية جديدة، ولا حتّى أدوية.

عبر الحياة ناصع البياض، من برنسه الأبيض إلى كفنه الأبيض. سمعته يقول يومًا لوالدها في جلسة احتدّ فيها النقاش «لمّا تموت

وعندك مليون في البانك وحدك على بالك بيه.. لكن كِي تكون بلا كرامة الناس الكلّ على بالهم بيك.. صيتك اللّي يعيش مبعدك مش جيبك».

ما كان لجدّها من جيب، هو لا يحتفظ بشيء لنفسه فما حاجته إليه؟ في بيته لا ينام إلا الضيوف، يستبقيهم ثلاثة أيام حسب أصول الضيافة، وفي اليوم الثالث يُقسم ألا يغادروا بيته إلا محمّلين بالسمن والفريك والكسكسي. ذات مرة، احتجّت زوجته لأنه أعطى الضيوف جلّ مؤونتهم. ردّ عليها «يا مرا.. الكرم يغطّي العيوب.. يمكن شافوا منّا شي ما شفناهاش.. خلّينا نستر حالنا بالجود».

كان من «اولاد سلطان» الذين يقال عند ذكرهم «سلاطين وما ملكوا». لسخائهم، لم يُتوّجوا، تنازلوا عن جاه الحكم ليسودوا بجاه الكرم، هم سلاطين بما وهبوا لا بما كسبوا. على حاجتهم يغدقون حتّى ليبدو لمن يزورهم أنهم أثرى منه. لذا، عندما سقطت قسنطينة، لجأ أحمد باي إليهم، فقد كان بايًا في ضيافة بايات، وفارسًا في حماية أرض هي حصن طبيعيّ، تأبى أن تُسلّم من يلوذ بها. فلتلك الأرض أخلاق عربيّة، انصهرت في وجدان الشاوية، وجعلت منهم أشرس المدافعين عن قيم العروبة.

ما نسيت دموع جدها وهو يحكي مآثرهم. لعلّ ما أبكاه، أن جوده ما ترك ليده ما تجود به. حتّى في الموت كانوا الأكرم، مقبلين على الشهادة بسخاء، فمن الأوراس انطلقت شرارة التحرير. ما كان يمكن للثورة أن تولد إلّا في تلك الجبال «الشاهقات الشامخات». جغرافيّتهم هي التي أنجبت التاريخ. على مدى تسعة أشهر، حمل

رجال الأوراس الثورة وحدهم، احتضنوها شعلة فحريقًا، أودى بقُراهم ومزارعهم وأهاليهم ودشراتهم وماشيتهم. عزّلًا واجهوا جيوشًا لا عهد لهم بعتادها، وحروبًا ما عهدوا أهوالها. فقد اعتقدت فرنسا أنها إن سحقتهم، سحقت الثورة إلى الأبد. حينها هبّ قادة الثورة ليفكّوا الحصار عن الأوراس بنقل العصيان إلى مناطق أخرى، بعد أن رأوا أنه من غير العدل أن تستفرد الجيوش الفرنسيّة بأبناء الأوراس دون غيرهم.

قبل عيد ميلادها السابع عشر بأيّام رحل جدها احمد. بلغت سنّ الرشد باكرًا. موته كان أوّل علاقة لها بفاجعة الفقدان. كان كالأوراس المكلّل أبدا بالثلوج، يبدو بقامته الفارعة وبعمامته البيضاء قريبًا من السماء، فلم تكتشف أنّه تحت العمامة كان يشيخ ويهرم، فحتى شارباه المظفوران إلى أعلى لم يطاولهما الشيب.

في طفولتها، كثيرًا ما كانت تقاسمه نزهته، تتسلّق معه الجبل ممسكة بيده أو بتلابيب برنسه، إلى أن يبلغا أعلى نقطة يمكن أن تصلها قدماه اللتان تربّتا على تسلّق الجبال، حينها يجلس تحت شجرة من أشجار الصنوبر، وعندما يرتاح، يأخذ نايه المعلّق إلى ظهر برنسه، ويشرع في الغناء، غناءً كأنه نواح، يفضي به إلى التجلّي نشوة كلّما عبر صوته الوديان إلى الجبال الأخرى. لا يسعد إلّا عندما يعود له رجع الصدى، وكأن أحدًا يردّ عليه من الجبل الآخر.

لزمن طويل، اعتقدت أنّه ينادي على أحد، وأنّ ذلك الشخص يردّ عليه من بعيد لاستحالة مجيئه بسبب الوادي الذي يباعدهما. فكلّ غناء كان يبدأ بنداء يطول.. يطول كأنه نحيب «يااااا يااااي»..

لعلّ شجن مروانة جاءها من «القصبة» التي لم تعرف آلة سواها. في النهاية، لكلّ قومٍ مزاج آلتهم الموسيقيّة. قل لي ماذا تعزف أقلْ لك من أنت، وأروِ لكَ تاريخك وأقرأ لك طالع قومك. للغجر عنفوان قيثارتهم، وللأفارقة حمّى طبولهم، وللفرنسيين مباهج الأكورديون، وللنمساويين شاعريّة كمنجاتهم، وللأوروبيين أرستقراطية البيانو، وللأندلسيين سلطنة العود..

لاحقًا، أدركت أنّ غناء رجال مروانة كان امتدادًا لأنين الناي، فـ«القصبة» آلة بوح لا تكفّ عن النواح، كطفل تاه عن أمّه، ويروي قصته لكلّ من يستمع إليه فيُبكيه، لذا الناي صديق كلّ أهل الفراق، لأنه فارق منبته، واقتُلع من تربته، بعد أن كان يعيش بمحاذاة نهر، عودًا أخضر على قصبة مورقة. تُرك ليجفّ فأصبحت سحنته شاحبة، وانتهى خشبًا جامدًا. عندها تمّ تعريضه للنار ليقسو قلبه، وأحدثوا فيه ثقوبًا ليعبر منها الهواء كي يتمكّنوا من النفخ فيه بمواجعهم.. وإذ به يفوق عازفه أنينًا.

من ترى جدّها قد فارق، ليصاحب الناي؟

كان يصعد إلى قمّة الجبل ليقيم حوارًا مع نفسه، عن وجع وحده يعرفه. أو لعله يعود كلّما استطاع، كي يختبر صوته، فهو يقيس بحنجرته ما بقي أمامه من عمر، ففي عرفه، أنّ رجلًا فقد صوته فقد رجولته.

روى لها أنه أثناء حرب التحرير، كان يصعد إلى أبعد مرتفع في الجبل، للقيام بنوبة حراسة للقرية، وعندما يرى من بعيد قوافل «البلاندي» والمدرعات الفرنسية مقبلة، ينادي منبهًا أبناء الدشرة

لقدوم الفرنسيّين، فيتلقّف صداه «ترّاس» في الجبل الآخر، ثمّ آخر، ويتناقل الرجال النداء عبر الجبال متناوبين على إيصال الخبر إلى كافة الأهالي.

كانت الجبال منابرهم، وهواتفهم، ومنصّات غنائهم، وحائط مبكاهم، وسقفهم، لذا أعلنت فرنسا الحرب على الجبال، وألقت قنابل النابالم على الأشجار.. كي تحرق أي احتمال لبقائها واقفة.

لا تذكر أنها سمعت جدّها يومًا يغنّي أغنيةً فرحة. برغم ذلك، ما رأته يومًا حزينًا حقًا. حين كبرت، أدركت أن رجال مروانة يتجمّلون بالحزن، يتنافسون على من يحتفي بالشجن أكثر، فالشجن حزن متنكّر في الطرب. ذلك أن الطبيعة جعلتهم قساةً وعاطفيّين، والتقاليد الصارمة أهدت إليهم أكثر قصص الحبّ استحالة. فكيف لا يكونون سادة الأساطير والغناء؟

في ذلك الزمن الجميل، لم يحدث أن أفتى أحد بتحريم صوت امرأة، كيف ومروانة اسم أنثويٌّ كدندنة، تخاله أغنية، هي صغيرة وغير مرئيّة، كنوتة موسيقيّة، لا توجد على خرائط المدن الجزائريّة، بل على خريطة السولفيج.

كلّ صباح، يصعد رعاتها السلّم الموسيقيّ، أثناء تسلّقهم مع أغنامهم جبالها. يطلقون حناجرهم بالغناء، فيحمل الصدى مواويلهم عابرًا الوديان إلى الجبال الأخرى. لذا منذ الأزل يُباهي رجالها بحناجرهم لا بما يملكون. ففي مروانة فقط، يرفع الرجال إلى السماء ذلك الدعاء العجيب الذي لم يرفعه يومًا بشر إلى الله «يا ربي نقّص لي في القوت.. وزِد لي في الصوت!». لزهد الطلب، استجاب لهم الله.

مروانة.. يا لغرورها، بلدة تخال نفسها بلادًا، فهي تعتقد أن مضاربها تصل حيث يصل صوتها!

لفرط ما رافقت جدّها على مدى سنوات إلى ذلك الجبل، اعتادت أن ترى العالم بساطًا تحتها. لم تكن نظرة متعالية على العالم، لكن تعلّمت وهي على أعلى منصّة للطبيعة، ألّا تقبل أن يطلّ عليها أحد من فوق.

هكذا تحكّم جبل الأوراس في قدرها.

* * *

نامت متعبة. تمنّت لو استقبلتها باريس بالأحضان. لكنّها استقبلتها بالأمطار وبباقة ورد تقول «تمنّيت ألا تخسري الرهان».

كيف عرف هذه المرّة أيضًا مكان إقامتها، ومن يكون هذا الذي يتحكّم في نشرتها العاطفيّة مدًّا وجزرًا؟ باقة بعد أخرى بدأت تكره هذه الورود المتعالية الغريبة اللون. هي ابنة المروج، نبتت بمحاذاة الأزهار البرّيّة، لها قرابة بأزهار اللوتس، وبزهرة السيكلامان الجبليّة، فلماذا يطاردها بهذه الورود الغريبة اللون؟ لو أنّها ما تحدّثت إليه على الهاتف، لخالته أحد المرضى النفسانيّين. لكنّه يبدو رصينًا وصارمًا في قراراته، بقدر مكر مناوراته. رجل في كلّ غموضه الآسر، غموضه المرعب. ما توقّعت وهي تقبل بقواعد لعبته، أنّها كانت عند أول خطأ معرّضة لصاعقة فقدانه. أيعقل أن تكون فقدته حقًّا لمجرّد كونها لم تتعرّف إليه؟

انتابها أسى خسارة شيء لم تمتلكه أصلًا. لكن كان امتلاكه حلمها.

طلبت أمّها تطمئنها، وإلّا فلن تنام هي الأخرى، وستؤلّف في ليلة كلّ سيناريوهات المصائب. هكذا هي، ما عادت تتوقّع خيرًا من الحياة. أحيانًا كثيرة ينتابها الإحساس أنّها غدت والدة أمّها. لقد هدّ الألم تلك المرأة، التي كانت في السابق قويّة إلى درجة اتخاذ القرار بمغادرة حلب قبل ثلاثين سنة، والإقامة مع زوجها في بلاد لا تعرف عنها شيئًا، والتأقلم مع ظروف ما كانت تشبه حياتها في سورية.

ردّت نجلاء على الهاتف مبتهجة:

– كيفك حبيبتي.. إن شا الله وصلت بخير؟

– الحمد الله.. وإنتو كيفكم؟

– تمام.

– وهيدا الأخوت تبع الورد.. كيف طلع؟ إن شا الله حلو؟

ردّت باقتضاب:

– إيه حلو..

لو قالت إنّها لم تره، لكان عليها أن تحكي نصف ساعة لتشرح ما حدث. وهي تتحدّث على هاتف الفندق وسعر المكالمة مضاعف. لاحقًا ستحكي لها التفاصيل.

– فيكي تعطيني ماما؟

– خالة عم بتصلّي..

– طيّب طمّنيها إنّي وصلت بخير. بكرة بحكيها.. باي حبيبتي.

أمّها كانت تريد أن تزوّج علاء بنجلاء. تقول إنّهما خُلقا لبعض حتّى في تقارب اسميهما وأنّهما ما شاء الله الاثنين «حلوين». أليست ابنة خالته؟ ثم تحاول إغراء نجلاء بأخلاقه «يقبرني شو طيّب وشو عاقل ها الولد». غير أنّ لعنة علاء كانت بالذات في وسامته وحسن خلقه.

في الواقع، كانت أمّها تخطّط لجعله يغادر الجزائر، وينجو من بلاد بدأ يُهيمن عليها الجنون، ويحكمها الخوف والحذر.

ما ارتاحت أبدًا لقراره الإقامة في قسنطينة لمتابعة دراسته في الطبّ.

كان عذره أنّها الجامعة الأكبر في الشرق الجزائري، وكان مأخذها أنّه ذاهب إلى بؤرة الأصوليّة، محمّلًا بعقيدة الحياة.

صدق حدس أمومتها. كانت جامعة قسنطينة ممرًّا إجباريًّا لكلّ الفتن، ومختبرًا مفتوحًا على كلّ التطرّفات. وبرغم ذلك، حاول علاء على مدى أربع سنوات أن يضع مسافة حذر بينه وبين زملائه. لكن ليس بينه وبين الزميلات، اللائي كنّ يلجأن إليه لِما يوحي به من طمأنينة، وما يشعّ به من تميّز في هيأته كما في تصرّفاته. كان ذلك مصدر متاعب إضافيّة، فأصحاب اللحى لم يغفروا له حظوته لدى بنات الجامعة، برغم قدْر الاحترام الذي كان يحكم علاقته بهنّ، ولا غفروا له المجاهرة بآرائه تجاههم.

ثم حدث على أيام الرئيس بوضياف، أن قامت السلطات بمداهمة الجامعة، وإلقاء القبض على عشرات الإسلاميّين، وإرسالهم إلى معتقلات الصحراء بعد أن ضاقت المدن بمساجينها. عندها قرّر علاء أن يترك الجامعة حال تقديمه امتحانات آخر السنة، استجابة لإلحاح أمّه، على أن يسافر لاحقًا إلى العاصمة لمواصلة دراسته هناك.

كان يفصله عن الامتحانات شهران، لكنّ القدر كان أسرع منه، ما مرّ أسبوع حتّى حضر إلى الجامعة رجال الأمن، واقتادوه مع اثنين آخرين.

من يومها أخذت حياته مجرى مأساة إغريقيّة، تتناوب فيها الآلهة على مصارعة إنسان اقترف ذنب حبّ الحياة، وحبّ فتاة ما كان يدري أنّ أحد الملتحين يشاركه حبّها. ولأنّه لم يحظَ بها، وشى به زورًا حتّى لا يخلو لهما الجوّ أثناء اعتقاله.

كانت معتقلات الصحراء تضمّ عشرات الآلاف من المشتبه فيهم، يقبع بينهم الكثير من الأبرياء، فلا وقت للدولة للتدقيق في قضاياهم، أو محاكمتهم، لانشغالها بمن احتلّوا الغابات والجبال، وأعلنوا الجهاد على العباد والبلاد.

وجد علاء نفسه متعاطفًا مع الأسرى، بعدما رآه من مظالم وتعذيب، وما عاشه من قهر وهو يحاول عبثًا إثبات براءته. بعد خمسة أشهر أُطلق سراحه، لم يُقم بين أهله أكثر من بضعة أسابيع، كان ثمّة في كلّ حيّ شبكات تجنيد، كما شبكات لاختطاف الأطبّاء والتقنيّين وكلّ من يحتاج الإرهابيّون إلى مهاراته. أقنعوه بأن يلتحق بالجبال، ليضع خبرته في إسعاف «الإخوة» هناك ومعالجة جرحاهم.

لم يستشر أحدًا، ولا أخبر أحدًا بقراره. تحاشى تضرّعات أمّه ودموعها، والغضب العارم لأبيه الذي ما كان ليقبل بانحيازه لـ«حزب القتلة». هاتف مقتضب منه أخبرهم بذلك. قال إنّه هناك ليعالج الناس ليس أكثر.

كان فيه شيء من غيفارا، ذاك الذي استعمل رحمة الطبيب لمداواة الشعوب من جراح الوحوش البشريّة أيًّا كان اسمها، دون أن يفرّق بين الظالم الحقيقيّ، والظالم المدجّج بسيف العدالة.

علاء يصلح بطلًا لرواية يعيش فيها البطل حياة لم يردها، حدث له فيها نقيض ما تمنّاه تمامًا.

كان يكره أصحاب البزّات وأصحاب اللحى بالتساوي، وقضى عمره مختطَفًا بينهما بالتناوب. وجد نفسه خطأً في كلّ تصفية حساب، يحتاج إلى لحيته حينًا ليُثبت لهؤلاء تقواه، ويحتاج إلى أن يحلقها ليُثبت للآخرين براءته، حاجة الضحيّة إلى دمها ليصدّقها القتلة.

انتهى به الأمر أن أصبح ضدّهما معًا. أدرك متأخّرًا أن اللعبة أكبر ممّا تبدو. كان المتحكّمون يضخّمون بعبع الملتحين، يغتالون صغارهم، ويحمون كبارهم الأكثر تطرّفًا. يحتاجونهم رداءً أحمر، يلوّحون به للشعب حين ينزل غاضبًا كثور هائج في ساحة كوريدا، فيهجم على الرداء وينسى أنّ عدوًّا قد يخفي عدوًّا آخر. فهو يرى الرداء ولا يرى الماتادور الممسك بالرداء، وفي يده اليمنى السهام التي سيطعن بها الثور، وفي اليسرى الغنائم التي سطا عليها.

الخيار إذًا بين قتلة يزايدون عليك في الدين، وبذريعته يجرّدونك من حريّتك.. وآخرين مزايدين عليك في الوطنيّة، يهبّون لنجدتك، فيحمونك مقابل نهب خزينتك.

حاولتْ أن تُخرج أخاها من تفكيرها كي تستطيع النوم، فأمامها في الغد مشاغل كثيرة. لكن علاء يطلّ عليها من كلّ شيء، فاجعتها به تفوق فاجعتها بأبيها. منذ سنتين ما استطاعت يومًا واحدًا أن تتقبّل فكرة غيابه، فكيف تنساه في باريس التي زارتها معه.

أغمضت عينيها على منظر باقة التوليب.

شيء ما يقول لها إنّ ذلك الرجل سيطلبها، وإلّا لما قام بجهد البحث عن عنوانها. كانت تلك الفكرة الوحيدة التي يمكن أن تدخل السعادة إلى قلبها.

* * *

هو طاعن في المكر العاطفي، ويعرف كيف يُسقط أنثى كتفّاحة نيوتن في حجره. لكنّه يريدها أن تنضج على غصن الانتظار. سيغدق عليها المفاجآت، حيثما تكون ستدركها وروده، لكن صوته لن يصلها بعد اليوم.

كان يمكن للطريق إليها أن يكون سهلًا، لكن طريقه إليها يمرّ بكبريائه، وهي أخطأت في تقدير الخسارات، لحظة قبولها بقانون لعبته.

لقد أهانت ما كان كبيرًا فيه، وشوّهت ما كان جميلًا، وشوّشت علاقته برجولته. أما من بذلة تكسوه غير ثروته؟ وحين يخلع ثراءَه، بإمكان عابر سبيل أن يفوز عليه بقلب امرأة، لأنّه أكثر وسامة أو شبابًا منه. ما نفع عمر إذًا، قضاه في صنع أسطورة تميّزه، والعمل على رفعة ذوقه، وسطوة اسمه؟ أتكون كلّ النساء اللائي يطاردنه يكذبن عليه؟ يغازلن جيبه لا قلبه، ويحلمن وهنّ في سريره برجل سواه!

حتّى هذه الفتاة التي ليست أجمل ما عرف من نساء، لم تكترث بوجوده على مدى أربع ساعات قضتها بمحاذاته، ولا لفت شيء فيه نظرها وهو منتصب أمامها في المطار، برغم أنّ ثمّة من تغزّلن بعينيه، وأخريات بأناقته، أو كاريزما طلّته. لعلّها لا تدرك بعد ما يغري فيه!

قصد مكتبه. قضى يومه منهمكًا في العمل لينهمك في نسيانها.

برغم ذلك راح يفكّر: أيرسل لها وردًا بعد غدٍ إلى حفلها.. أم لا؟

قـرّر ألّا يغيّر عادته. بلى سيرسل لها الباقة إيّاها لكن بدون أيّة بطاقة، لمزيد من العبث بأعصابها. ستتوقّع وجوده في القاعة، وستواصل البحث عنه بين الجمهور.. هي لا تدري أنّ مثله لا يختلط بجمهور.. إنّه الجمهور في حدّ ذاته.

أمدّ سكرتيرته الفرنسيّة بتاريخ الحفل وعنوان القاعة، وقال على غير عادته كما ليبرّر تعليماته:

– إني مدعوّ إلى حفل يتعذّر عليّ حضوره. أرسلي مساءً باقة ورد إلى هذا العنوان، وكلّفي إحدى الشركات بتصوير الحفل.

ها قد أصبح يتصرّف كصائد، يجمع كلّ التفاصيل عن ضحيّته.

وماذا لو كان هو الضحيّة في حبّ كامل الدسم.. مكتمل الألم؟

ما يعنيه هو اللحظة التي تتلقّى فيها باقته، وتـروح تبحث عنه بنظراتها بين الحضور، متوقّعة أنّها هزمته، وأرغمته على خرق أصول اللعبة.

يسلّيه تأمّل النساء، في تذبذب مواقفهن، وغباء تصرّفهن أمام الإشارات المزوّرة للحبّ!

* * *

انتابها خوف لذيذ وهي في طريقها إلى الحفل، غير ذلك الخوف الرهيب الذي عرفته يومًا.

هـذه أوّل مـرّة تغنّي فـي بـاريـس. ينتظرها جمهور جـزائـري وفرنسيّون من المتعاطفين مع الجزائر، فقد غطّى الإعلام حدث حفلها ضمن المتابعة اليوميّة لما درج على تسميته «المذابح الجزائريّة».

تلقّفت الصحافة قصّتها، وها قد غدت رمزًا للنضال النسائي ضدّ «الإسلاميّين» و«العصفورة التي كسرت بصوتها قضبان التقاليد العربيّة متحدّية من قصّوا جناحيها».

كـان يكفي أن تُؤنَّـث المـأساة، وتـضاف إليها تـوابـل الإسـلام والإرهــاب، والتقاليد العربيّة، لتكون قـد خطت خطواتها الأولـى نحو الشهرة!

هاتفها ابـن عمّها جمال يعرض عليها الحضور إلـى الفندق لمرافقتها إلى الحفل. هو يختلف تمامًا عن أبيه. شابّ عصري، أنيق، متفتّح، فيه شيء من علاء.

بدا جمال في علاقته معها حائرًا بين ابنة عمّه التي كان يعرفها أيّام زيارتها لهم، والنجمة التي تجلس بجواره في السيّارة بكعب عالٍ، وشعر مبعثر على كتفيها، وفستان أسود طويل.

لتطمئنه أنّها لم تفقد روحها الجزائريّة الساخرة، قالت مازحة:

– لو كنت رايحة انغني في حفل بالجزائر ما خليتكش تجيي معايَ.. واش نعمل بيك وإنت جايني لابس costume وحاط الجل على شعرك.. يلزمني واحد بحزام أسود للمصارعة.. أو بالأحرى أربعين مصارعًا لمرافقتي!

لم يفهم ما تعنيه. توقّع أنها تستخفّ بهيأته. أمام صمته أضافت موضّحة:

– ألم تقرأ أنّه بسبب تهديدات جماعة من الأصوليّين اضطرّ القائمون على حفلات قاعة الأطلس في العاصمة إلى استقدام أربعين مصارعًا من الحاصلين على حزام أسود لضمان حياة آيت منغلات والجمهور الذي حضر حفله، خشية أن يتم الاعتداء عليهم من قِبَل مَن حاصروا القاعة في الخارج؟ تصوّر في كلّ بلدان العالم يقصد المطربون الحفل مع فريق من المصوّرين والمزيّنين. أمّا عندنا، فيدخل المغنّي القاعة بفرقة من المصارعين. وبرغم هذا، أنت لا تضمن حياتك.. لو أرادوا رأسك لجاؤوا به حتّى لو حضرت برفقة «بروس لي» بطل الفنون القتاليّة شخصيًّا!

علّق جمال مازحًا:

– أنا مانيش متاع هذا الشي.. خاطيني «الكاراتي».. في البلاد شوفي واحد آخر يروح معاك!

– تعرف.. والله أغار من الذين يعزفون في الميترو في باريس. كلٌّ يغنّي على مزاجه. قد يمرّ أحدهم ويضع له في قبّعته يورو، وقد لا يضع شيئًا. لكن على الأقل لا يضع له رصاصة في رأسه!

واصلت ضاحكة:

– الحمد لله.. نظلّ أحسن حالًا من الأوركسترا الوطنية العراقيّة.. أطلقت عليها الصحافة اسم «أشجع أوركسترا في العالم». تقيم حفلات سرّية لا يرغب المنظّمون في الإعلان عنها، بل يفضّلون أن يعلم بأمرها أقلّ عدد ممكن! تصوّر.. دمّرت الصواريخ الأمريكيّة قاعة حفلاتها، وخُطف البعض من أفرادها، وقُتل آخرون لأسباب طائفيّة، وفرّ نصف أعضائها للخارج.. وما زال من بقوا على قيد الحياة يقطعون حواجز الخطف والموت، ويصلون إلى المسرح ببزاتهم السوداء، حاملين

آلاتهم في أيديهم ليعزفوا وسط دويّ المتفجّرات مقطوعات سمفونيّة لباخ وفيفالدي.. كما لو كان كلّ شيء طبيعيًّا. مشهد سريالي، الفرقة والجمهور مرعوبون لكنهم يستعينون على خوفهم بالموسيقى. والله هَمّ ينسّيك هَمّ!

كانت بحاجة أن تستعرض بطولات الآخرين لتستقوي بهم على خوفها. الحقيقة أنها كانت تغنّي لأوّل مرّة في فرنسا، وتقف تحت أضواء إعلاميّة أكبر من عمر صوتها، فهي لم تكن مهيّأة لقدر كهذا. كلّ هذه الضجة التي رافقتها تربكُها، لفرط ما طالبوها برفع سقف التحدّي، كلّ حسب انتماءاته. البعض قال لها: «مذ غنّى عيسى الجرموني في الخمسينيات في قاعة «الأولمبيا» الشهيرة، هذه أول مرّة يستعيد الشاويّة مجدهم في باريس». ردّت بأنها خارج الجزائر جزائرية فحسب.

كانت تمازح جمال لتروّض توتّرها المتزايد. غير أنها وجدت طريقة للسيطرة على انفعالاتها بإلقاء كلمة صغيرة تمنحها فرصة استيعاب الموقف والسيطرة على الجمهور منذ اللحظة الأولى. ذلك أنّها في النهاية مُدرّسة، والتوجّه إلى الآخرين من منصّة هو نقطة قوّتها. أمّا الوقوف على المسرح والمباشرة بالغناء، فهو أمر ما زال يُربكها.

ما كادت تُطلّ على الجمهور، حتّى ارتفعت موجة من التصفيق والهتافات الوطنيّة، وراح البعض يلوّح بأعلام الجزائر. كان الجوّ مشتعلًا بما فيه الكفاية. شعرت بأن الذين حضروا لم يأتوا للطرب، بل ليعلنوا رفضهم للإرهاب. إنّها هنا أمام أنصارها.

ارتجلت كلامًا كانت قد أعدّت بعض أفكاره في ذهنها. جاء كلامها مذهلًا في تلقائيّته، مؤثّرًا في نبرة قوّته. خيّم صمت كبير على القاعة. لقد كانت تتكلّم وهي تطلّ عليهم من جبلها ذاك.

قالت:

– ذات يوم.. ساق الإسرائيليّون سهى بشارة بطلة المقاومة اللبنانيّة إلى ساحة الإعدام.. أوهموها أنهم سيعدمونها، قيّدوا يديها ورجليها وصوّبوا فوهة المسدّس إلى رأسها وسألوها عن أمنيتها الأخيرة في الحياة. ردّت «أريد أن أغنّي» وراح صوتها يترنّم بموّال من العتابا الجبليّة:

«هيهات يا بو الزلف عيني ياموليَ
محْلا الهوى والهنا والعيشة بحرّية»

أشبعوها ضربًا وعادوا بها إلى الزنزانة. وواصلت سهى بشارة الغناء.

على مدى أعوام، اعتاد أسرى سجن الخيام سماع غنائها. صوتها البعيد الواهن، القادم من خلف قضبان زنزانتها، أبقاهم أشدّاء. فمن يغنّي قد هزم خوفه.. إنّه إنسان حرّ!

بلى، بإمكان من لا يملك إلّا حباله الصوتيّة أن يلفّ الحبل حول عنق قاتله، يكفي أن يُغنّي، فلا قوّة تستطيع شيئًا ضدّ من قرّر أن يواجه الموت بالغناء.

عندما قام الإرهابيّون باغتيال الشابّ حسني، وقطف زهرة صوته، ما توقّعوا أن يصعد شقيقه إلى المنصّة، ليثأر لدم أخيه بمواصلة أداء أغانيه أمام جثمانه، أربكهم أن يواجههم أعزل إلّا من حنجرته.

بلى، بإمكاننا أن نثأر لموتانا بالغناء. فالذين قتلوهم أرادوا اغتيال الجزائر باغتيال البهجة. أوليست «البهجة» هي الاسم الثاني

للجزائر؟ ليعلموا أنهم لن يخيفونا، ولن يسكتونا.. نحن هنا لنغنّي من أجل الجزائر، فوحدهم السعداء بإمكانهم إعمار وطن.

انطلق النشيد الوطنيّ ووقفت القاعة تنشد:

«قسمًا بالنازلات الماحقات والجبال الشامخات الشاهقات
نحن ثرنا فحياة أو ممات وعقدنا العزم أن تحيا الجزائر
فاشهدوا فاشهدوا».

ما كاد ينتهي النشيد حتّى ارتفعت الزغاريد والهتافات، وصعدت سيّدة إلى المنصّة لتقبّلها وتضع علم الجزائر على كتفيها.

حيث تحلّ يقلّدها الموت وسامه. هي ابنة القتيل وأخت القتيل. لها قرابة بمئتي ألف جزائري ما عادوا هنا. قتلهم الإرهابيون، واختلف في تسميتهم الفقهاء: أهُم «قتلى»؟ أم «ضحايا»؟ أم «شهداء»؟ فكيف يفوزون بشرف الشهادة، وهم لم يموتوا على يد «النصارى» بل على يد من يعتبرون أنفسهم يد الله، وبيده يقتلون من شاؤوا من عباده؟

كان ذلك الحفل أجمل ما عاشته منذ مأساتها. أدّت فيه أكثر ممّا كان مقرّرًا من أغان. ثم عادت ببعض باقات الورد، لتبكي ليلًا وحدها.

أليس الغناء في النهاية هو دموع الروح؟

في الفندق، تأمّلت باقات الورد المتواضعة التي قُدّمت لها. إنّها الأبسط لكنّها الأصدق؛ من مغتربين بسيطين يقولون الأشياء دون تنميق أو بهرجة. إحداها كُتب عليها بالفرنسية «L'Algérie t'aime». بكت. هل حقًّا «الجزائر تحبّها»؟

كم كانت بحاجة إلى هاتين الكلمتين! لكن، لفرط ما أسدى لها الوطن من ضربات، ما عاد أذاه بل حبّه هو الذي يبكيها. ثمّ، ما جدوى نجاحًا تعيشه وحدها، ما دامت الجزائر التي تحبّها ما تركت لها رجلًا تقتسم معه فرحتها.

حتّى ذلك الرجل، قاصصها بالصمت، كباقة التوليب التي وصلتها منه دون أيّة كلمة. باقة صامتة كصاحبها، الذي أغلق هاتفه وما ترك لها من وسيلة لتقول له شيئًا.

هل أكثر عنفًا من الصمت العاطفي؟

وثمّة إرهاب آخر كان ينتظرها، مقنّعًا بالشفقة وبروح الإنسانيّة. كلّ من حاورها من الصحافة الأجنبيّة أرادها ضحيّة التقاليد الإسلامية، لا الإرهابيين. خرجت للغناء لكسر القيود التي يكبّل بها الرجل العربيّ المرأة، لا لتتحدّى القتلة. ثم ماذا لو كان الجيش هو الذي يقتل الأبرياء.. ثم يقدّم نفسه كطوق نجاة فيفضّل الناس الطاعون على الكوليرا؟!

عندما أجابت بغير ما أرادوا سماعه، أولى لها الإعلام ظهره، وألغيت دعوتها إلى حلقة تلفزيونيّة كانت ستشارك فيها.

فليكن! الشجاعة هي أن تجازف بقول ما لا يعجب الآخرين. وهي ليست هنا لنشر غسيل الوطن على حبال صوتها. ولماذا عليها أن تضع اسمًا للقاتل؟

كان ولاؤها أوّلًا للحقيقة، وهي لا تملكها كاملة، وتدري أنّ كلّ شيء كان ممكنًا في وطن من فوق قبوره تُبرم صفقات الكبار، وتحت نِعال المتحكّمين بمصيره يموت السذّج الصغار. لكن في حياة قضتها واقفة، لم تكتسب يومًا مهارات الجلوس على المبادئ، لذا لن تفوز

بشهرة لا تفتح بابها في الغرب إلّا لمن يُتقن دور الضحيّة، مُضحّيًا بقيمه. لذلك الضوء الساطع ثمن ما كانت جاهزة لدفعه.

في الجزائر، أدركت على حسابها أنّ في الحروب لا توجد حقيقة واحدة، ولا إرهاب واحد.

الإعلام الرسميّ الذي راح بداية يبارك تمرّدها، ويروّج لها كنموذج لجزائر الصمود والشجاعة، كان في الواقع يُصفّي من خلالها حساباته مع الإسلاميّين، وسرعان ما تحوّل إلى تصفية حساباته معها.

بدأت مشاكلها حين راحت تصرّح للصحافة الحرّة، بأنّ ثمّة جزائر للقلوب وأخرى للجيوب، وإرهابًا سافرًا وآخر ملثّمًا، وأن كبار اللصوص هم من أنجبوا للوطن القتلة، فالذين حملوا السلاح ما كانوا يطالبون بالديمقراطيّة بل بديمقراطية الاختلاس وبحقّهم في النهب، ما دام لا سارق اقتيد إلى السجن.

حينها، بدأ الغربان ومتعهّدو الدماء يحومون حول صوتها النازف، ويشجّعونها على رفع النبرة، ويزوّدونها بالأسماء.. وبأعواد الكبريت!

كانوا يريدونها حطب المحرقة، لكنّ «جان دارك» التفتت ساعة المعركة فما رأت رجلًا. وجدت نفسها وحيدة مثل «حامل الفانوس في ليل الذئاب» في مواجهة وحوش جاهزة للانقضاض على أيّ كان، دفاعًا عن غنيمتها. الكلّ أدرك فحوى الرسالة «كن صامتًا.. أو ميتًا».
كلّ حكم يصنع وحوشه، ويربّي كلابه السمينة التي تطارد الفريسة نيابة عنه.. وتحرس الحقيقة باغتيال الحقّ.

ذات صباح، طلبها المدير ليخبرها أنّها مفصولة من العمل. الذريعة أنّ الأهالي لا يريدون أن تُدرّس مطربة أبناءهم. ذريعة تشكّ كثيرًا في صدقيّتها. فما كانت مطربة حفلات ولا أعراس. هي لم تكن قد غنّت سوى مرّتين: مرّة في ذكرى وفاة والدها، ومرّة في برنامج تلفزيوني. ثم إنّها كانت محبوبة لدى الأهالي، فقد كانت تزورهم في بيوتهم، أو تهاتفهم لتطمئنّ إلى التلاميذ إن تغيّبوا. ففي تلك الأيام، كان المهم أن تحفظ رأسك لا أن تحفظ درسك، مذ درج الإرهابيّون على قتل كلّ من يحمل محفظة مدرسيّة، مُدرّسًا كان أو تلميذًا.

رأت أمّها في قرار طردها إنذارًا أوّلَ، سيليه ما لا تُحمد عقباه. ولأنّها لم تشأ أن تترك قبرًا ثالثًا في الجزائر، أخذت ابنتها وغادرت إلى سورية.

«حيثما سأموت، سأموت وأنا أغنّي.»

فلاديمير ماياكوفسكي

أشعل غليونه وراح يتابع تسجيل الحفل.

عجب، وهو يراها ترتجل تلك الكلمة، أن يكون الإرهابيّون قد منعوها من الغناء. كان عليهم إصدار فتوى تحرّم عليها الكلام، إنّها أخطر وهي تتكلّم!

هو يفضّل كلامها. لو أنّها كانت تغنّي يوم رآها لأوّل مرّة على التلفزيون لربّما غيّر القناة، ما أسره هو هذا العنفوان، لعلّه سرّ شغف الناس بها أينما حلّت، لكأنّها ابنة البراكين، تتدفّق حممها حال وقوفها على منصّة.

كم يودّ قطف هذه الزهرة الناريّة دون أن تحترق يده. أن تكون له وحده، هذه المجدليّة التي ما كادت تنتهي من الغناء، حتّى زحف الجمهور نحوها ليتبارك بها.

خاب أمله في رؤيتها حين أمدّوها بباقته، فقد أوقف المصوّر لقطاته حين طوّقها الجمهور وعمّ القاعة شيء من الفوضى.

أطفأ جهاز التسجيل وراح يفكّر في ما اكتشفه فيها.. فانكشفت به جراح روحه.

هذه امرأة تكمن «أدواتها النسائيّة» في صفاتها الرجّاليّة.

هي شُجاعة ومُكابِرة، وتملك حسًّا وطنيًّا فقدَ هو وهجه، لفرط غربته ومتاهته على مدى ربع قرن في البرازيل. هناك، في أرض الكرنفالات والأقنعة الأفريقيّة، أضاع ملامح وجهه الأصليّة. كلّ من أقام في البرازيل سكنته كائنات الغابات الأمازونيّة، وأرواح نساء ما زلن يرقصن السامبا، في انتظار الصيّادين العائدين بشباك تتراقص فيها الأسماك، ونبتت له أجنحة ملوّنة، كالفراش المداري العملاق في حقول الساركاو، فغدا كائنًا خفيفًا لا يمشي بل يحلّق.. ففي رأسه لا يتوقّف البرازيلي عن الرقص.

حسدها لأنّها تملك قضيّة، وما عادت له قضايا منذ زمن.

في لبنان، ما من قضيّة إلّا وتصبّ في جيب أحد. فليعمل المرء إذًا لجيبه.. بدل أن يموت ليصنع ثراء لصوص القضايا، وأثرياء النضال، المقيمين في القصور والمتنقّلين بطائراتهم الخاصّة. شرفاء الزمن الجميل، ذهبت بهم الحرب، كما ذهبت بأبيه، وقذف البحر بما اعتاد أن يرمي به للشواطئ، عندما تضع الحروب أوزارها.

في ما مضى، في سبعينيّات القرن الماضي، أيّام الحرب الأهليّة، كان جاهزًا للموت حتّى من أجل ملصق على جدار يحمل صورة قائد حزبه أو زعيم طائفته. الآن وقد تجاوز مراهقته السياسيّة، أدرك سذاجة رفيقه الذي مات في «معركة الصوَر» دفاعًا عن كرامة صورة لمشروع لصّ، أراد ساذج آخر أن يقتلعها ليضع مكانها صورة زعيم آخر لميليشيا. فمات الإثنان وعاش بعدهما اللصان.

هل ثمّة ميتة أغبى؟

بلى، ثمّة حماقة أكبر، كأن تموت بالرصاص الطائش ابتهاجًا بعودة هذا أوإعادة انتخاب ذاك، من دون أن يُبدي هذا ولا ذاك حزنه أو أسفه لموتك، لأنك وُجدت خطأً لحظة احتفال «الأربعين حرامي» بجلوس «علي بابا» على الكرسيّ.

وثمّة عبثيّة الشهيد الأخير في المعركة الأخيرة، عندما يتعانق الطرفان فوق جثّته.. ويسافران معًا ليقبضا من بلاد أخرى ثمن المصالحة.. إلى حين.

حين وقع على هذه الحقائق، نزل من ذلك القطار المجنون، واستقلّ الطائرة هربًا إلى البرازيل، انشقّ عن حزب «النضال» وانخرط في حزب الحياة. ما عاد له من ولاءٍ إلّا لها.

تلك البلاد التي وصلها مفلسًا، ما عاش فيها يوما فقيرًا. فهناك يعمل الناس كما لو كانوا عبيدًا، ويعودون من أعمالهم ليعيشوا بقيّة نهارهم أمراء. مباهجهم لا علاقة لها بجيوبهم، هي توجد في أذهانهم. من يملك دولارًا يحتفى به كما لو كان مليارًا. فالدولار عندهم لا يغدو ثروة إلا إذا حوّلوه إلى حياة. بينما يكتنز غيرهم الحياة، بتحويلها إلى أوراق مصرفيّة يعمل صاحبها بدوام كامل حارسًا لها.

منهم تعلّم أن يعيش الحياة كاحتفالية كبيرة. كما لو كان في كل موعد معها ينفق آخر دولار في جيبه، كي لا يتفوّق عليه سعادة من ليس في جيبه إلّا دولارًا.

وحتى تلك الفتاة، تعنيه لأنّه يدري ما تخفيه تحت حدادها من شهوة الحياة.

من مكر الأسود قدرته على ارتداء عكس ما يضمر!

* * *

ما استطاعت أن ترفض دعوة بيت عمّها. تركت ذلك للآخر، حتّى لا تعكّر مزاجها منذ أوّل يوم.

أخذت لهم ما في غرفتها من ورود، كي تمنح الحبّ حياة أطول. فقد عزّ عليها أن تلقي تلك الورود وهي متفتّحة في سلّة المهملات.

عبثًا هربت من ذلك البيت، لا تريد أن ترى أطياف علاء ووالدها.. في الصالون وحول مائدة الطعام. وخاصّة، لا تريد الردّ على تلك الأسئلة التي توقظ المواجع. لكنّ أسئلة أبناء عمّها جاءت مع فنجان الشاي.

– لماذا لا تقيمين في فرنسا إلى أن يهدأ الوضع؟

– أنا سعيدة مع أمّي في الشام.

– استفيدي.. أطلبي بطاقة الإقامة ما دامت الظروف مؤاتية، ربّما احتجتها لاحقًا. سيمنحونك حقّ اللجوء.. نصف الجزائر انتقلت إلى باريس، معظمهم بملفّات ملفّقة.. منهم من يدّعي أنّ السلطة تهدّده وآخر أنّ الإرهاب يطارده. أنت يطاردك كلاهما..

كانتستردّ بأنّ وحدها الذاكرة تطاردها.. كما في هذا البيت.

وبرغم ذلك، جاء السؤال الذي لا مفرّ منه.

– سامحيني يا بنتي.. كيفاش مات علاء الله يرحمو حدّ ما قال لنا واش صار؟

أُمّ جمال تريد أجوبة موجعة، تليق بفاجعة شاب في عمر ابنها استنفد أحلامه باكرًا. تريد التفاصيل التي يحتاج إليها الأقارب الذين لم يروا جثّة فقيدهم، ويحتاجون إلى دليل وتفاصيل ليتقبّلوا فكرة موته.

ابتلعت دموعًا لا تريد أن تحتسيها في حضرة أحد.

هي هكذا، كلّما تتكلّم عن علاء، تتحدّث كما لو أنّه ما زال هنا. ثم لاحقًا، في اللحظة التي لا تتوقّعها، لسبب لا علاقة له في الظاهر به، تنهار باكية. الآن هي تروي، بنبرة عاديّة، قصة حدثت قبل سنتين، لشاب جميل، كما أولئك الذين يشتهيهم الموت.. كان أخاها الوحيد.

– عندما عاد من معتقلات الصحراء، سعدنا لأنهم، بعد خمسة أشهر لم نعرف فيها شيئًا عنه، اقتنعوا ببراءته وأطلقوا أخيرًا سراحه. لكن ما كاد يمرّ شهران على إقامته بيننا، حتّى جاء من يُقنعه بأنّ كلّ ما حدث له من مصائب هو بسبب ابتعاده عن الإسلام، فلا صلاته ولا صيامه سيشفعان له عند الله إن لم ينصر مجاهديه، لكونه قضى سنتين في العسكريّة لخدمة الوطن، ولم يُعط من عمره شهرًا لخدمة الإسلام. أغروه بالالتحاق بالجبل للإيفاء بدينه ومعالجة الجرحى من الإسلاميّين ولو بضعة أسابيع. ذهب علاء دون أن يخبرنا بقراره. ما كان يدري أنّ الخروج من الجحيم ليس بسهولة دخوله.

صاح جمال مندهشًا:

– مضى بملء إرادته إلى الإرهابيين؟!

– استفادوا من حالة إحباطه وممّا شاهد من مظالم في المعتقلات، ليلعبوا بعاطفته. إنّ لهم قدرة على إقناعك بما شاءوا.

– وبعدها؟

– بعدها.. قضى أكثر من عامين متنقّلًا بين المخابئ في الجبال، يُعالج الجرحى ويولّد النساء المغتصبات اللائي «سباهنّ» الإرهابيّون بذريعة أنّهنّ بنات وزوجات موظّفين أو عاملين في «دولة الطاغوت»، لكن ذلك لم يشفع له. حين طلب السماح له بالعودة، غذّى شكوكهم، فقد كانوا يشتبهون في كون الجيش من أرسله ليتجسّس عليهم، بسبب جهله في أمور الدين. تفتّقت حينها قريحة أحدهم

عن اختبار شيطاني، أن يُثبت لهم اعتناقه الجهاد بعودته لقتل والده، ويكون حينها آمنًا على نفسه، بتصفيته من جعل من صوته «مزامير للشيطان».

توقّفت عن الكلام لتستعيد جأشها.

سأل الجميع في الوقت نفسه:

– وماذا حدث؟!

– أمام هول الاختبار، غدا مطلبه أن يساومهم على حياة أبيه ببقائه معهم. قال لهم إنّه ما جاء ليقتل بل ليعالج، وإنّه سيبقى في خدمتهم ما شاؤوا مقابل ألّا يؤذوا والده. ما كان يدري أن لا صفقة تُبرم مع القتلة، ولا توقّع أنّ أثناء تواجده معهم أرسلوا من يقتل أبي. علم بذلك بعد أشهر عندما نزل من الجبل مع من نزل من التائبين في إطار العفو والمصالحة الوطنيّة. أخرجته الصدمة من صوابه، وكان قد وصلنا نصف مجنون لهول ما رأى. فقد غدا غريبًا عن نفسه وغريبًا عنّا، وإرهابيًّا في عين أصدقائه السابقين، ومشبوهًا في عين الإرهابيين الذين لم يغادروا بعد جحورهم في الجبال، ويعتقدون أنّه الحلقة الأضعف، وأنه من سيشي بمخابئهم للجيش. وهكذا، أرسلوا أحدًا لتصفيته بعد شهرين من إقامته بيننا.

صمتت فجأة. فهي لم تدرِ أيّة كلمة تختار لتصف حدث موته: «تصفيته».. «قتله».. «اغتياله».. «الإجهاز عليه»؟.. لفرط ما مات علاء مذ استباحوا نبله، واغتالوا شهيّته للحياة، وأعدموا بهجة حواسه، كلّ كلمات الموت مجتمعة لا تكفي لوصف عبثيّة رحيله الأبدي.

ها قد أشبعتهم تفاصيل.. فليبكوا إذًا!

انتهى الكلام لا الرواية، فلقد احتفظت لنفسها بالتفاصيل.

***

نزل علاء من الجبال، مع آلاف «التائبين» الذين سلّموا أنفسهم إلى السلطات بعد الضمانات التي قُدّمت لهم. لم يتب عن القتل، فما اغتال سوى أوهامه. كان يحلم بالعودة إلى بيته، كما يحلم البعض ببلاد بعيدة موعودين بها. وعندما عاد إلى أهله، اكتشف أنّه لم يعد إلى نفسه. اهتزّ سلامه الداخلي، أصيب بحداد نفسي، ودخل واقع اللاواقع منزلقًا نحو الفصام. لفرط ما راكَمَ في سنتين من سنوات، ما عاد له من عمر.. ولا من اسم. ظلّ لأيام يُفاجأ عندما يُناديه أحد باسمه. يأخذ بعض الوقت قبل أن يردّ، ريثما يُصدّق أنّه المعنيّ.. وأنّه ما عاد «أبو إسحق» بل علاء.

كانت أوّل صدمة هي اكتشافه اغتيال أبيه في غيبته. سأل: «كيف قتلوه؟» وعندما علم أنّهم (فقط) أطلقوا رصاصتين على رأسه، كان عزاؤه أنّه لم يتعذّب. فمن حيث جاء، شهد من صنوف التعذيب أهوالًا واجتهادات لا يمكن لنفس بشرية أن تتصوّرها.. أرحمها، جعل سجين يحفر قبره بنفسه، وإجباره على التمدّد فيه، ثمّ تغطيته بالتراب ومشاهدته وهو يعطس ويبصق. وخلال لحظة يسود الصمت، فيطؤون التراب فوقه بأقدامهم ثمّ يرحلون.

بعض من وقع في الأسر، لتهمة لا يدري ما هي، اختار الإسراع بالانتحار حتّى لا يتعرّض للتعذيب. شاهد أحدهم يخنق نفسه عبر أكل الرمل الممزوج بالأرض الممتدّة حول الشجرة التي كان مربوطًا إليها، فعلى مرأى منه كان يُسلخ أسير من جلده، ويُترك لأيام يحتضر إلى أن يفرغ من دمه، برغم كونه وشى حتّى بأخته.. المتزوّجة من شرطيّ!

كم مرّة تماسك كي لا ينهار أو يُغمى عليه خشية ألّا يستيقظ أبدًا. فلا مكان بين القتلة لضعيف. لكنه الآن وقد نجا، انهارت قواه تمامًا، يعيش مع أخته وأمّه مشلول الإرادة والتفكير، متشرّدًا بين القيم المتناقضة. لا تكفّ أمّه عن ضمّه والبكاء. لقد بكت مذ مضى، وتبكي الآن لأنّه عاد. وهو كلّما خلى إلى نفسه بكى. قاوم دمعه عامين، لكنه الآن استعاد حقه في البكاء، فهو لا يغفر لنفسه ما سبّب للجميع من أذى، ولا يدري ماذا عليه أن يفعل لإسعاد أمه. هل يواصل الدراسة؟ هل يعمل؟ هل يتزوّج؟ هل يغادر أم يبقى؟ وإن غادر فكيف يتركهما ويمضي؟ وإن انتقلوا جميعًا للعيش في الشام كما تريد أمّه، فمن أين لهم المال؟

لو كان أميرًا من أمراء الموت، لربّما فُتحت له أبواب الرزق، وقُدّمت له مساعدات على قدر مقام سيفه، ولكوفئ على انقلابه عن فتاويه الأولى بإصدار فتاوى جديدة تحرّم على من لا زالوا في الجبال مواصلة الجهاد. لكنّه ليس أميرًا، ولا يتحكّم في سرايا الموت، ولا في كتائب القتال. هو ما زال غير مصدّق أنّه استعاد حياته. ثم إنّ «إخوته» الأمراء ليسوا معنيّين بأمره، هم مشغولون الآن بتجارتهم، بعد أن تاجروا به وبغيره.

عمّار التحق بالجبال بعده، ونزل منها قبله. كان أميرًا هناك.. ووجده أميرًا هنا. يستمتع بحقّه في الحياة بعد أن انتزع من الآخرين هذا الحقّ. يملك الآن تجارة مزدهرة، إلى حدّ مثير للعجب. إن سألته كيف اكتسبها، أجابك بما تفهم منه أنّه جدير بالربح، وأنّه لا يليق بك إلّا الخسارة، لأنّ الله ليس معك. هو معه. له العناية الإلهيّة، لذا تجارته

مباركة، ومكاسبه حلال، وعليك أن تستنتج أنّك ملعون، ومستثنى من رحمة الله، برغم كونك مؤمنًا، ومحسنًا، وتخاف الله، وما قتلت نفسًا بغير حقّ.

سيقول لك كلّ هذا باللغة العربيّة الفصحى، التي لا يتخاطب «أصحاب البركات» إلّا بها، لأنّها لغة أهل الجنّة. ولا تدري كيف تردّ عليه وأنت في جحيمك، تركت جحيم الموت، لتجد جحيم الحياة في انتظارك.

بالنسبة إلى علاء، لقد طُرد من الجنّة الأرضيّة يوم فقد الحبّ. لعلّها الغيرة، وذلك العشق المتطرّف رغبة في استحواذه بالحبيب، حدّ فقدانه في نهاية المطاف.

كانت هدى قد أنهت دراستها قبله، بحكم تخصّصها في الصحافة. لم يتقبّل فكرة انتقالها للعيش في الجزائر. وما كانت هي جاهزة للتنازل عن فرصة قد لا تتكرّر، في العمل مقدّمة أخبار في التلفزيون. ما أن غادرت إلى العاصمة، حتّى غادر هو إلى الجبال. ربما أراد أن يقاصصها فقاصص نفسه بها، وهو يلقي بنفسه في التهلكة هربًا من عذاب فراقها.

حيث كان انقطعت أخبارها عنه. وهو الآن يودّ أن يعرف من بعيد، ما حلّ بها منذ سنتين إلى اليوم، لا يريد أن تراه على ما هو عليه من بؤس المظهر. يحتاج إلى بعض الوقت كي يستعيد ما فقد من وسامته وصحّته.

اتّصل بأخيها، فهو صديقه وزميل سابق له في الجامعة. سعد عندما سمع صوت نذير يردّ على الهاتف. مذ عاد وهو غير مصدّق،

أن يردّ أحدهم على رقم هاتفي في حوزته. ما أدراه بما حلّ بالناس في غيبته!

اتّفقا على أن يلتقيا. تجمّل له ما استطاع، كما لو كان يتجمّل لهدى، فهو يتوقّع أن ينقل لها أخباره. لكنه وجد نفسه أكثر أناقة منه.

كان ندير في السابق سيّد التأنّق والبهجة. كأنّه قطع عهدًا على نفسه ألّا يحزن. وكان هذا أوّل ما شدّه إليه. فقد كانا منخرطين معًا في حزب الحياة. ندير يحفظ آخر أغاني أجنبيّة، ويدري بآخر التقنيات. يحرم نفسه من كماليّات، ليشتري آخر جهاز تكنولوجي.. وأول جهاز كمبيوتر يدخل البلاد. هو دائمًا أمام شاشة بحكم دراسته في مجال المعلوماتيّة، أنّه خرّيج الحياة الافتراضيّة!

حاولا أن يستعيدا روح دعابتهما السابقة.

قال ندير:

– واش.. ما زلت حيّ؟

ردّ علاء بالسخرية نفسها:

– وأنت ما زلت في «la planète» متاعنا؟ حسبتك بدّلت المجرّة!

– أنا في المجاري يا خو.. أنت على الأقلّ كنت في الجبْل، عندكم الأكسجين فوق.. هْنا نشّفولنا حتّى الهْوا. يمكن يكونوا يبيعوا فيه بـ «الدوفيز».. كلّ شيء يتباع بالعملة الصعبة غير إحنا اللي رخصنا!

– واش راك تدير هاذ الأيّامات؟

ضحك ندير. لا أحد سأله ماذا يفعل هذه الأيّام، فأن تبقى على قيد الحياة في حدّ ذاته فعل. الناس تسأل إن كان فلان ما زال حيًّا، لا ماذا يفعل!

ردّ بتهكّم:

– ما انديز والُو. راني اندور.. مثل رواية مالك حدّاد «الأصفار تدور حول نفسها» راني هاك ذاك اندور. وإنت واش مطلّعك للجبل وإلّا هبلت يا راجل؟!

ردّ علاء كما ليبرّر حماقته:

– ما على باليش واش صار لي كنت كاره حياتي!

– يا خويا إذا كاره حياتك إقطع البْحَر مش تطلع للجبل.. عندك على الأقلّ احتمال توصل للجنّة.. وتعيش في فرنسا والا في إسبانيا تاكل كلّ اليوم «لابايلا».

ردّ علاء بسخرية سوداء:

– والله يأكلك الحوت قبل ما تاكل «لابايلا»!

– ياكُلني الحوت ولا ياكُلني الدود..

النديز يتكلّم بقهر شابّ تخرّج ولم يجد وظيفة منذ سنتين. حتمًا هو يقول كلامًا غير مقتنع به تمامًا. إنّه يعاني من حالة خذلان. ذهبت به من التطرّف في البهجة إلى التطرّف في الخيبة.

راح علاء يقترب من الموضوع الذي يعنيه، سأله:

– أنا قلت تكون تزوّجت في غيابي..

ردّ نديز ساخرًا:

– نتزوّج؟ وعلاش هبلت! يا ربّي نسلّك راسي.. وين رايحين يهربوا البنات.. راهم أكثر من ثلاثة ملايين بايرة في الجزائر!

كانت هذه أوّل مرّة يسمعه يتكلّم بهذه الطريقة. لعلّ إحداهن ضحكت عليه، أو تخلّت عنه. ماذا عساها تفعل مع شاب لا مستقبل له؟

طرح أخيرًا سؤاله الأهمّ:

– وهدى واش راهي؟

– هدى تقول حدّ دعَى عليها دعوة شرّ! يرحم باباك، كاين واحد يروح يعمل في التلفزيون والإرهابيين كلّ أسبوع يقتلوا صحافي؟! يا خويا تحبّ الأضواء بزّاف.. «مضروبة عليها».. خلّيها تموت تحت الأضواء!

كان يريد أن يسأله «هل تزوّجت أو هل في حياتها أحد؟» لكنّه استنتج أنّها لم تتزوّج بعد. أمّا السؤال الثاني فلا أحد يمكن أن يجيب عنه سواها. كم يشتهي أن يعرف هل ما زالت تحبّه؟ هل تذكره؟ هل تشتاقه؟ اكتفى بسؤاله عن مشاريعه.

– واش ناوي ادّير؟

– ناوي ع الهربة.. ما يسلّكني غير البْحَر. كاين بزاف راحوا وراهم في اسبانيا لاباس عليهم.

لا مجال لمناقشته. إنه لا يرتاب في البحر. يثق فيه أكثر من الوطن الذي سيتركه خلفه. سيبحر ويعود بشباك فارغة للأحلام!

عاد علاء من ذلك اللقاء سعيدًا، لقد بقي له على الأقل صديق واحد. ففي محنة كهذه تكتشف الناس.

مذ عودته، خسر كلّ صداقاته السابقة. أحيانًا يعذرهم، بالنسبة لهم هو إرهابي. أمّا بالنسبة للإرهابيين، فهو ليس جديرًا بهذا «الجاه». إن لم يقتلوه، فلأنّهم كانوا في حاجة إليه ليس أكثر. كانوا يعانون من أزمة أطبّاء لمعالجة جرحاهم. حدث أن خطفوا طبيبًا وجاؤوا به إلى مخابئهم.. لكنّهم أعدموه بعد ذلك، أثناء محاولته الفرار. ما زال غير مصدّق أنّ من ظلّوا هناك سمحوا له بالنزول مع «فوج التائبين». لآخر

لحظة توقّع أن يطلق أحدهم النار عليه، فربّما دلّ الأمن على مخابئهم.. إنّ رجلًا لم يقتل يومًا أحدًا لا بدّ أن يُقتل!

أعطاه ذلك الموعد الأمل في استعادة هُدى. لا يتوقّع أن تكون نسيته. على الأقلّ إكرامًا للستّة أشهر التي قضاها في السجن ثمنًا لحبّها. ما كان ليدري لولا أنها من أخبرته بذلك عندما أطلق سراحه، بعد اعتقاله في حملة قام بها رجال الأمن على الإسلاميين في جامعة قسطنطينة. فقد جاء أحدهم وقال لها شامتًا «ما خليتكش تفرحي بيه». لاحقًا فهمت أنّه وشى به زورًا حتّى يتمّ اعتقاله أيضًا. كان الشابّ يحبّها ولا يريد أثناء وجوده في السجن أن يتركها لغيره!

ما زال يُباهي بينه وبين نفسه أنّه دخل السجون بسبب شبهة عشقيّة غير معلنة! هل كانوا سيضربونه ويعذّبونه لو عرفوا أنّه مجرّد عاشق ضحيّة مكيدة شاب لا ضمير له، لم تمنعه لحيته من الكيد لإنسان بريء؟ لكنّهم تمادوا، وهو الذي لم يتعاطف يومًا مع الإسلاميين، لفرط ما رآهم يُعذَّبون على يد الجيش، غادر السجن وهو إسلامي.

الآن وقد خبر كلّ شيء، يحتاج إلى إعادة إعمار روحه ممّا حلّ بها من خراب.

حتّى الكلمات تتطلّب منه إعادة نظر: «الوطن»، «الشهيد»، «القتيل»، «الضحيّة»، «الجيش»، «الحقيقة»، «الإرهاب»، «الإسلام»، «الجهاد»، «الثورة»، «المؤامرة»، «الكفّار»: أتعبته اللغة. أثقلته. يريد هواءً نظيفًا لا لغة فيه. لا فصحى ولا فصاحة ولا مزايدات.

كلمات عاديّة، لا تنتهي بفتحةٍ أو ضمّةٍ أو كسرةٍ.. بل بسكون.

يريد الصمت.

عبثًا كانت هالة وأمّه تحاولان استدراجه للبوح بما عاشه خلال سنتي غيابه. كان دائم التهرّب من الكلام. لا يتواجد إلّا بتوقيت الأخبار المسائيّة.

كلتاهما تعرفان أنّه ينتظر أن تطلّ هدى ليس أكثر. فعندما لا تكون هي من يقدّم الأخبار، يغادر عائدًا إلى غرفته.

يتأمّلها.. يتفحّصها.. يقرأ أخبارها أثناء قراءتها للأخبار. يصل كلّ مرّة إلى نتائج معاكسة، مرّة أنّها سعيدة وبالتالي يوجد في حياتها رجل. مرّة تبدو له يائسة ومحطّمة، ولا يفهم لماذا تصرّ إذًا على البقاء أمام الكاميرا.. لتعلن كلّ يوم اغتيال صحافي.لقد تجاوز عدد الصحافيين والمثقّفين الذين اغتيلوا السبعين، وهي ما زالت تنعى كلّ يوم أحدهم.. وماذا لو كانت هي الرقم التالي؟

كانت هذه الفكرة ترعبه أكثر. ما يخشاه أن يحدث لها شيء ولا يراها أبدًا. هل يعقل أن يغيّبها الموت؟ أن يغطّي التراب عينيها الجميلتين، وجسدها الذي لم يلمسه يومًا.. وشفتيها اللتين هما كلّ ما قبّل فيها؟

يقرّر ككلّ مرّة أن يطلبها في الغد.

ثم تكون الكلمة الأخيرة لعزّة نفسه. فهي تدري أنّه عاد، وبإمكانها أن تطلبه إن شاءت. لكنّها منذ شهرين لم تفعل.

كانت كوابيس موتها تلاحقه. لا يتوقّف عن تصوّر كلّ الاحتمالات التي يمكنهم اغتيالها بها، وهي متّجهة إلى التلفزيون أو عائدة منه مساءً. يحلم أنّه جاثمٌ يلثم جسدها باكيًا ومتضرّعًا للّه كي لا يأخذها منه. فلا شيء، لا شيء سواها يريده في هذه الدنيا.

ذات مساء، وهو يشاهدها على الشاشة، خطر بذهنه أن يهاتفها على المحطّة، حال انتهاء الأخبار. يريد أن يفاجئها!

كان المشكل وجود هاتف البيت في الصالون، وهو لا يريد أن يتحدّث إليها على مسمع من هالة وأمّه. قرّر أن ينزل ليطلبها من مقصورة هاتفيّة غير بعيدة من البيت. تذرّع بالنزول لشراء علبة سجائر.

في المقصورة، أخرج من جيبه رقم هاتف التلفزيون الذي أحضره منذ أيّام، مذ بدأت فكرة الاتصال بها تراوده. ظلّ رقم البدالة يدقّ لدقائق دون أن يرفعه أحد. ثم أخيرًا ردّ صوت رجّالي. وجد نفسه يقول له بارتباك:

– أودّ الحديث إلى الآنسة هدى. هل يمكن لو سمحت أن تخبرها أنّ علاء على الخطّ..

بدا الرجل على الطرف الآخر من الخط على حذر.. ردّ بعصبيّة:

– أطلبها غدًا إن شئت!

راح يلحّ:

– أودّ أن أتحدّث إليها الآن في أمر هامّ.. ليتك فقط تخبرها باسمي.

ردّ الرجل:

– ولكنّها ما زالت على البلاتو، عليك أن تنتظر بضع دقائق وربّما أكثر.

ردّ مستجديًا:

– سأنتظر.. لكن وراسك لا تنساني يا خويا.

قال الرجل:

– ذكّرني باسمك.

– علاء.. علاء الوافي.. إنّي أحدّثك من الشارع، بالله لا تدعني أنتظر طويلًا.

مرّت أكثر من عشر دقائق. عاد الرجل ليخبره أنّ هدى أنهت أثناء ذلك بثّها وغادرت على عجل، وأنّه ما استطاع اللحاق بها.

لكن.. كان الخطّ مفتوحًا ولا أحد يردّ، سوى صوت طلقات رصاصٍ اخترق دويّها سمّاعة المقصورة.

في الغد، في انتظار الطائرة العائدة بها إلى بيروت، كان لها متّسع من الوقت لتستعيد تلك التفاصيل كاملة، وتحزن مجدّدًا لأنّ في سنة 2001 ما كان الهاتف الجوّال في متناول الناس في الجزائر، وإلّا لما نزل علاء ليلًا إلى تلك المقصورة لطلب هدى. كيف له أن يدري أنه كان يتّصل بالرقم الهاتفي للموت؟

نزلت دموعها. تلك التي احتفظت بها في سهرة البارحة. لعلّ غيومها كانت تبحث عن ذريعة كي تهطل. لعلّه النجاح المفضي إلى الكآبة، أو لعلّه الفقدان، فقدان كلّ رجالها، بمن فيهم ذلك الذي منحها بهجةً كاذبة، واختفى في هذا المطار نفسه الذي واعدها فيه يوم وصولها قبل أسبوع.

ظلت حتّى آخر لحظة تتوقّع اتصالًا منه. الآن فقط بدأت تصدّق قلبها الذي يوشوشها أنّها لن تراه أبدًا، وأنّ قدرها ألا تكون يومًا سعيدة.

سعادتها كانت دائمًا سريعة العطب، كأجنحة الفراشات. كلّما حاولت الإمساك بألوانها، انتهت بهجتها غبارًا بين أصابعها.

الحركة الثانية

«من أي نجوم أتينا لنلتقي أخيرًا؟»

نيتشه لحظة رأى «لو» لأوّل مرة

كانت قد مرّت بضعة أسابيع على عودتها من باريس حين وصلتها دعوة لإقامة حفلٍ في القاهرة. راحت تفاوض والدتها للسماح لها بالسفر إلى مصر، وكأنها تفاوضها على قضيّة الشرق الأوسط. ففي القاهرة ليس لها أهل كما في باريس، وما أدرى والدتها في أيّ وسط ستكون؟

في الواقع، هي لا تريدها أن تغنّي. تخشى عليها من كلّ شيء. لو استطاعت لأبقتها في البيت. تراها غزالًا يتحيّنون نحره ليفوزوا بِمسكه.

أمّا هي فتعتقد أنّ غزالًا في البيت ليس غزالًا بل دجاجة. لقد خُلقت الغزلان لتركض في البراري، لا لتختبئ، فالخوف من الموت.. موتٌ قد يمتدّ مدى الحياة.

منذ أشهر وهي تـدرس الموسيقى، والآن تشعر أنّ بإمكانها مواجهة أصعب جمهور: الجمهور المصري. أيّـة مغامرة أن تقبل بتقديم حفل في القاهرة!

عرضت على والدتها أن ترافقها، قصد طمأنتها، وتغيّر مزاجها قليلًا. لكنّها، كما توقّعت، رفضت عرضها، وزادت بتذمّر:

– مَنّي مرتاحة لَسفرتك لَمصر ولأجوائها الفنّيّة.. ولا بَدّي مصاري من حفلاتك.. بفضّل آكل منقوشة جبنة بكرامة!

راحت ككلّ مرّة تدافع عن نفسها:

– كرامتنا مصونة يا إمّـي.. وأنـا ما أكسب كثير من هاي الحفلات.. حتّى هاذ الحفل حفل خيري لَنجمّع مبلغ لإنشاء قسم طبّي للأطفال المرضى بالسرطان..

استطاعت بهذه الكلمات أن تكسب رضاها، وتسافر وقد فازت بمباركتها. خاصة أن نجلاء اقترحت مرافقتها، فالسفرة قصيرة، وهي لم تزر القاهرة من قبل، وكان هذا أجمل عرض، نظرًا لما كان ينتظرها من مفاجآت.

لم يكن يفصلها عن الحفل سوى ساعات، حين بلغها أنّ أحدهم اشترى قبل أيّام كلّ البطاقات.

في البدء لم تُصدّق.

صحيح أنّه حفل خيري، لكن كان في إمكانه أن يكتفي بشراء كمّيّة من التذاكر، والتبرّع ببقيّة المبلغ، احترامًا لمن يودّ أن يحضرها. ما معنى أن يشتري أحد بطاقات قاعة بأكملها، سوى اعتقاده أنّه يساوي الحضور جميعًا، لأنّه يملك أكثر ممّا يملكون. وبأيّ حقّ يحرم الناس من حضورها، فقط لأنّه لا يدري ماذا يفعل بماله، ويبحث عن وسيلة تؤمّن له إعلانًا في الجرائد كفاعل خير.

راودتها فكرة رفض الغناء كي تلقّن هذا الرجل درسًا في التواضع. غير أنّ متعهّد الحفل أبلغها بعد نقاش منطقي، أنّ عليها في هذه الحالة أن تدفع ما يتكبّده من خسائر.

لأوّل مرّة شعرت أنّ ما في جيبها لا يغطّي منسوب كرامتها.

– ومن هو هذا الرجل؟

لقد حضر أحدهم ودفع المبلغ باسم إحدى الشركات، ربّما كان أحد رجاله.. ما ترك لي مجالًا للسؤال.

قالت بتهكّم:

– لعلّه شيخ قبيلة ويحتاج إلى قاعة بأكملها.

– إن كان أميرًا فلن يحضر لا هو ولا قبيلته!

– معقول.. فوق هذا ألّا يحضر أبدًا؟!

– ما يعني الأثرياء هو أن يحضر اسمهم. في النهاية، هذا حفل خيري، المهمّ أنّنا بعنا كلّ البطاقات.

كان الغناء بالنسبة إليها ضربًا من الكرامة، ولم يفارقها الإحساس بأنّ الرجل يهين سخاءها بثرائه.

لقد تنازلت عن دخلها من هذا الحفل، برغم حاجتها إلى المال. واشترى هو بطاقات قاعة بما فاض من ماله، وسيبدو الآن الأكثر كرمًا وإنسانيّة!

عاشت الساعتين السابقتين للحفل بتوتّر عالٍ، في انتظار أن يُرفع الستار عن جواب حيّر الجميع لغزه: من يكون هذا الرجل؟

كانت تزداد عصبيّة كلّما اقترب الحفل، من دون أن يكون في القاعة أيّ وجود لتلك الحركة التي تسبق الحفلات عادةً.

ماذا لو لم يحضر؟

بدأ مزاجها يسوء. قرّرت، تفاديًا للمفاجآت، أن تُخبر أعضاء الفرقة أنّهم في انتظار شخص واحد..

سأل أحد العازفين:

– ولو حضرتو ما جاشي نعمل إيه؟

ردّ الآخر:

– ما لنا بيه.. يجي وإلّا ما يجيش إحنا شغّالين.

– يعني عاوزنا نعزف لقاعة ما فيهاش حد!

– ومالو.. دي أمّ كلثوم كلّها وغنّت للكراسي.. ثلاث ساعات وهي تغنّي في فرح ما حضروش عريس ولا عروس ولا معازيم..

– إزاي بقى يا عمّ؟ هي تجنّنت؟!

– أبوها هو اللي تجنّن.. سبع ساعات وهُمّا على الحُمار جايين من الريف عشان أمّ كلثوم تغنّي في الجوازة دي.. ولمّا وصلوا لقوا السّرادق جاهز والكلوبات ضاوية والكراسي مصفوفة بس ما كانش فيه حد.. ولا حتّى العريس! كان الجوّ وحش قوي وما حدّش عاوز يطلع من بيتو. هم كانوا حيسمعوا مين يعني؟ صالح عبد الحيّ ولّا عبد اللطيف البنّا؟ فراحوا مأجّلين الفرح. لكن كانوا حيقولولها الزاي يعني، ما هو وقتها ما كانش فيه تلفونات زي دلوقت.

راح العازف يحكي بقيّة القصّة بتفاصيلها وكأنّه عايشها.

سأله الثاني غير مصدّق:

– عرفت القصّة دي منين؟

– كتبتها الستّ في مذكّراتها.. دي بتنكّت وهي بتحكيها. بتقول: انبسطت قوي يوميها. أصل دي كانت أوّل مرّة أغنّي بيها في الريف من غير ما المعازيم يكسّروا الكراسي على راس بعض في الآخر،

وبدل تلات ساعات خناقة ونص ساعة غناء غنّيت تلات ساعات ولا قاطعنيش حدّ!

كانت تستمع إلى حوارات العازفين بإعجاب من لم يعتد أن يرى في كلّ مصيبة مناسبة لإطلاق نكتة. كانوا يضحكون ويتمازحون ووحدها يشلّها التوتّر. إحساسٌ ما يقول لها أنّ لا أحد سيأتي، وربّما سيكون عليها أن تغنّي للكراسي!

كذب حدسها.

كانت الساعة التاسعة تمامًا عندما جاء من يُخبرها أنّ بإمكانها أن تبدأ الحفل. وجدت في احترام الوقت المعلن ما يُواسي كرامتها. لقد حضر السيّد على الوقت إذًا، وهذا جميل ونادر في القاهرة.

بدأت الفرقة العزف تميهدًا لظهورها على المسرح، ثم أطلّت كبجعة سوداء داخل ثوب أسود من الموسلين، لكأنّها «ماريّا كالاس» في ثوب أوبّرالي، لا يزيّنه إلّا جيدها العاري وشعر أسود مرفوع إلى أعلى. إنّها الفتنة في بساطتها العصيّة. اختارت هذه الطلّة لتبهر بها القاهرة، لكنّها تجمّدت على المنصّة وهي تتأمّل المشهد الغريب.

بالتزامن مع ظهورها، كان رجل أنيق المظهر يدخل القاعة من البوّابة الرئيسيّة، في أبّهة واضحة، محاطًا بمرافقيه. توقّعت أن يأخذوا مكانهم جواره، ولكنّها استنتجت بعد ذلك، وهو يعطي أحدهم معطفه ويناوله ورقةً نقديّة، أنّهم موظّفون في المسرح حضروا لاستقباله ليس أكثر.

أخذ الرجل مكانه يمين المسرح، في منتصف الصفّ الرابع. حيّاها بحركة من رأسه وبدا جاهزًا لسماعها.

لم تعلم إن كان يجب عليها أن تُحيّيه قبل أن تشرع في الغناء، وهل تتوجّه بكلامها إلى «الجمهور الكريم» أم إلى «السيّد الكريم» الذي غطّى بكرمه كلّ المقاعد الشاغرة!

أتشكره على سخائه؟ أم تقول ما يؤلمه ويجعله يغادر القاعة، فيكون هو من أخلّ بالعقد؟ حضرها قول قرأته يومًا «بأموالك بإمكانك أن تشتري ملايين الأمتار من الأراضي، لكنّك في النهاية لن تستقرّ بجسدك إلّا داخل متر ونصف من قشرة كلّ هذه الأمتار». تمنّت لو قالت له إنّه اشترى بماله كلّ هذه المقاعد، لكنّه لا يستطيع أن يجلس على أكثر من مقعد، وفي هذا ردّ اعتبار للكراسي الشاغرة.

منذ البدء، أخذت قرارًا بألّا تحيّيه قبل أن تشرع في الغناء. ما دام هو نفسه لم يُحييها، ولا تقدّم من المنصّة ليسلّم عليها، على الأقلّ بصفته الممثّل عن كلّ القاعة، والنائب عن كلّ الغائبين.

ستغنّي لمدّة ساعة ونصف فقط. ستعطيه بالضبط على قدر ما دفع. ولن تسأله ماذا يُفضَل أن يسمع، هل سألها هو إن كانت تفضّل أن تغنّي لقاعة حاشدة بالحضور.. أم فارغة إلّا منه!

حاولت أن تضبط مشاعرها. أن تظلّ على هدوئها، أن تُغنّي للكراسي الشاغرة، كما لو كانت ملأى، لكن في نهاية كلّ أغنية، كان تصفيق اليدين الوحيدتين يطيح أوهامها.

التصفيق كما التصويت، لا يكون إلّا عن شخص واحد. لا يمكن أن تُدلي بأكثر من صوت، ولا أن تصفّق بأكثر من يدين مهما حاولت. كيوم ذهب والدها إلى العاصمة لحضور حفل للسيّد مكّاوي، ولسوء التنظيم لم يسمع بالحفل سوى قلّة من الناس. فراح، عن حياء، يُصفّق كثيرًا بعد كلّ أغنية، ليقنع المغنّي الضرير بأنّ الحضور أكثر ممّا هو

في القاعة. لكنّ الأعمى يرى بأذنيه، ولا يحتاج عينيه إلّا للبكاء. لذا لم يلحظ أحدًا حزنه، خلف نظّاراته السوداء.

فليكن، ستُغنّي لهذا الغريب الجالس بين ثقته وارتباكها، بين عتمته وضوئها. فلقد اشترى، لمدّة زمنيّة، صوتها.. لا حبالها الصوتيّة.

أثناء غنائها، لم تتوقّف عن مدّ حديث مع نفسها، فالموقف غريب، ولا تذكر أنّها سمعت بمطربة غنّت لقاعة مزدحمة برجل واحد. أمّ كلثوم غنّت لقاعة فارغة إلّا من الكراسي وهذا أهون. ما دام والدها ولا أحد غيره من قرّر ذلك. قصد صاحب الفرح ليعيد إليه الخمسين قرشًا التي تقاضاها. لكنّ الرجل رفض استعادتها شفقة عليهم «يا سيدي ما عليهش اعتبرها زكاة» قالها وانصرف.

لكنّ أباها كان عزيز النفس لا يقبل الصدقات. سألته بحيرة فتاة تأتمر بأوامر أبيها:

– أعمل إيه؟

– لازم تغنّي!

– أغنّي لمين؟ ما فيش ولا واحد موجود أصلًا عشان أغنّي له!

– مش مهمّ. لازم نخلّص ضميرنا!

أُسقط بيدها. راحت المسكينة تغنّي لقاعة ليس فيها أحد.

الفرق بينها وبين أمّ كلثوم، هو هذا الواحد، الذي تفصلها عنه مسافة صفوف، وأسئلة، وعلامات استفهام بعدد المقاعد الشاغرة.

ما الذي جاء به إلى الصفّ الرابع؟ ولماذا تنازل عن ثلاثة صفوف ما دام همّه أن يكون الأوّل؟

عادة يحتاج المغنّي أو الخطيب، من موقع إطلالته على القاعة، إلى أن يتوجّه إلى وجه واحد، لا يعرفه بالضرورة، لكنّه يرتاح إليه. وجه

يختصر كلّ الحضور، يقرأ على صفحاته أثر ما يؤدّيه. لكن كيف التعامل مع وجه رجل يُلغي القاعة، ولا يترك بحضوره الرصين الصامت الخالي من أيّ ردّة فعل، أيّ احتمال للتواصل.

وماذا لو كان مهووسًا أو قاتلًا؟ هي دائمًا تفكّر في الاحتمالات الأسوأ. قرأت مرّة أنّ أحدهم في إسبانيا، قام من مقعده أثناء حفل غنائي، وأطلق النار على المغنّي وهو يؤدّي أغنية عاطفيّة، فأرداه قتيلًا. كانت الأغنية ترتبط في ذاكرته بقصة حبّ فاشلة!

ثمّ، ألم يحدث في مصر أن قتل رجال أعمال حبيباتهنّ المطربات، إثر نوبة جنون؟

ما تعتقده، هو أنّه يريد أن يصنع الحدث بضوئه. لكنّها الأقوى ضوءًا منه، إنّها تغنّي على النقطة الأكثر ارتفاعًا، كما يقف تمثال على قاعدة، وكما كانت تقف على المصطبة المقابلة لتلاميذها. إنها هنا أيضًا المعلّمة وسيّدة الصفّ.

استدركت، لكنّها هناك كانت تعرف الوجوه المقابلة لها واحدًا واحدًا. تعرف اسم كلّ واحد وأين يجلس، فهي التي اختارت له مقعده. وبإمكانها أن تطرده من الصفّ إن شاءت.

أيّهما الأقوى إذًا؟ هي في مقامها العالي أم هو في مجلسه الشاسع؟

أفكار كثيرة عبرتها على مدى ساعتين. كانت تُغنّي فيها تارةً لعاشقها وطورًا لقاتلها، ومرّة لرجل تحتقره، وأخرى لرجل لم تستطع أن تمنع نفسها من الإعجاب به. بتلك المسافة التي وضعها بينه وبينها، ليوهمها بكثرته، وليمنح صوتها مسافة الشدو طليقًا. ولأنّها لم تستطع

أن تتبيّن ملامحه تمامًا، كانت تستعجل نهاية الحفل عساه يحضر ليعرّفها بنفسه.

تركت أغنيتها الأجمل للختام، بعدما تحسّن مزاجها أغنيةً بعد أخرى، وبدأت هي نفسها تتواطأ مع جماليّة الموقف وشاعريّة الغناء مصحوبة بفرقة كاملة، في قاعة فارغة. إلّا من رجل واحد!

انحنت انحناءة كاملة، ردًّا على وقوفه عند انتهاء الحفل، ووقفت الفرقة خلفها تحيّيه. كان مشهدًا غريبًا وآسرًا، في أحاسيسه المجنونة والفريدة. كاد قلبها أن يتوقّف أكثر من مرّة، في انتظار الدقيقة التي سيتقدّم فيها منها.

ماذا تراه سيقول لها؟ وبماذا سترد عليه؟ أتشكره؟ وعمّ تشكره؟ أم تسأله لماذا؟ ومن يكون؟ لا بل ستشكره فقط. وغدًا ستعرف من الجرائد من يكون. لتدعه يعتقد أنّ اسمه لا يثير فضولها. سيقتله الأمر قهرًا. أن تتحاشى سؤاله عن اسمه، كأن تترفّع عن معرفة حدود سطوته، هل ثمّة إهانة أكبر!

أثناء ذلك، جاء أحد موظّفي المسرح، وقدّم لها باقة التوليب إيّاها. لم تشغلها المفاجأة. منذ أشهر وهي تتلقّى الورود نفسها في كلّ حفل تقدّمه.

لم يكن يشغلها غير هذا الرجل الواقف على بعد خطوات منها. لكن قلبها خفق عندما حضرت فتاة إلى المنصّة، لتقدّم لها باقة ورود حمراء. استنتجت من تنسيقها وضخامتها أنّها منه. عبَرها شعور لذيذ.. أمدّت قائد الفرقة الذي كان واقفًا خلفها بباقة التوليب، وحضنت بذراعها اليسرى الورود الحمراء امتنانًا منها لصاحبها.

لكن الرجل اكتفى بالردّ عليها ملوّحًا بيده، تحيّة شكر ووداع في آن، وتركها مذهولة، وهي تراه يغادر القاعة، مطوّقًا بالموظّفين الطامعين في إكراميّة.

أيّ رجل هذا، ومن يخال نفسه؟!

كيف استطاع أن يجعلها تُغنّي له على مدى ساعتين، ثم يوليها ظهره ويغادر القاعة؟ لم يصافحها. لم يلمس يدها. لم يلمس حتّى سمعها بكلمة شكر. رفع يده يُحييها من بعيد ومضى. لم يمنحها فرصة أن تقول كلمة.. أو لا تقول. أن تطرح سؤالًا أو لا تطرح. إنّه إمعان في الإهانة. حتّى وروده الحمراء، كانت خرساء وكتومة مثله، لا ترافقها أيّة بطاقة شكر. أهو أكبر من أن يضع اسمه على بطاقة؟ أم يراها أصغر من أن تكون أهلًا لبضع كلمات بخطّ يده.

غادرت المسرح إلى مقصورتها مدمّرة. خلعت فستان السهرة على عجل. لم يكن هناك أحد ليهنّئها أو ليشكرها. كلّ إدارة المسرح وموظّفيه كانوا في وداع «السيّد الكريم».

وحدها نجلاء شعرت بحزنها. قالت وهي تساعدها على جمع أشيائها:

– كنت رائعة..

وعندما لم تسمع جوابًا واصلت:

– أفهم أنّ الأمر ما كان سهلًا، ولكنّها تجربة جميلة ومثيرة.. الغناء لشخص واحد!

ردّت:

– ما كان شخصًا.. إنَّ من يحجز قاعة بأكملها ليستمع وحده إلى حفل، يخال نفسه إلهًا. لذا كان ضربًا من الكفر أن أقبل الغناء له.

– لا تضخّمي الأشياء، أنت يا عزيزتي مفرطة في عزّة النفس.

– هذا أفضل من أن أفرّط بنفسي. ألا ترين في تصرّف هذا الرجل غطرسة واضحة؟ حتّى الورود التي بعث لي بها ليست مرفقة ببطاقة كما تقتضي اللياقة.

– أكنت تريدينه أن يجثو عند قدميك؟ إن الورود الحمراء لا تحتاج إلى بطاقة. من الواضح أنه متيّم، يكفي ما دفع ليستمع وحده إليك، هذا تكريم لم تحظَ به على علمي مطربة عربيّة.

– تسمّين هذا تكريمًا؟!

كانتا تهمّان بالمغادرة عندما صادفتا قائد الفرقة. قال وهو يمسك بباقة التوليب:

– مستني حضرتك عشان أعطيك باقة الورود اللي سبتيها معايا. بالمناسبة، إيه رأيك في الحفل؟

قالت وهي تأخذ منه الباقة:

– أيّ حفل؟ الحفل يحتاج إلى احتفاليّة أي إلى طرفين. ما كان في القاعة نبض حتّى نسمّيه حفلًا!

أمدّته بسلّة الورود الحمراء، كي تتخلّص من أي شيء له علاقة بذلك الرجل، قالت:

– خذ هذه الورود لزوجتك، ستسعد بها.

ردّ الرجل مبتهجًا:

– متشكرين قوي يا هانم.

أخذت السيّارة إلى الفندق. تركت نجلاء تحمل باقة التوليب، تكفّلت هي بحمل مرارتها.

حال وصولها إلى جناحها غيّرتَ ثيابها، وجلست مستندة إلى ظهر السرير. كانت على عجل أن تجلس إلى نفسها قليلًا تستعيد ما عاشته من هزّات نفسيّة في سهرة واحدة، عساها تفهم ما حلّ بها. لو كانت وحدها لبكت الآن، لكن نجلاء، في اجتياحها لها، تفسد عليها آخر ما تبقّى لها من سعادة: حزنها.

طلبت نجلاء من خدمة الغرف إحضار مزهريّة ثم سألتها:

– هل أطلب لك شيئًا للعشاء؟

ردّت:

– وجبة الإهانة كانت دسمة حدّ إفقادي الشهيّة.

– يا الله كم أنت عنيدة ومكابرة، تدرين ما تحتاجينه الأكثر: إعادة تأهيل نفسي كي تتأقلمي مع هذا العالم، لأنّ العالم يا عزيزتي لن يقوم بجهد التأقلم معك! سأطلب لي شيئًا، إنّي جائعة.. بإمكانك أن تقدّمي لي عشاءً فاخرًا الليلة أليس كذلك؟.. ما دمت أنت المشهورة والثريّة بيننا!

– أنا دائمًا ثريّة. أطلبي ما شئت!

– بالمناسبة، هل عرفت كم دفع هذا الرجل ثمن الحفل؟

– لا أريد أن أعرف!

كانت نجلاء تهمّ بوضع الورود في المزهريّة عندما عثرت على بطاقة صغيرة ملصقة بالباقة، قرأتها ثم صاحت:

– حسنًا فعلتِ ألّا تتعشّي الليلة، فأنت مدعوّة للعشاء غدًا في مطعم على ظهر مركب عائم في النيل.

انتفضت جالسة. أخذت منها البطاقة.

«هل تقبلين دعوتي غدًا للعشاء؟

حتمًا ستتعرّفين عليّ هذه المرّة.
أنتظرك عند الثامنة مساءً على مركب الباشا.»

أعادت قراءة البطاقة غير مصدّقة. أيعقل أن يكون قد عاد؟ لقد مرّت أربعة أشهر على عودتها من باريس، وانتهى بها الأمر للاعتقاد أنها لن تراه أبدًا. لكنّ الرجال هكذا.. يأتون عندما نكفّ عن انتظارهم، ويعودون عندما يتأكدون أننا ما عدنا معنيّين بعودتهم. أسعدها أنها هزمته وأجبرته على كسر قانون لعبته الحمقاء تلك. وجدت في عودته ثأرًا لما ألحقه بها الآخر من إهانة. فليكن.. ليدفع رجلٌ عن رجلٍ آخر!

أخفت فرحتها عن نجلاء، قالت:

– كأنّ مجنونًا واحدًا لا يكفي، إنّه الرجل الذي يطاردني بباقات التوليب. منذ أشهر لم يُرفق ورده ببطاقة. تدرين.. أوّل باقة بعث لي بها كتب على بطاقتها «الأسود يليق بك».

– فهمت إذًا لماذا لم تخلعي الأسود حتّى الآن!

– لا، ليس بسببه. الأسود «محرمي» مذ لم يُبق لي الموت محرمًا. إنني أُنسب إليه، أشعر أنّه يحميني ويميّزني عن غيري من المطربات. ثم أنا بطبعي أحبّ الأسود منذ أيّام التعليم، أتذكرين؟

– ومتى توقّفت عن أن تكوني معلّمة!

– هذه مهنة تطاردك كلعنة، حتّى عندما تتخلّصين من الطباشير، واللّوح وتصحيح الامتحانات، تطاردك بالقيم التي حاولتِ أن تزرعيها على مدى خمس سنوات في أفواج التلاميذ، كما تُزرع أشجار لإيقاف التصحّر. شيء يذكّرك أنّك كنت يومًا قدوة لهؤلاء الصغار. هالة المعلّمة لا تفارقك. ضؤوها أقوى من نجوميّة الشهرة لأنّه ليس اصطناعيًّا. إنّه ضوء داخلي.

علّقت نجلاء بتهكّم وهي تشرع في الأكل:

– يا سيّدة الضوء الداخلي أبشري، ستشقين بضوئك. ما أدراني، ربّما كان هذا قدرك ما داموا قد سمّوك هالة.. ثم أنا جائعة، أتودّين الانضمام إليّ أم ستأكلين البطاقة؟!

ضحكت وانضمّت إليها:

– لن آكل البطاقة، لكن أتمنّى لو استطعت التهام الوقت.. بي فضولٌ جارف لمعرفة من يكون هذا الرجل.. أم لعلّه يمتحنني هذه المرّة أيضًا وقد يتركني في المطعم؟

– لا أدري أين تعثرين على مجانينك!

– عندما تقرئين البطاقات التي يرسلها مع الورود تجزمين أنّه شاعر.

– وربّما كان صاحب محل للورود ويعمل شاعرًا في أوقات فراغه.

– كُفّي عن المزاح. إنّ ما يحيّرني حقًّا هو كيف يدري بتواريخ حفلاتي ومواعيد ظهوري على التلفزيون، وكيف يتمكّن من أن يرسل لي ورودًا حيثما أكون..

– أيّتها الأمّيّة، لا يحتاج الأمر إلى قارئة فنجان. بإمكانك بالإنترنت أن تعرفي كلّ شيء عن المشاهير: حفلاتهم، تنقّلاتهم.. أمّا الورود فثمّة شركات عالميّة تتكفّل بإرسال باقتك في اليوم نفسه إلى أيّ مكان في العالم، يكفي أن تصفي لهم أيّ نوع من الورد تريدين. وهذه الباقة ربّما يكون بعثها لك من أيّ مكان في العالم.

– أنت على حقّ. لو كان اليوم في القاهرة لدعاني الليلة إلى العشاء. لماذا ينتظر إلى غد؟

– من المؤكّد أنّه رجل ثريّ ليرسل لك ورودًا أينما كنت في العالم!

– وقد لا يكون ثريًّا. الرومانسيّة لا علاقة لها بالإمكانات المادّيّة. ربّما كان ألغى بعض مصاريفه الخاصّة ليبعث لي باقات ورد.. أو ليدعوني غدًا إلى العشاء في مطعم كبير.

– يا للحماقة.. لا أفهم إصرارك على أنّه غير ثري!

– لأنّ الأثرياء على عجلة من أمرهم. هم لا يملكون طول النفس. يعنيهم الحصول على ما يريدون فورًا. في الانتظار إهانة لهم. هم يعانون من جنون العظمة، كهذا الذي حجز قاعة بأكملها ولم يشغل إلّا مقعدًا واحدًا فيها. سترين غدًا سيصنع أهمّ خبر في الصحافة المصريّة!

– فليكن، هذا لن يزيدك إلّا شهرة.

– بل لن يزيد إلّا من غيرة المطربات منّي. صدّقيني أنا أخاف كيدهنّ وشائعاتهنّ. لا أريد إلّا الستر.

– الشائعات تُغذّي الضوء يا عزيزتي.

– بل الضوء هو الذي يغذّي الشائعات!

* * *

تهيّأت لموعده دون تبرّج.

وضعت من كلّ شيء أقلّه. ذهبت إليه بسيطة كفراشة السواقي.. وكفراشة تأخّرت. ما توقّعت أن يكون اجتياز شوارع القاهرة في تلك الساعة من المساء، أطول من عمر انتظارها لذلك الموعد.

بين باقته الأولى وباقته الأخيرة، قطعت نصف المسافة إلى الحبّ. لكنّ الطريق بين فندقها والمطعم العائم الذي ينتظرها فيه كان أطول. وحين بلغته فقط، تنبّهت أنّ هذا الرجل الذي يتقن لعبة الغموض، نجح كعادته في استدراجها إلى عتمته.

كمن يأخذ قطارًا دون أن يسأل عن وجهته، تأخّر الوقت على الأسئلة. مذ دلفت باب المطعم، أصبحت داخل القاطرة. ألقت نظرة خجولة على مكان لا يخجل من إشهار فخامته. أعادت النظر في الطاولات الموزّعة بطريقة تحفظ حميميّة الزبائن ورقي المكان. بدا لها المطعم في تعدّد زواياه، متاهة لامرأة مثلها في ارتباكها الأوّل، لا تعرف اسم الرجل الذي جاءت تقابله، ولا تعرف شكله. بدأت تندم على قبولها دعوة، لا تعرف من جاءت تقابل فيها. فكّرت أنّه ربّما لم يحضر بعد، أو أنّه موجود ويريد اختبارها مرّة أخرى.

قرّرت قلب قوانين اللعبة. ستجلس إلى طاولة شاغرة، وليحضر هو إليها ما دام يعرفها. فمن غير المعقول لامرأة في شهرتها، أن تبقى واقفة هكذا في بهو المطعم.

قصدت طاولة توقّعت أنّه كان سيختارها، في زاوية جميلة تضيئها أنوار خارجيّة تتلألأ على سطح النيل.

إنّ المكان طرف ثالث في أيّ موعد أوّل، وعليها ألّا تخطئ في اختيار الطاولة. هذا إذا لم يكن قد حجز طاولة لا علم لها بها.

كانت تلحق بالنادل، حين وجدت نفسها أمام تلك الملامح، التي خزّنتها ذاكرتها على مدى ساعتين. إنّه «هو»، الرجل الذي غنّت له أمس.. ماذا يفعل هنا؟ أتراها مصادفة؟ أم أنّه هو من ضرب لها موعدًا؟

أغلق جهاز الهاتف النقّال الذي كان يتحدّث به، ووقف يسلّم عليها. لم تفهم إن كان ينتظرها أم أنّه فوجئ بوجودها.

مدّت يدها نحوه فانحنى يضع قبلة عليها. لم تُصدّق عينيها.

قال مرحّبًا:

– سعادة كبيرة أن أحظى برؤيتك اليوم أيضًا..

قبل أن تردّ أو تستردّ أنفاسها، كان النادل يسحب لها الكرسي.

جلست وهي تفكّر في الرجل الآخر. ماذا لو جاء، أو لو كان الآن على طاولة أخرى يراها تجلس إلى غيره؟ ظلّت متوتّرة تسترق النظر بين الفينة والأخرى لحركة المطعم.

قال:

– ما توقّعتُ أن يجمعنا يومًا هذا المكان!

زاد شكّها في أنّه قد يكون وُجد هناك مصادفة. أحاسيس متناقضة عبرتها. غدا ذعرها في أن يحضر الآخر ولا تدري حينها مع من تجلس.

علّق وقد لاحظ ارتباكها وتلفّتها بين الحين والآخر:

– هل يزعجك شيء ما؟

ردّت إنقاذًا من انتظارها:

– لا.. لا أبدًا.

كان هذا أوّل ما لفظته.

أمامها الآن كلّ الوقت لتتأمّله عن قرب.

رجل خمسينيّ بابتسامة على مشارف الصيف، وبكآبة راقية لم تر لها سببًا، وبشعر لم يقربه الشيب بفضل الصبغة. لاحقًا ستعرف أنّ رجلًا يصبغ شعره يُخفي حتمًا أمرًا ما. رجل مهذّب النظرات. مهذّب النوايا. يقبّل يدها بأرستقراطيّة عاطفيّة، كمن يضع مسافة بينه وبين غيره من عامّة الرجال.

مثلُه أرقى من غباء قبلة على الخدّ أو نفاق مصافحة يد!

بانحناءته تلك، رفع عاليًا سقف الرجولة، وحوّلها بقبلة على يدها إلى أميرة، فبدأت تندم على الثوب الذي جاءت فيه، وكان يمكن أن ترتدي أغلى منه. وعلى شعرها الذي لم تغيّر تسريحته للمناسبة، وتركته منسابًا بغجريّته كالعادة.

لكن، لا يهمّ أن تكون الساحرة الطيّبة قد خذلتها في موعدها الأوّل، فهي لا تريد الليلة أن تكون «سندريلا». كان لها إشعاع الكائن المُشتهى، وهذا يكفيها.

كانت سيّدة أجنبيّة شقراء بثوب سهرة عاري الظهر، تعزف على البيانو منوّعات موسيقيّة.. فتركا «شوبان» يضع بين كلامهما شيئًا من الفالس.

قال:

– أشكرك على سهرة البارحة، سعدت بأن أنفرد بصوتك.

ردّت بمكر:

– توقّعت أن يسعدك أكثر العمل الخيري الذي قمتَ به!

أجاب:

– لا بأس أن يكون الخير ذريعة لإسعاد أنفسنا أيضًا.

كانت ستسأله إن كان يرعى الأعمال الخيريّة أم أن الأعمال الخيريّة ترعى مكاسبه؟

لكنّ السؤال ما كان مناسبًا لعشاء أوّل.

– وهل أحببت الأغاني التي قدّمتها؟

– أحببت أن تغنّي لي وحدي.

إله إغريقي يردّ على أسئلتها. يجلس أمامها على كرسي. أتجلس الآلهة على كرسي واحد؟ وماذا تطلب للعشاء عندما تتواضع وتقاسم البشر طعامهم؟

تطلب نبيذًا فاخرًا طبعًا، وعشاءً خفيفًا راقيًا، أي أغلى ما يقدّم على قائمة الأكل. بينما تطلب هي الأرخص كعادتها، كما لو كانت بمفردها. لا تريد ادّعاءً كاذبًا بأنّها أرستقراطيّة المأكل، ولا أنّها تستغلّ ثراءَه لتطلب ما تشاء. بإمكانها أن تعود غدًا مع نجلاء وتطلب ما تريد بمالها.

ما تريده الآن حقًّا، هو أن تعرف من يكون هذا الرجل ولماذا الآخر لم يحضر؟ أيكون جاء ورآها مع غيره فمضى كما حدث في المطار؟ وماذا لو عليها ألّا تنتظره، لأنّه يجلس أمامها الآن، محتسيًا كأس نبيذه؟

علّق على اعتذارها عن مقاسمته متعته:

– كيف تستطيعين بلوغ تلك الدرجة العالية في الشجن حين تغنّين.. إن كنت لم تختبري النبيذ في حياتك؟

ردّت:

– من حيث جئت يسكر الناس بالحزن.

– كنت أعني بالشجن النشوة.

احمرّت وجنتاها. ما كانت هذه الكلمة في قاموس حياتها.

ردّت:

– بالنسبة لي، الشجن حزن متنكّر في الطرب.

وضع كأسه وسألها:

– من أين لك هذه اللغة؟

– من أسئلتك.

ضحك.

– لك عندي أسئلة كثيرة إذًا!

– مقابل سؤال واحد.

– هاته..

– إن كنت تحبّ سماع غنائي ودفعت ما دفعت لتنفرد بصوتي كما تقول، فلماذا لم تحضر لتسلّم عليّ وتشكرني في نهاية الحفل ما دامت اللياقة لا تنقصك كما يبدو؟

– كان أجمل أن أراك لأوّل مرّة على انفراد. ثمّة قوس قزح لا يظهر إلّا في اللقاء الأوّل. يضيء سماءنا كومضة برق. أردتُ أن تتعرّفي عليّ من ضوئي لا من خدعة الأضواء.. لكنّ قلبك لم يدلّك عليّ تلك المرّة أيضًا!

أقال «أيضًا»؟

شهق قلبها لصاعقة المفاجأة. إنه هو.. أو لعلّه كلاهما!

هو من أرسل لها إذًا باقة التوليب إيّاها ليدعوها إلى العشاء اليوم. هو من أخلفت معه ذلك الموعد الأوّل، أو ذلك الفخّ الذي نصبه لها في المطار قبل أشهر ووقعت فيه!

لم يراودها لحظة واحدة أثناء غنائها احتمال أن يكون هو من حجز القاعة. أيكون ثريًا إلى هذا الحدّ، وعاشقًا وعاطلًا عن العمل كي ينفق جهده وماله في نصب الفخاخ لها. هل فرغ العالم من النساء لتغدو وحدها هاجسه؟ ولماذا عاد بكلّ هذا الصخب وقد مضى بكلّ ذاك الانسحاب الحاسم؟

راح قلبها يخفق من وقع المفاجأة. ظلّت للحظات صامتة تعيد ترتيب أوراقها، وتستعيد مكالماتهما في ذلك الزمن الأوّل. تتأمّل هذا الرجل الذي على مدى أشهر أسعدها وآلمها.. اختبرها وتخلّى عنها. دلّلها وأهانها.. جاءها وجاء بها كلّما شاء.. وحيثما شاء. ها هوذا إذًا.

عبثًا وضعت لصوته وجهًا، وللغته مهنة، ولجيبه سقفًا، دومًا زوّر لها الإشارات. لعلّه حان وقت طرح الأسئلة.

– هل لي أن أسأل ماذا تعمل في الحياة؟

ردّ ساخرًا:

– لو كان لي الخيار بأن أختار لما كنت غير بائع للأزهار، فإن فاتني الربح لا يفوتني العطر.

– أمنية جميلة.

– إنّها أمنية أشترك فيها مع عمر بن الخطّاب. هو من قالها.

– تبدو قارئًا جيّدًا.

– ليس تمامًا، لكنّني أحفظ كلّ ما أحبّ عندما يتعلّق الأمر بثقافة الحياة.. أعني مباهجها.

– تدري، قلت البارحة لابنة خالتي إنّني أكاد أجزم أنّ هذا الرجل يملك محلًّا للورود، فردّت مازحة.. ويعمل شاعرًا في أوقات فراغه!

– صحّحيها.. أنا شاعر بدوام كامل وأعمل بين الحين والآخر رجل أعمال..

– هل تكتب الشعر حقًّا؟

– أكتبه؟! لا تلك هواية المفلسين، أنا أعيشه، بإمكانك أن تصنعي من كلّ يوم تعيشينه قصيدة - أضاف بعد شيء من الصمت - لي مثلًا معك دواوين شعر سأطلعك عليها يومًا.

قالت مندهشة:

– معي؟

أجاب كمن يطمئنها:

– المشاريع الجميلة قصائد أيضًا.. كهذا العشاء مثلًا. سبعة أشهر من المثابرة على الحلم والتخطيط له من أجل بلوغ لحظة كهذه. أليس وجودنا هنا نصًّا شعريًّا؟!

أخذ جرعة نبيذ كما لو كان يحتسي تلك اللحظة.

علّقت:

– جنون. كان يمكن للأمور أن تكون أسهل.

– الأسهل ليس الأجمل «إذا كان الطريق سهلًا فاخترع الحواجز».

– أمّا أنا فلم أجد غير الحواجز وكان عليّ اختراع الطريق!

– كلّ المتفوّقين في الحياة اخترعوا طريقهم. تدرين.. الفوز في المعارك ذات الشأن الكبير يجعلنا أجمل. الناجحون جميلون دائمًا. أما لاحظتِ هذا؟ حتّى صوتك ما كان يمكن أن يكون جميلًا إلى هذا الحدّ، لو لم ينجح في امتحان التحدّي.

ظلّت صامتة.

حتمًا هو استقى ما يعرفه عنها من مقابلاتها التلفزيونيّة. لكنّ العجيب أنّه يتكلّم أفضل منها عن نفسها، ويوفّر عليها الأسئلة، بل السؤال الأهمّ: «لماذا هي؟».

ويبقى سؤال آخر:

– لماذا التوليب بالذات.. وذلك اللون البنفسجي؟

– ربّما كنتِ تفضّلينها وردًا حمراء، كتلك الباقة التي احتضنتها البارحة ببهجة، وسلّمت الأخرى لقائد الفرقة!

كان في نبرته تهكّم ذكيّ لا يخلو من المرارة. علت وجنتيها حمرة الارتباك قالت معتذرة:

– فعلت ذلك إكرامًا لك. ظننتها باقة منك!

ردّ بتهكّم:

– تعنين ظننتها من السيّد الذي حجز قاعة كاملة ليجلس أمامك. والأخرى من ذاك الذي يطاردك بباقات التوليب منذ أشهر!

أُسقط بيدها. ردّت وقد حشرها في ركن الحقيقة:

– في تلك اللحظة، كان يعنيني الرجل الجالس أمامي فهو سيّد الحفل.

– أنت تعترفين إذًا بأنّك انحزت لسطوة المال وأهنت المشاعر..

قالت بعد لحظة صمت شردت فيها بأفكارها:

– أتكون من بعث لي بباقة الورد الحمراء لتختبرني؟

ردّ متهكّمًا:

– لا، لستُ أنا. تلك سلة لا تشبهني!

فتح محفظة جلديّة فاخرة سوداء يحتفظ فيها بلوازم غليونه، وراح يحشي الغليون بالتبغ. ترك بينهما شيئًا من الصمت وموسيقى على البيانو تعزفها السيّدة الشقراء. حضر النادل يسأل إن كانا يريدان تحلية. اكتفى هو بقهوة وأحضر لها النادل عربة الحلويات لتختار. اختارت قطعة كاتو بالشوكولا.

قال ممازحًا وملطّفًا الأجواء:

– حتّى في الحلويات لا تخلعين الحداد؟

ردّت ضاحكة:

– بإمكاني أن أقاوم كلّ شيء إلّا الشوكولا. هزمتُ الإرهابيين وهزمتني الشوكولا!

– ربّما يعنيك إذًا خبر منتجع جديد لمدمني الشوكولا، كلّ خدماته قائمة على الشوكولا. المشروبات. الوجبات الرئيسة. الحلويات. وحتى جلسات التدليك ومغطس الحمّام من الشوكولا السائلة.

– هل زرته؟

– لا.. حدّثتني عنه صديقة أمضت فيه عدّة أيّام. إنّها مجنونة شوكولا أيضًا.

شيء ما فاجأها.. أو أزعجها، قالت:

– حتما يكون انتهى بها الأمر إلى كراهية الشوكولا!

– هذا المقصود. أن تُشفى من شيء عبر الإفراط فيه.

– وأنت ألا تحبّ الشوكولا؟

– طبعًا، لكن أنا سيّد شهواتي!

ما الذي جعله لحظتها ألذّ من قطعة الشوكولا التي تذوب في فمها؟ هو «سيّد الشهوات» و«إله الموائد» و«سلطان النشوة» و«الملك» على قاعة بأكملها لا مستمع فيها سواه. أأسرها بقوّة شخصيّته؟ أم بكلّ ما فعله لبلوغ تلك اللحظة؟ أم أيضًا بسبب طيف المرأة «الصديقة» الذي تعمّد أن يتركه يعبر كما دون قصد بينهما؟ ما توقّعت أنّ رجلًا مهووسًا بها إلى ذلك الحدّ يمكن أن تكون في حياته امرأة سواها.

هي لا تدري أنّه ضمن أطباق العشاء ترك لها الغيرة.. للتحلية!

شعرت أنّها بدأت التزلّج على الحبّ. كم من المشاعر الشاهقة والانحدارات المباغتة عاشتها معه خلال ساعتين. أذهلها بتلك الكاريزما التي تعطي كلماته وزنًا خفيفًا ورصينًا في آن، لأنّه لا يبدو

قد قام بجهد للبحث عنها. إنّه لا يقول إلّا نفسه. هذا ما أوقعها في أسره أيّام كان يحدّثها على الهاتف.. حتّى إنّه أقنعها بمنطق اختبار علاقتهما في مطار، وقبلت قانون اللعبة، فخسرت الرهان!

* * *

عندما أخرج بطاقته المصرفيّة ليدفع الحساب، أخرج بطاقة أخرى عليها اسمه الكامل فقط. كتب على ظهرها رقم هاتفه ومدّها قائلًا: «كلّميني متى شئت». كان رقمًا فرنسيًّا لا تعرفه.

«الآلهة» لا تحتاج إلى إضافة أيّ تعريف إلى اسمها. لا تذكر لك مهنتها ومناصبها السابقة أو الحاليّة، ولا أسماء شركاتها وعناوينها. ذلك من عادة البسطاء وحديثي النعمة من البشر.

هذا ما ستدركه لاحقًا.

كمن فاز في اليانصيب، شعرت أنّها تملك الرقم السحري، والاسم الذي حيّرها عدّة أشهر.

أمدّ الموظّف بورقة نقديّة. طلب منه أن يطلب سيّارة، ويدفع للسائق أجرته مسبقًا. انتظر معها وصول السيّارة، وعندما انطلقت بها فقط ركب خلف سائقه وانطلق.

كان واضحًا أنّ الرجل الذي شغل مقعدًا واحدًا في القاعة، قد قرّر ألّا يُبقي على مقعد واحدٍ شاغر في قلبها.

* * *

ذلك الموعد القدري معه كان محتومًا.

كان حبّهما ابنًا شرعيًّا لقدر ثمل بتهكّم الأضداد. «لا تذهبي بقلبك كلّه» قال لها عقلها. لكنّها ذهبت بقلبها كلّه.. وعادت بلا عقل.

سألتها نجلاء بلهفة الفضول وقد انتظرت عودتها لتنام:

– هل كان وسيمًا؟

– بل كان الوقت وسيمًا به.

لم تفهم نجلاء شيئًا من هذة اللغة التي تكلّمها بها هالة. عاودت طرح سؤالها:

– طيب، عدا هذا، هل هو جميل؟

– كان كاريزماتيًا جدًّا ويعلم جيّدًا بذلك. وهذا ما يمنحه جاذبيّة آسرة!

– يعني كان وسيمًا!

– وما حاجة الأثرياء للوسامة.. إنّهم يبدون دائمًا أجمل ممّا هم. إنّهم جميلون بقدر ما يملكون.

في الواقع، ما كانت معنيّة بثرائه، بل بافتقارها إلى الصبر معه. مذ عادت من القاهرة وهي على لهفة لتراه. في حالة دوار عشقيّ، كأنّما إعصار حبّ يأخذها ريشة في مهبّ هذا رجل، من قبل حتّى أن يترك لها وقتًا لسبر حقيقته.

هو أيضًا يحتاج إلى رؤيتها مجدّدًا. غير أنّه ليس على عجل من أمره. الآن فقط بدأت متعته. اللهفة غدت شأنها. هو لم يقل لها شيئًا بعد. وقد يعود ولن يقول لها سوى نصف الأشياء. عن دهاء، بل عن كبرياء سيحتفظ بنصف الحقيقة لنفسه.

الكبرياء أن تقول الأشياء في نصف كلمة، ألّا تكرّر. ألّا تصرّ. أن لا يراك الآخر عاريًا أبدًا. أن تحمي غموضك كما تحمي سرّك.

هو لن يقول لها مثلًا، أنه يوم رآها في المطار تُحدّق في وجوه كلّ الرجال عداه، قرّر أن يثأر لذلك الخذلان العاطفي بموعد لن ترى فيه سواه. يومها، وُلدت في ذهنه فكرة أن يحجز قاعة بأكملها، تغنّي له فيها وحده. ألّا يأتيها وسط الحشود، بل يكون هو الحشد!

وهي لن تدري أبدًا أنه من اقترح على المستشفى هذا الحفل الخيريّ، ثمّ اشترى المقاعد كلّها باسم إحدى شركاته دون أن تُعرض التذاكر للبيع. في الواقع، لا جمهور لها في مصر، ولا كانت جهة ستدعوها لحفل خيريّ!

حين هاتفته بعد أيّام، كان هو أيضًا قد غادر القاهرة، ولن يكون من السهل هذه المرّة العثور على عنوان لموعدهما.

ليس من طبعه المجازفة بسمعته. لم تُعرف له أيّة علاقة نسائيّة في بيروت، برغم ما عرف من نساء، لاعتقاده أنّ عليه أن يحمي صورته كرجل «كامل». المغامرات الصغيرة.. لصغار القوم! لذا اعتاد أن يغيّر عناوين أسراره من مدينة إلى أخرى. إنّ الأسرار هي ما يُساعدنا على العيش. كم يخسر مَن لا سرّ له!

على عكسه، لم يكن في حياتها سرّ لتحميه، أو مكسب لتخاف عليه. ما تخافه هو أن يخلط بعد الآن بينها وبين إناث الشهوة، وصائدات الثروة. أن يكون أساء الظنّ بها مذ رآها على المسرح تحتضن تلك الباقة الحمراء وتتنازل عن باقته.

اتصلت به بعد أن هزمها الشوق:

– سآتي إلى بيروت الأسبوع القادم بدعوة من شركة الإنتاج لإطلاق ألبومي الجديد.

قالتها كما دون قصد. ألقت إليه بطُعم ظنّته سيلتقطه فورًا.

لكنّه ما كان سمكة. كان يمتلك صبر صيّاد.. وحنكته. قال على الطرف الآخر للهاتف:

– جميل، يسعدني نجاحك.. وكيف والدتك؟

– جيّدة. شكرًا.

ثم أضافت وقد فاجأها السؤال:

– وكيف عرفت بها؟

ضحك:

– أعرف كلّ ما يهمّني.

– صدقًا، كيف عرفت؟

– سمعتك تتحدّثين عنها في أحد البرامج. قلتِ إنّك غادرت الجزائر برفقتها، بعد الأحداث الأليمة التي عرفتها عائلتكم.

– أنت تملك ذاكرة قويّة!

– بل ذاكرة انتقائيّة. أذكر حتّى الثياب التي كنت ترتدينها في مطار شارل ديغول.. وماركة النظّارات التي كنت تضعينها.. ولون الحقيبة التي كنت تجرّينها!

ارتبكت، فكّرت أنّه لن يغفر لها أبدًا تلك الحادثة. وفكّر هو أنّ ما يذكره حقًّا هو ملامح الرجال الذين قصدتهم. أمّا ما لا يغفره لها، فهو كونها لم تتذكّر ملامحه برغم جلوسه أربع ساعات بمحاذاتها في الطائرة، وبدت حين دعاها للعشاء وكأنّها تراه لأوّل مرّة. أمثله رجل عادي إلى هذا الحدّ؟!

لكنّه لن يقول لها هذا. من أخلاق الجنتلمان ألّا يحشر امرأة في زاوية تفقد فيها جماليّة أنوثتها. لأنّه حينها سيتبشّع وهو يضعها في موقف غير لائق، ويكفّ حينها على أن يكون رجلًا!

ودّعها كما لو كان فجأة على عجل.

– هاتفيني من بيروت.. ربّما استطعت أن أرتّب لنا موعدًا.

«ربّما»؟! أبثلاثة أحرف للشكّ يختصر شوقه لها؟ وكيف لهذه الرصانة أن تلي كلّ ما أقدم عليه من جنون.. تارة ليراها في مطار، ومرّة لينفرد بسماعها في حفل، وأخرى ليحظى بعشاء معها.

كانت حياتها ساكنة حتّى جاء وألقى حجرًا في بركة أيّامها الراكدة، مخلّفًا كلّ دوائر الأسئلة. لا تستطيع أن تنكر حقيقة أنّها، مذ ذلك العشاء، لا تنتظر سوى هاتفه.

هي لم تكن يومًا من سلالة نساء الانتظار، لكنّها، من دون أن تدري، في كلّ ما تفعله الآن تنتظره. هي لا تحتاج إلى مواعيد عمل لتزور بيروت. كان يمكن أن تحضر قبل ذلك الموعد لو رأت منه حماسة ما، فالمسافة بين الشام وبيروت لا تستغرق سوى ثلاث ساعات. وبإمكانها إقناع والدتها بما تشاء، الذرائع لا تنقصها.. ونجلاء «الملاك الحارس» ستدعم مشاريعها، وتمنحها شهادة براءة. لكنّها ستصمد وتسافر في الوقت المحدّد، كما لو أنّ لقاءَه ليس أمنيتها.

حمدت الله أنّ أمّها ألغت في اللحظة الأخيرة فكرة مرافقتها. برد كانون جعلها تفضّل البقاء في الشام.

– طريق الشام بيروت خطرة بها الأيام، ساعات تقطعها الثلوج. تأكّدي حبيبتي من النشرة الجوّيّة قبل ما تسافري.

نجلاء أيضًا لن تأتي. هي مشغولة بخطيبها العائد من دبي لقضاء الأعياد. لا أحد يرافقها إذًا عدا أحلامها.. أو أوهامها. فهي تذهب إلى الحبّ دون بوصلة تأمين على قلبها.

انتظرت أن تحلّ ضيفة على البرنامج التلفزيوني، عساه يعرف بوجودها في بيروت. لا تريد أن تعطيه انطباعًا أنّها على عجل لملاقاته. لكن لا هاتفه جاء، ولا جاءت وروده. ربّما ما عاد من وقت لباقة حبّ إضافيّة.

دهمها حزن من فقد شيء ما كان يدري بوجوده، أو على الأصحّ بقيمته. ربّما أراد أن يقاصصها على باقة ورده التي رآها تسلّمها لقائد الفرقة وتحتضن غيرها. لا تظنّه سيبعث لها وردًا بعد الآن.

اجتاحها الأسى. كحزن بيانو مركون ومغلق على موسيقى لن يعزفها أحد. انتهت ليلتها وحيدة في غرفة في ذلك الفندق الفاخر، تفكّر في تلك الفواتير، التي يدفعها المرء عن غباء، غير مدرك قيمة الأشياء حين تُقبل عليه الحياة في كلّ أبّهتها!

* * *

عذاب الانتظار؟ وماذا عن عذاب ألّا تنتظر شيئًا؟

كان يحتاج إلى أن يكون له موعد مع الحبّ كي يحيا، كي يبقى قيد اشتهائه للحياة. قيد الشباب. الوقت بين موعدين أهمّ من

الموعد. والحبّ أهمّ من الحبيب نفسه. وهو لكلّ هذه الأسباب جاهز لحبّها.. أو على الأصحّ جاهز لها.

صباح اليوم الثالث لوجودها في بيروت، هاتفها. أخفت عنه ترقّبها لصوته. لكنّها ما استطاعت أن تخفي فَرْحتها.

– كنت أخشى أن أغادر بيروت دون سماعك.

– ما كان يمكن ألّا أهاتفك.. انشغلت هذه الأيّام ليس أكثر.

أوصل لها إشعارًا بأنّ ثمّة ما هو أهمّ منها في حياته، وأيًّا كان هذا الشيء ستحزن. ففي سلّم الأولويّات، الحب هو الأوّل في حياة المرأة.. ويلي أشياء أهمّ في حياة الرجل.

– هل كان البرنامج الذي استضافك ناجحًا؟

إشعار آخر لها بأنّه لم يتابع البرنامج، هو الذي اعتاد أن يرسل إليها الورود إيّاها في كلّ ظهور تلفزيوني. الحقيقة أنه برمج المسجّل في مكتبه لتسجيل تلك الحلقة حتّى لا يشاهدها مساءً في حضرة زوجته، فتعجب لاهتماماته الجديدة.

في الغد شاهدها في مكتبه وهو يدخّن غليونه، فكّر أنّ عليه أن يغيّر طريقة لبسها.

مسكينة كم أجهدت نفسها لتبدو في شكل جميل، وهي حزينة الآن لأنّه قال إنّه لم يرها!

تجيب كما لو أنّها تزفّ له بشرى:

– كان ناجحًا جدًّا. لقد لقي صدًى طيّبًا في الإعلام.

يعلّق:

– أنا سعيد من أجلك..

يقصد: سعيد من أجله. فقد نجح في إرباكها وإفساد فرحتها. وستحتاج إليه في انكسارها. هي الشهيّة كحروف النفي. التي اعتادت أن تقول له «لا» و«لن» على مدى أشهر. كأنّه يسمعها الآن تسأل «هل أراك؟».

لكنّها تقول شيئًا آخر:

– أتحبّ أن أرسل إليك ألبومي الجديد؟

يفاجؤها جوابه:

– أحبّ ما لا تجرؤين على قوله!

حاولت استعادة بعض أسلحتها الدفاعيّة:

– لا أظنّك تضاهينني شجاعة.

– الجرأة غير الشجاعة.

– وماذا تودُّني أن أقول؟

– تمامًا ما تودّين أن تقولي!

لم يحدث أن حشرها رجل في هذه الزاوية الضيّقة للحقيقة. واصل:

– الجرأة ليست في أن تواجهي الإرهابيين، بل في أن تحاربي نزعتك لقمع نفسك، وإخراس جسدك، وتفخيخ كلّ الأشياء الجميلة بحروف النهي والرفض. الحياة أجمل من أن تعلني الحرب عليها.. حاربي أعداءها!

استدرجها حيث شاء. قالت ما تمنّت أن تقوله حقًّا:

– متى أراك؟

– اليوم طبعًا.. ما دمتِ ستسافرين غدًا!

– أين؟

– سأزورك في الفندق.

– الفندق؟!

– لا لشيء سوى لأنّه المكان الأكثر تسترًا في مدينة لا سرّ فيها. ما رقم غرفتك؟

– 423.

لفظت الرقم غير مصدّقة تسارع الأحداث، كأنّ الأمور أفلتت من يدها، وأنّ امرأة غيرها تلفظ الأرقام الثلاثة التي ستتحوّل، حال انتهاء المكالمة، إلى أحرف ثلاثة: «ع ي ب»، تلك التي تحكّمت في حياتها حتّى الآن. طبعًا «عيب» هذا الذي تقوم به. أغلقت الهاتف وهي تتساءل كيف أقدمت على أمر كهذا.

في الخارج شتاء ومطر جنّ جنونه. لكنّها أكثر جنونًا من الطبيعة. لأوّل مرّة تجرؤ على استقبال رجل في غرفتها.

أيّ رجل هذا؟ سيّد مطلق يأتي عندما لا ننتظره، يقول ما لا تتوقّعه، يهجرها حين يشاء، يقتحم حياتها متى يناسبه، يشتري صوتها حين يريد، يضرب لها موعدًا حيث يحلو له!

راح نصفها الشرس يحاكم نصفها الوديع، ورجولتها تحاسب أنوثتها المطيعة. ألم يقل لها أحدهم متغزّلًا «أجمل ما في امرأة شديدة الأنوثة.. هو نفحة من الذكورة»؟ مصيبتها كونها اكتسبت أخلاقًا رجّاليّة، وكثيرًا ما قست على نفسها كما لو كانت أحدًا غيرها. والآن، ما عادت تعرف كيف تعود من جديد أنثى، ولا كيف تستعدّ لهذه المداهمة العاطفيّة.

تأمّلت الغرفة، على جمالها هي أصغر من أن تليق برجل يحجز قاعة بأكملها، ليجلس على مقعد واحد!

لا تملك لاستقباله سوى أريكتين، وطاولة في زاوية من الغرفة، على شكل صالون. شعرت أنّ الطاولة فارغة وأنّ سلّة الفواكه تحتاج لإعادة ترتيب، وضعت مكانها على الطاولة مزهريّة، كي تبدو الغرفة أجمل.

والآن.. ماذا ترتدي؟ يا الله ماذا ترتدي لاستقباله؟ خلعت ولبست ثوبين أو ثلاثة على عجل، كما لو كانت في سباق.. ومسابقة في آن.

ثم أسرعت إلى الحمّام تجدّد هيأتها، حين تذكّرت أنّه قد يدخل الحمّام، ويقع نظره على لوازم زينتها. أصابع الحمرة ذات الماركات العاديّة، علبة البودرة التي أشرفت على نهايتها، وما زالت تحتفظ بها. كريمات وأقلام كحل سينفضح بها تواضع جيبها، وعادات اكتسبتها أيّام الحاجة. جمعت كلّ شيء وأخفته داخل الخزانة الموجودة تحت المغسلة وتنفّست الصعداء.

لعنته وهي تراقب الساعة. ثم لامت نفسها لفرط توتّرها، ولأنها قبلت أن تستقبله في غرفتها. ما توقّعت أن تقدم يومًا على شيء كهذا. لعلّها جُنّت. من يكون ليفعل بها كلّ هذا؟ وكيف سمحت له بإرباك حياتها إلى هذا الحدّ؟!

دقّ هاتفها فجأة وقال صوته:

– افتحي. أنا هنا!

راحت دقّات قلبها تتسارع وهي تتّجه نحو الباب. ألقت في طريقها نظرة سريعة على المرآة. وذهبت تفتح الباب للحبّ. أيّ حدث مشهدي أن يجيء ذلك الرجل. أن يدخل. أن يغلق الباب خلفه.

لكنه، لا يقبّلها ولا يصافحها. لا ينحني كأوّل مرّة ليقبّل يدها ولا ينظر حتّى لعينيها. اجتاز باب الغرفة وهو يدقّق في هاتفه، ليمحو الرقم الذي طلبه لتوّه.. رقم هاتفها!

كم من الأحلام كانت ستتهشّم داخلها، لو هي انتبهت أنّه كان يتبرّأ منها، وهو يقصدها، خوفًا من أن يقع أحد على رقمها مسجّلًا على هاتفه!

أعاد إلى جيبه الهاتف ممحوًّا من رقمها. حينها فقط قال: «أهلًا»، مسترقًا نظرة إليها. اتّجه صوب الأريكة، كما لو كان جاء ليرتاح قليلًا. مدّ رجليه دون أن يفقد لياقته.. ونظر أخيرًا إليها.

* * *

كان يحتاج إلى أن يجنّ بين الحين والآخر، ولو كذبًا، ليمارس على الحياة سطوة ذكائه الرجّالي كسارق لن يُمسك يومًا بالجرم المشهود. شيء شبيه باللعبة يمارسها مع أنثاه الحقيقيّة: الحياة.

يحتاج إلى أن يجازف إكرامًا لتلك اللحظات الباهرة في بذخها. الباهرة لا الباهظة. فلا علاقة نسائيّة تستحقّ أن يخسر من أجلها مكاسبه الاجتماعيّة. وهذه إحدى المرّات النادرة التي سيلتقي فيها بامرأة في بيروت. للجنون عادة عناوين مدن أخرى. وهو احتاط لكلّ الاحتمالات، مستفيدًا من وجود ضيف له، حضر من باريس، فدعاه إلى العشاء في الفندق نفسه رفقة مدير أعماله.

كان يحتاج إلى غطاء لدخول الفندق، وللجلوس في صالة رجال الأعمال الموجودة في آخر طابق. بعدها سيسهل عليه الاعتذار، والتغيّب بعض الوقت متذرّعًا باتّصال طارئ.

سألها بذلك الاشتهاء الملتبس:

– كيف أنت؟

كانت شفّافة المزاج كبيتٍ مسيّج بالزجاج، ما كان لباطنها من سرّ. لذلك كان يسهل عليه مطالعتها، أو مطالعة الأجوبة التي تحتفظ بها لنفسها.

ردّت وهي ما زالت واقفة:

– أنا جيّدة.. شكرًا.

تأمّلته. كان جالسًا وهي واقفة. اكتشفته من زاوية جديدة للرؤية.

لم يكن يشبه رجلًا كانت تتصوّر أنّها ستحبّه. لكنّها تحبّه. بأناقته الفائقة. بتفاصيله المنتقاة بعناية ككلماته. بابتسامته الغامضة. بتعليقاته الماكرة. كما حين يردّ على ذعرها من استقباله:

– الحبّ سطو مشروع.. لا علاقة شرعيّة.. عليك أن تعيشيه هكذا - مواصلًا بعد شيء من الصمت - اجلسي.. لماذا أنت واقفة؟ نحن في فندق راقٍ لن يفتح الباب أحد.. أو ضَعي على الباب «الرجاء عدم الإزعاج» إن كان هذا يُريحك!

ذهبت تطبّق نصيحته من دون أن ترتاح تمامًا. ماذا لو كان الخطر الآن في الداخل، لا من خارج الغرفة!

ما أدراها ما يجول في رأس هذا الرجل؟

عادت لتجلس مقابلة له على الأريكة الثانية. قال وهو يزيح قليلًا المزهريّة التي تحجب الرؤية بينهما:

– ساقي الورود ليس من سيقطفها، ولا قاطفها من ستنتهي في مزهريّة في بيته!

لم تحاول أن تفهم ما أراد قوله. استفادت من تداعيات الكلام.. قالت:

– لقد وصلتني هذه الباقة هديّة.

تعمّدت ألّا تقول ممّن عساها تثير غيرته أو فضوله. لكنّه علّق:

– إنّ من يهدي وردًا يقدّم انطباعًا عن نفسه.

أدركت أنّه يستخفّ بذوق من اختار تلك الورود.. قالت:

– لكلّ ذوقه.. شخصيًّا، لم أفهم لماذا تحبّ زهرة التوليب بالذات، وذلك اللون البنفسجي الغريب.

– لأنّها زهرة لم يمتلك سرّها أحد. لونها مستعص على التفسير، يقارب الأسود في معاكسته للألوان الضوئيّة. إنّها مثلك وردة لم تخلع عنها عباءة الحياء، ثمّة ورود سيّئة السمعة تتحرّش بقاطفها.. تشهر لونها وعطرها، هذه ستجد دائمًا عابر سبيل يشتريها.. كتلك التي قُدّمت لك في الحفل!

قالت كأنّها تتبرّأ من الباقة:

– بالمناسبة، علمت أنّها كانت التفاتة من إدارة المسرح، لوضع لمسة بهجة في ختام الحفل، لا يمكن للجميع مقاسمتك ذوقك.. لكلّ وردته، لعلّك اعتدتَ أن تهدي هذه الوردة بالذات، أعني ربّما كانت وردتك..

قاطعها:

– بل هي وردتك. لم أهدها قبل اليوم لأحد. لمحتها مرّة في محلّ للورود وعجبت لغرابة لونها. عادة أهدي نوعًا آخر.

أكان عليها أن تسعد لأنّه لم يهد «وردتها» من قبل لأحد؟ أم تحزن لأنّه أهدى ورودًا لغيرها؟ ألكلّ امرأة في حياته وردتها الخاصة؟

هذا البستاني الذي يُقسّم النساء إلى فصائل وأجناس من النباتات، تحتاج هي المعلّمة إلى أن تتعلّم أبجديّة الزهور، لتفهم ماذا أراد أن يقول لها طوال هذه الأشهر.

قالت ممازحة:

– ربّما عليّ أن أتعلّم لغة الورود قبل التحاور معك.

ردّ مصحّحًا:

– ليست قضيّة لغة، بل قضيّة أناقة، لا أكثر أناقة من وردة لا تثرثر كثيرًا. نحن لا نُهدي ورودًا لتتكلّم عنّا.. بل لتحمي التباس ما نودّ قوله.

– وماذا أردت أن تقول في النهاية؟

– في النهاية؟ لكنّنا لم نبدأ بعد.. عندما نبلغ النهاية، لن يبقى ثمّة ما نقوله.

هو يعني لن يبقى ثمّة ما نهديه. هذا ما فهمته.

أيّ رجل هذا؟ لم يكن جميلًا، بل أكثر. كان يملك ثقافة الجمال. أو ربّما كان جميلًا كما هم العشّاق، كما هم الأساتذة بالنسبة لتلاميذهم. وهي الآن تكتشف مكمن ضوئه. كأنّها تجلس مكان تلاميذها لتستمع إليه يلقي درسًا في مادّة لم يعلّمها إيّاها أحد: مادّة الحياة.

نهضت تخفي ارتباكها بسؤال:

– أتودّ أن تشرب شيئًا؟

لكنّه نهض بدوره وقال معتذرًا:

– ثمّة من ينتظرني على العشاء. لقد سرقت بعض الوقت لأسلّم عليك ليس أكثر.

وقفت مدهوشة وهي تراه يتّجه صوب الباب. مشت خلفه بتأنٍّ كما لتستبقيه وقتًا أطول غير مصدّقة أنّ أجل فرحتها انتهى. فقدت صوتها. لا تدري أيّهما كان الأكثر زلزلة لقلبها: مجيئه أم مغادرته. وقفت خلف الباب المغلق تودّعه صمتًا. كزهرة توليب خذلتها الريح، انحنى رأسها قليلا. كان يراقب انكسارات روحها. تذكّر أن في الميثولوجيا، لم تكن الزهور سوى صبايا قتلتهن العاطفة، فتحوّلن إلى زهور. هذه امرأة من سلالة الزئبق، تحتاج أن يسندها بقبلة.

ترك شفتيه تلتهمان ما تمنّاه طويلًا. قبلة بمذاق التوت البرّي. كان محمولًا بأحاسيس وحشيّة بعد أشهرٍ من الاشتهاء. راح في قبلة واحدة يشعل حطب الانتظار كلّه. انقضت سنة كاملة، بُعدًا وصدّاً، ومدّاً وجزرًا، لبلوغ حريق كهذا. آن قطاف هذه الزهرة الناريّة.

لم يُضف كلمة إلى تلك القبلة. فتح الباب ودلف إلى الخارج، بعد أن أودع جناحيها للنار.

في مرآة المصعد، تفقّد هيأته، وحين اطمأنّ لمظهره، ابتسم. هو يدري أنّ من تلك المحرقة ستولد فراشة تحتاج إليه بعد الآن كي تطير.

سيّد القدوم الآسر والانصراف الباكر.. مضى، وظلّت هي واقفة، مستندة إلى جدار النشوة، لا تدري ما الذي حلّ بها.

في أسطورة «الجميلة النائمة»، تُوقظ قُبلة من أمير تلك الجميلة النائمة منذ دهر. تفكّ عنها سحر ساحرة شرّيرة حكمت عليها بالنوم المؤبّد.

في أسطورتها هي، يقع عليها السحر مُذ يضع ذلك الرجل العابر شفتيه على شفتيها. شفتان ألقتا القبض على قدرها، وتركتاها في غيبوبة النشوة، تحت تأثير الخدر العشقي، كما في نوم لذيذ.

ظلّت ساندة ظهرها إلى الجدار، عاجزة عن التفكير أو الحركة، لا تريد أن تستيقظ من سحرها.

هو لم يهبها قبلة.. وهبها شفتيها، فما كان لها قبله من شفتين!

«حين تخجل المرأة، تفوح عطرًا جميلًا
لا يخطئه أنف رجل.»

كان له قوّة ونضج رجل صنع ثراءَه بذكائه. لكنّه ما كان يبدو رجل أعمال. في الواقع هو يحترف الحياة. لا عمل له سوى ممارستها. بإمكانه أن يدعو أسماك القرش إلى طاولته، من دون أن يشاركهم شهيّتهم للدم.

كان الدلفين المسالم وسط حيتان المال. شراسته وأذاه يحتفظ بهما للمرأة التي يعنيه أمرها. لفرط إصراره على الاستحواذ عليها، سيدميها يومًا، و يتركها تنزف من ظلم فقدانه وسط الأمواج العاتية للحياة.

هو نفسه لا يدري لماذا فعل ذلك بكلّ امرأة أحبّها أو توهّم حبّها.

كان يعاني من عجز عاطفي يحول دون تسليم قلبه حقًّا لامرأة.

ربّما لم يشفَ من خيانة المرأة الأولى في حياته، تلك التي تخلّت عنه لتتزوّج غيره. طوال عمره، سيشكّ في صدق النساء، وسيتخلّى عنهنّ خشية أن يتخلّين عنه. كشهريار، سيقاصصهنّ عن جريمة لا علم لهنّ بها.

وهذه الفتاة التي قبّلها لتوّه وذهب للعشاء.. رغم اشتهائه لها، وثقته في كونها لا تشبه غيرها، سيُبقيها على جوعها إليه إلى حين تستوي. يخفّف النار حينًا ويضرمها حينًا، ويصبر حتّى تحين وليمتها.

عندما تتقن فنّ الطبخ، أنت حتمًا تعرف كيف تعدّ مائدة حياتك، وكيف تطهو رغباتك. متعتك تبدأ بالإعداد للمتعة، من إحضار لوازم أطباقك، ومدّ مائدة انتظارك.

مباهج المائدة مهنته، وإلّا فما كان نجح في امتلاك سلسلة من أشهر المطاعم عبر العالم.

ما يعنيه الآن أكثر، هو الأرض التي اشتراها قبل أشهر. سيسافر غدًا بصحبة المهندس لدراسة مشروع تحويلها إلى مطعم عائم فاخر. لا يمكن أن يدخل الخليج إلا بمشروع لم يسبقه إليه أحد، لا يدري في أيّ عمر ولا متى وُلد حلمه. مطعم أقدامه في البحر، وجدرانه أكواريوم تسبح فيها أسماك بلوحات لونيّة مبهجة. أمّا الأرضيّة فيتصوّرها كثبانًا رمليّة منخفضة، تتناثر عليها الأصداف المختلفة الأشكال يرتفع فوقها على علوّ نصف متر زجاج يميل إلى الزرقة يوحي لمن يمشي فوقه أنّه يمشي على البحر. الطاولات ستكون بتصاميم عصريّة من الزجاج الفاخر، بألوان بحريّة متدرّجة. وستكون قليلة ومتباعدة. الرفاهية والفخامة تقتضيان ذلك!

المشاريع عنده تولّد أحلامًا بألوانها وتفاصيلها، كلّ ما يحتاج إليه مهندس يضاهيه جنونًا. وأحيانًا أكثر من مهندس ليتناوبوا على تجسيد أحلامه. كما في البيت الذي اشتراه في «كان»، وأصرّ على أن يستحدث في حديقته هضبة صخريّة ينزل منها شلّال

اصطناعي يعبر تحت جسر خشبيّ. هو مهووس بالنوافير الرومانيّة والأندلسيّة، الجداريّة منها والدائريّة. يحتاج إلى بهجة منظرها، وصوت خرير الماء، كإحدى سمفونيات الكون، كي يستعيد طمأنينته في عالم صاخب.

قلّما خذلته أحلامه لاعتقاده أنّ كّل ما يحلم به المرء قابل للتنفيذ. وحيث تصل أحلامك بإمكان أقدامك أن تصل.

كلّ ما حقّقه في حياته سبق أن عاشه كرؤية. يوم سافر قبل ثلاثين سنة إلى البرازيل، كان يدري أنّه سيعود إلى لبنان أكثر ثراءً، ممّن دعوه من أهله للإقامة بينهم، إلى حين تهدأ الحرب الأهليّة. ما أحزنه هو ترك دراسته في بداية السنة الجامعيّة. لن يكون يومًا أستاذ أدب مقارن، ولا أستاذ فلسفة.. المادّتان اللتان كان يحبّهما الأكثر، ربّما بحكم الحياة التي عاشها، والتي لم تكن له من عائلة فيها سوى الكتب.

ثم إنّ بيروت السبعينيّات كانت مهووسة بالثقافة والتنظير. الكلّ كان فيلسوفًا على طريقته، جاهزًا، أيًّا كانت مهنته، أن يصبح كاتبًا، أو صحافيًّا، أو شاعرًا.. بقدر هوسها اليوم بتخريج جحافل المتخصّصين في إدارة الأعمال، والمصرفيّين، وخبراء الكومبيوتر، وجرّاحي التجميل.

تغيّر العالم إلى حدّ لن تعثر فيه اليوم على أحد يباهي بأنّ ابنه يدرس ليصبح أستاذًا في الأدب، أو في الجغرافية، أو في التاريخ، أو الفلسفة. وظائف بأكملها مهدّدة بالتطهير المهنيّ وقد تنقرض ذات يوم لأنّ ليس لأحلامها من جيوب.

هل كان سيهاجر لو حقّق حلمه بأن يصبح أستاذًا للأدب المقارن؟ وأيّ ثراء غير الثراء الفكري كان سيجنيه من أصدقائه الإغريق، الذين حزن يوم استبدل بهم مطعمًا لبنانيًّا متواضعًا في ريو دي جانيرو؟

لاحقًا، أدرك أنّ «ما قد يبدو لك خسارة قد يكون هو بالتحديد الشيء الذي سيصبح فيما بعد مسؤولًا عن إتمام أعظم إنجازات حياتك». كانت ضربة حظّ أوصلته إلى إطلاق مشروعه في بلاد يقيم فيها أكثر من خمسة ملايين برازيلي من أصول لبنانيّة.

في ذلك المطعم وُلد حلمه بامتلاك مطعم للوجبات اللبنانيّة السريعة. يكون مشروع سلسلة مطاعم عصريّة، على الطريقة الأميركيّة، تتمركز حول الأحياء الجامعيّة. الوجبات فيها مصوّرة ومعلنة برقمها، وسعرها محدّد حسب تشكيلتها. كلّها من المطعم اللبناني، حتّى قطعة الحلوى، ومشروب الجلّاب بالصنوبر. وحين افتتح بعد خمس سنوات مطعمه الثالث في ذلك الحيّ الجامعي، لمح في إحدى زياراته تلك الفتاة اللبنانيّة اللافتة الجمال تتردّد على مطعمه. كانت تدرس الحقوق وتحلم في الواقع أن تعمل في المسرح. فتاة أنيقة رصينة في بلاد السامبا.. إنّه شيء نادر.

كان يدري بعد أوّل موعد جمعهما، أنّها برغم الاسم العائلي الكبير الذي تحمله، ستكون له وستحمل اسمه. قال لها بما اكتسب من خبرة في إحكام شباكه: «حبّنا هو أوّل قضيّة عليك كسبها.. سأمنحك فرصة المرافعة لتكوني امرأة حياتي».

لكأنّه لفظ جملة سحريّة. وقعت الفتاة بين يديه كتفّاحة آن قطافها. فعلًا، كان عليها أن ترافع طويلًا وبإصرار، دفاعًا عن مشروع حياتها. فهي تريد هذا الرجل. شيء ما فيه يأسرها، ولا يعنيها أن لا يكون

له اسم ضارب في جذور شجرة عائليّة كبيرة.. ولا ألّا يكون من أصحاب «المهن النبيلة» التي يصرّ عليها والدها. فلا ينقص عائلتها المحامون ولا الأطبّاء ولا السياسيون، ولا بأس أن ينضمّ إليهم قريب يعمل في مهنة حرّة، ولا يملك الشهادات التي يزيّنون بها مكاتبهم وعياداتهم.

حارب والدها هذا الزواج بما استطاع من إغراءات، ثم من تهديدات، لاعتقاده أنّ فتاة في العشرين من عمرها غير مؤهّلة لاختيار مستقبلها.. ولأنّها البنت الوحيدة بين شابّين، ولا يريد أن يراها تتعذّب مدى حياتها، بسبب خطأ اقترفته في شبابها. ثم استسلم لرغبتها حين رأى في ذلك الفتى المتّقد ذكاءً وطموحًا، والمتمتّع بأخلاق عربيّة عالية، ما يطمئنه، فأكثر ما كان يخشاه في بلدٍ قائم على خليط الأجناس أن تأتيه ابنته يومًا برجل من مشرّدي التاريخ أو الجغرافية.

لم ينس لها يومًا أنّها اختارته قبل أن يكون له اسم وجاه. ولا أنّها منحته صباها وابنتين في جمالها. حرص على ألّا يؤذيها يومًا، ولا أن تسمع عنه ما يؤلمها. قرّر أن يصنع له اسمًا تباهي به أهلها. ربح التحدّي حين بعد أربع سنوات من زواجه بها، نزلت عليه ثروات ما توقّعها.

اجتاز بوّابة الأحلام كما لو كان يمشي في نومه. ما عاد يحتاج إلى أن يطالع حظّه في فنجان قهوة. لقد غدت القهوة حظّه وباب ثروته، مذ شاء حسن طالعه أن يهتمّ بتجارة البنّ، وأن ترتفع أسعار البنّ في الأسواق العالميّة، ارتفاعًا تاريخيًّا، بحيث حقّق في سنتين، ما أجلسه على إمبراطوريّة تجاريّة، أصبحت تشمل سلسلة المطاعم،

وتجارة البنّ، والعقارات التي راح يستثمر فيها أمواله. حينها قرّر أن يدخل سوق الرفاهية، ويشرع تحقيق ما حلم به دومًا: الاستثمار في عالم من الفرادة والفخامة، لا يدخله إلّا من لا تعرف أحلامه التواضع. لن يقبل بعد الآن بأقلّ من التميّز. فما الترف سوى أن لا تشبه العامّة في شيء، حتّى عندما يتعلّق الأمر بإرسال باقة ورد!

* * *

كان بإمكانه أن يجنّ بامرأة، ويحتفظ برغم ذلك برأسه فوق الماء. رجل «برمائي» تدرّب على الصمود في وجه الرغبات. «جميل أن تقاوم الإغراءات، هذا يرفع من معنويّاتك» كان يقول لنفسه!

أمّا هي، فلم تعرف الحبّ، ولا تذكر أنّ رجلًا قبله قبّلها. لذلك غرقت في تلك المتعة، وظلّت لأيّام تتنفّس تحت الماء!

عادت إلى الشام من دون أن تغادر الغرفة 423. إنه احتلال غير معلن، من رجل شرع في اجتياحها رويدًا رويدًا، وهي الآن كائن مُحتلّ تهذي أنوثتها به، لا هوس لها إلّا رؤيته وسماعه مجدّدًا.

فجأة أصبح الهاتف نوعًا من أنواع الاستعباد والإهانة أيضًا. عندما لا يردّ أحد على الطرف الآخر، كما لو أنّك لست أحدًا، أو لأنّه مشغول بما هو أهمّ منك.

طلبته مرّتين على جوّاله. أطال هاتفه الرنين، وعندما لم يردّ، قرّرت ألّا تعاود الاتّصال به. لكنّها ظلّت في انقطاعها عنه تقيس حجم الإهانة، كما لو كانت تحمل داخلها عدّادًا.

بعد ثمانية أيّام. على الأصحّ بعد سبعة أيّام ونصف. بالتحديد بعد 192 ساعة، من تلك الساعة التاسعة مساءً، التي زارها فيها في

الفندق، ظهر رقمه ذات صباح على الهاتف كهلال عيد. قاومت إلحاح رنينه، وهدّدت يدها بالقطع إن هي ضعفت وردّت عليه. قرّرت أن تكون فرحتها، في إفساد فرحته بسماعها. أمرت قلبها أن يكابر، أن يثأر لكرامة شفتيها.

كيف تسنّى له تقبيلها بذلك الولع، ثم الانصراف إلى شؤونه كأنّ شيئًا لم يحدث، كأنّها منحته ما اعتاد امتلاكه بحكم ثرائه؟ لقد اشترى صوتها مرّة لمدّة ساعتين، لكنّه الآن، بكلّ ما يملك من مال، لن يشتري كلمة منها. هي قادرة على عنف عاطفي لا عهد له به، ولا يتوقّعه من امرأة.

ليس البكاء، وإنّما الكبرياء، هي الأداة الملائمة في موقف كهذا. وهي، في هذا المجال بالذات، لا تحتاج إلى دروس. إن كانت مبتدئة في الحبّ، فهي طاعنة في التحدّي!

هذا ما لم يتوقّعه منها. ما كان مهيّأً لمعركة كهذه، ولا لهزيمة بعد نصر. فقد اعتقد أنّه حسم أمر هذه الفتاة، وكسب كلّ الجولات في قُبلة واحدة. هو لا يفهم تمرّدها على نعمته، ولا عدم تقديرها لمجازفته بزيارتها في غرفتها، وسرقته بعض الوقت بين الحين والآخر لمهاتفتها.

بينما ما عادت هي تتقبّل فكرة أن يتصرّف بها هذا الرجل كيفما شاء، وأن يمنّ عليها بالحبّ والاهتمام، فقط حين يسمح له وقته بذلك.

مذ قرّرت أن تقاطع هواتفه، استعادت عافيتها، أو على الأصحّ، خفّ ألمها. منذ اللحظة التي طلبها ولم تتحرّك يدها للردّ عليه، بدأ العدّاد يعمل لصالحها، وما عاد عليها أن تعدّ الأيّام والساعات وتفكّر ماذا عساه يشغله عنها. تركت له وجع الأسئلة.

قرأَت يومًا أنّ راحة القلب في العمل، وأنّ السعادة هي أن تكون مشغولًا إلى حدّ لا تنتبه معه أنّك تعيش، فهجمت على العمل طمعًا في نسيانه.

قرّرت أن تسجّل نفسها في «الكونسيرفاتوار» كي تتعلّم أصول الغناء. وكانت لها أمنية سرّيّة أخرى، أن تتعلّم العزف على العود، كي تعزف على العود الذي تركه والدها، وهو كلّ ما أنقذته حين مغادرتها الجزائر. كان العود أخاها في اليتم.. فلمن تتركه؟ لعمّها الذي يرى فيه أداةً شيطانيّة قد يكسرها ليكسب ثوابًا؟ كانت ترى في ذلك العود أثمن ما ترك والدها، الذي لم يمتلك يومًا ثروة. ككلّ عشّاق الحياة، كان قدريًّا، وككلّ بائعي البهجة، ما ترك مالًا، قضى عمره يُغنّي ونسيَ أن يَغنَى.

لأوّل مرة، أحضرت ذلك العود من حيث خبّأته، حتّى لا يكون على مرأى دائم من والدتها، فيزيد من حزنها. أخذته إلى فراس، صديق يحترف العزف، وبإمكانه إيداعه لدى حرفيّ يمكنه تصليح ما ألحقه الرصاص بالعود من ضرر.

طمأنها فراس إلى إمكانية إنقاذ العود بعد أن تفحّصه مليًّا، ووجد طرافة في عودته بعد ثلاثين سنة إلى بلده الأصلي جريحًا، ليتعافى من رصاص اخترق صدره أثناء غربته. سألها وهو يعيده إلى غلافه:

– كيف حدث ذلك؟

مَن لغير عازفٍ بإمكانها أن تحكي تلك القصّة.

قصّة أبيها الذي مات ذات مساء، وهو عائد من حفل زفاف كان قد غنّى فيه. إحدى فرق الموت وضعت نهاية لصوته. آخر موسيقى

سمعها.. موسيقى الرصاص. كان برفقة أحد العازفين في طريقهما إلى السيارة. سقط كلاهما متّكئًا على آلة عزفه.

عندما جاؤوا بجثمانه مع العود، حمدت الله أنهم لم ينسوا عوده أو يسطوا عليه. رغم المصاب وتدفّق الناس على بيتهم، حال سماع الخبر، حضرتها فكرة إخفاء العود. ربما عاد أحدهم لكسره، أو لمواصلة إطلاق النار عليه، فلعلّ رصاصة واحدة لا تكفي، وينبغي إفراغ مسدّسٍ في تلك الآلة الشيطانيّة.

كان العود قد اقتسم الرصاص مع سيّده، كما يقتسم حصان النيران مع صاحبه في معركة. وكما يعود حصانٌ جريح حاملًا جثّة صاحبه، عاد العود إلى البيت، معلنًا موت مَن ظلَّ رفيقه على مدى ثلاثين سنة، منذ أيام حلب يوم قصد أبوها سوريا لتعلّم الموسيقى، فكان أوّل عود اقتناه بالتقسيط لفخامته.

من الأرجح أن يكون أبوها قد احتمى بالعود، أو أن العود حاول أن يفديه، ويردّ عنه الرصاص، فما استطاع بصدره الخشبيّ أن يتلقّى عنه سوى رصاصة واحدة، وذهبت اثنتان نحو رأس والدها فسقط متكئًا عليه.

ما كان لأبيها عداوات. لم يهدّده أحد، ولا جادل يومًا أحدًا. لكنّ الموت كان يثرثر من حوله. هل كان اغتياله بسبب غنائه قبل أيام في زفاف ابن أحد الموظفين؟ أم أن موته كان مبرمجًا من قِبل جماعة تعرف عاداته، وتفاصيل تنقلاته، وساعة عودته.

كان يمكن للقتل أن يكون لأي سبب، ويمكن للقاتل أن يحمل أيّ وجه. فالكلّ يشكّ في الكلّ. وكلّ دم مستباح، حتّى دم الأقارب والجيران، ما دام القاتل على قناعة أنه يقتل بيد الله لا بيده.

ذهبت شكوك أمها نحو جارهم، شاب في أواخر الثلاثين، عاطل من العمل، أو لعلّه يعمل لحسابه الخاص رجل تحرّ بدوام كامل، متكئًا على الجدار المقابل. مثله مثل بعض من، لسببٍ ما، يقتلون الوقت بقتل الآخرين. تدريجيًّا تغيّرت تصرّفاته، وبدا لصمته المريب يوحي بالحذر. ماذا يفعل شاب تزوّج للتوّ طوال الوقت في الشارع؟ صحيح أنه يقيم عند أهله، ولكن.. ألا نهار ولا ليل له؟ ثمّ إنّ زوجته لم ترافق والدته لتقديم العزاء. ادّعت أمه أنه تعذر عليها الحضور بسبب حملها. لعلّ أمّه حضرت عن إحساس صادق بالحزن، ولا تتوقّع أن يكون ابنها هو القاتل، لكنه مارس سلطته على زوجته المبرقعة، لمنعها من أن تُعزّي في مغنّ يُروّج لـ«بضاعة الشيطان».

ثمّ كيف أنّ هذا الشاب الذي كان يستوقف ابنها ليحدّثه طويلًا في الشارع، قبل أن يلتحق علاء بالإرهابيين، لا يرى من الواجب أن يسلّم عليها عندما تمرّ بمحاذاته بالشارع، وهي في عمر أمّه، بل يتحاشاها كما لو كانت نبتة نجسة؟

أصبح للقاتل اسم لدى أمّها، لكن وحده قلبها يملك الأدلّة، فوحده، لإحساس غامض، لا يقوى على رؤية عمّار. ثُمّ فجأة، اختفى عمّار بعد أيامٍ من مقتل والدها، ولم تجرؤ أمها على سؤال والدته. أين اختفى؟ هل هو مخطوف؟ مقتول؟ أم مقاتل تحت ألوية المجرمين؟ لا أحد يسأل أين يختفي الشباب فجأةً. فقط عندما يموتون يعلم الناس بذلك.

بعد عام، نزل عمّار من الجبال «أميرًا». رفعته جرائمه إلى مقام «أمير كتيبة». عاد مع التائبين، مغسول اليدين من جرائمه، بحكم قانون العفو العام. لكن من يغسل قلب أمّها النازف؟ وأيّ قانون

ينسيها ترمّلها وثكلها؟ ماذا لو كان عمّار خلف مقتل علاء أيضًا، كما كان خلف التحاقه بالإرهابييّن؟ إن لم يكن يد القتلة، فهو عيونهم.

لعلّ ما روته لفراس، وهي تُعرّي وجدانها في حضرته، أكسبها صديقًا في وسطٍ لا صديق لها فيه. أصبحت تهاتفه وتلتقي به بين الحين والآخر، مذ وجدت منه تعاطفًا مع مأساتها. هو يملك خصالًا رجوليّة تعشقها، كما أنه من حلب، مدينة أخوالها، وهي سعيدة بوجودها معه على حافة أحاسيس جميلة لا اسم لها، منها أنه يذكّرها بعلاء.

اقترح فراس أن يبدأ بتقييم مدى استعدادها للعزف، وأن يتابعها في البداية، ثمّ يوجهّها نحو صديق يراه أفضل منه لمهمّة كهذه. استنتجت أنه يتمنّى أن يراها أكثر.

قال:

– يمكنني إن شئت أن أساعدك، لكن ذلك يحتاج أن نلتقي مرتين في الأسبوع، أنت في حاجة إلى كثير من الإصرار والمثابرة، فليس العزف أمرا سهلًا إن لم يُباشَر على صغر، لكن إن كنت جادة، فستنجحين، لأنّ علاقتك العاطفيّة بهذا العود ستجعل منه آلة سحريّة في يديك.. إنها آلة تشبهك.

سألته متعجّبة:

– تشبهني؟ كيف؟

أجاب:

– يُحكى أن العود سئل إن كان ثمّة آلة موسيقيّة أجمل منه، وأشدّ تأثيرًا على الروح، فأجاب بغرور وهو يردّ رأسه إلى الخلف «لا». من يومها ورأسه معكوف إلى الوراء بكبرياء.

ضحكت. أحبّت غزله الموارب.

غادرته سعيدة. كانت قبل ذلك اللقاء، كعود غير مشدود الأوتار، لم تظبّط أوزانه. لكأنّ فراس أعاد دوزنتها عنفوانًا، وساعدها على إبقاء رأسها مرفوعًا.

* * *

كان أكثر انشغالًا من أن يتنبّه لقطيعتها الهاتفيّة. حاول الاتصال بها مرّتين ولم تردّ، ظنّ هاتفها على الصامت، توقّع أن تعاود مهاتفته، لكنّها لم تفعل، وعندما امتدّ صمتها إلى أن قارب الشهر، بدأ يساوره الشكّ. أتكون تعمّدت أن تُطيل انتظاره؟ أيُعقل أن تجرؤ على أمر كهذا؟ هو الذي تتهافت الاتصالات عليه؟

عادةً، عدم الردّ هو ترفه الشخصيّ، والاختفاء لأيّام، ثم العودة دون تقديم عذرٍ أو اعتذار، لعبة يتقنها. بل هي عادة اكتبسها بحكم مشاغله، كما مزاجه. هو يحتاج إلى مسافة للاشتهاء، إلى الانسحاب من أجل الشوق المستبدّ مدًّا وجزرًا.. وصلًا وهجرًا. لكنه من كان يأخذ المبادرة دومًا ذهابًا وإيابًا، ولم يحدث لامرأة أن أحالته إلى هاتف خارج الخدمة.

حاول أن يستعيد تفاصيل موعدهما الأخير، علّه يعثر على سببٍ لعتَبها. أيكون ندمًا متأخّرًا على قبلته تلك؟ يدري أنّ له شفتين مجرمتين، بإمكانهما اغتيال امرأة بقبلة، لكنّه كان أيضًا سيغتالها لو أنه لم يقبّلها!

لعلّها مريضة.

راوده هذا الاحتمال. في الواقع كان معنيًّا بالعثور على ذريعة مشرّفة للاتّصال بها، أكثر ممّا هو معنيّ بصحّتها. إنّه الفضول.

رفع السمّاعة وطلب رقمها. لم يصدّق السرعة التي ردّت بها. لكن بعد كلمتين وجد نفسه أمام صوت آخر:

– ألو.. أيوه.. أهلين.

هذه ليست لهجتها ولا هو صوتها وهو غير مهيّأ لمفاجأة كهذه.

– ممكن أحكي مع هالة من فضلك؟

– هالة مسافرة. مين بقلّها؟

السؤال أنساه مفاجأة خبر غيابها. لكنّه دومًا وجد الحيلة المناسبة في موقف كهذا.

– أنا صحافي من تلفزيون CBS كنت أودّ الاتّصال بها بخصوص لقاء تلفزيوني..

أعطاها اسم قناة أجنبيّة تفاديًا للأسئلة، ما توقّع أن يخدمه هذا الخيار.

– هي في فرنسا منذ ثلاثة أيّام. يمكنك معاودة الاتّصال بها.

– عذرًا، لكنّني أحتاج إلى أخذ موافقتها في أقرب وقت لهذا اللقاء. أتعلمين متى تعود؟

– ليس قبل عشرة أيّام، لقد رافقت خالتها لإجراء عمليّة في باريس.

ردّ متعجّبًا:

– باريس؟

أجابت:

– لا أحد كان يستطيع مرافقة خالتها. وحدها تملك تأشيرة سفر إلى فرنسا.

– هل ثمّة طريقة للاتّصال بها؟

– لا أملك إلّا رقم هاتف فندقها.

– لا بأس، أمدّيني به من فضلك. سأهاتفها كسبًا للوقت.

أغلق السمّاعة وضحك في سرّه، وهو يُعيد مفكّرته إلى جيبه وعليها رقم هاتفها ورقم غرفتها.

لا أكثر سذاجة من النساء. غبيّة قبل أن تُجلسها على كرسي كهربائي للاعتراف، تتطوّع بإعطائك من المعلومات أكثر ممّا تتوقّع. وأخرى تعتقد أنّها، حيث هي، أبعد من أن تطالها. في الواقع، ما توقّع تلك الصغيرة الغريبة قادرة على الهجران، ولا تنبّه لقدرته على الوقوع في شرك المسافة التي تفصله عنها.

المسافة؟ سيحطّمها غدًا.

راح يحشو غليونه ويبتسم. يحلو له منازلة هذه الفتاة. فليكن، سيواصل معها لعبة التحدّي.

مساء الغد، دقّ الهاتف في غرفتها بالفندق. كانت منهكة وجائعة. غادرت الطاولة الصغيرة التي كانت تتناول عليها ما أحضرته في طريقها من طعام إلى العشاء، ورفعت السمّاعة وهي تواصل قضم ما في يدها. ما كانت على عجل، فهي لا تنتظر اتصالًا من أحد. لقد غادرت للتوّ خالتها في المستشفى ووضعُها في تحسّن. كما توقّفت في الطريق لتكلّم أمّها من مقصورة هاتفيّة كما تفعل كلّ يوم. حتمًا لم تتوقّع أن يأتيها ذلك الصوت في تلك الساعة.. على هاتف الفندق!

– كيف أنتِ؟

كادت لهول المفاجأة أن تختنق بما تأكل. فقدت صوتها للحظات، وجلست من الصدمة على حافة السرير، غير مصدّقة رنّة صوته العائد بعد شهر من الانقطاع.

– هل تقضين إقامة طيّبة من دوني؟

لم يحضرها أيّ جواب. ردّت بما بقي فيها من نزوع للتحدّي:

– حتمًا..

– أتمنّى ذلك.

– أمّا أنا، فلا أصدّق أمنياتك. لقد سبق أن بعثت لي بهذه الأمنية ذاتها مع باقة توليب، يوم زيارتي الأولى لباريس قصد تعكير إقامتي.

ردّ بتهكّم:

– تعنين يوم أخلفت موعدك الأوّل معي.

– إن شئت.. لكن أخبرني أوّلًا كيف حصلت على هاتفي؟

– دومًا حصلت على ما أريد.

– فعلًا.. لا ينقصك الغرور.

– بل يحدث أن أتواضع.

– تعني التواضع كأعلى درجات الغرور.

ضحك:

– أتكونين قاطعتني بسبب تواضعي؟

– ولأسباب أخرى أيضًا.

– أتمنّى أن أعرفها منك حين نلتقي.

– نلتقي؟ أنت تمزح حتمًا.. نحن لا نبحث عن الشيء نفسه!

– ومن أدراك؟

– أنت رجل باذخ المهام، دائم الانشغال، لا وقت لك للحبّ. تهاتفني في مساء الضجر، وتريدني أن أنتظرك ما بقي من عمر!

– هذه المرّة لن تنتظريني أكثر من يوم. سأحضر غدًا إلى باريس وأصطحبك للعشاء في مطعم جميل.

أصابتها فكرة مجيئه بالذعر، فهي غير مهيّأة إطلاقًا لذلك، ما أحضرت معها ثيابًا تليق بلقائه، ولا تريد أن يرى الفندق المتواضع الذي تُقيم فيه. ثم إن يومًا واحدًا لا يكفيها للاستعداد لحدث كهذا. عليها أن تذهب عند الحلّاق، وتطلي أظافرها، وتخلع «ثياب الممرّضة» التي لبستها لمدّة أسبوع، وتذهب لشراء ما يليق بلقائه.

قرّرت أن تخرج من الورطة بمواصلة المضي عكس قلبها:

– لا أرى قدومك مناسبًا هذه الأيّام، وفي جميع الحالات لن أتمكّن من لقائك. أنا أنام باكرًا في الليل لأنّ أمامي كلّ يوم نهارًا طويلًا.

ردّ ممازحًا:

– امرأة لا ليل لها.. كيف يكون لها من نهار؟!

– من قال لك إنّ لي نهارًا؟

– إذًا فليكن لك ليل.. أنت في باريس يا عزيزتي.

– أنا في السرير ولست في باريس. من تعبي لا رغبة لي إلّا في النوم.. كأنني جئت أغيّر الأسرّة لا المدن!

– لا تقولي إنّك ستنامين فورًا.. كم الساعة الآن عندك؟

– إنّها الثامنة والنصف.. نحن نسبق بيروت بساعة.

أخذ بعض الوقت كما لو كان يدقّق في ساعته ثم قال:

– في ساعتي أيضًا الثامنة والنصف.. غريب.

ردت بتعجّب:

– أيكون التوقيت قد تغيّر؟ ما أدراني، مذ جئت فقدت علاقتي بالزمن كأنني هنا منذ قرن.

كانت تواصل الحديث إليه عندما دقّ باب غرفتها. ما كانت تريد أن يقطع عليها أحد سعادتها. خافت أن يُنهي المكالمة، ويضيع

منها كعادته لأسابيع أخرى. لم تجد بدًّا من الاعتذار منه لتستبقيه على الهاتف. قالت ممازحة:

– لم أطلب شيئًا من خدمة الغرف.. أتكون بعثت لي وردًا مثلًا؟

ردّ ضاحكًا:

– لا.. ليس هذه المرّة!

– لا تقطع، أعطني دقيقة فقط لفتح الباب.

ردّ:

– لا تهتمّي.. أنتظر.

لم يقطع الخط، لكنّه قطع أنفاسها.. كاد يُغمى عليها وهي تراه أمامها. أغلق هاتفه الجوّال وأعاده إلى جيبه. ثم ألقى نظرة إلى ساعته وقال وهو يُطلعها على الوقت:

– لم يحدث أن كنتِ أكثر دقّة.. إنّها الثامنة والدقيقة الواحدة والثلاثون!

لم تدقّق في ساعته. كلّ شيء فيها شهق.. وكلّ شيء فيه ابتسم!

نسيت أن تنظر إليـه، أن تسلّم عليه بيدها أو بشفتيها.. أو بنظراتها. ما كان لها من عيون إلّا لما يراه خلفها من تواضع غرفتها.

يا الله كيف فتحت له الباب في هذه الهيأة. ليتها وضعت شيئًا من الحمرة على شفتيها. شيئًا من الماسكارا على رموشها. لو أنّها مشّطت شعرها على الأقلّ.. لو كانت ترتدي ثوبًا جميلًا للبيت. لكنّها ما زالت بثياب «الممرضة»، وليس لليلها من ثوب يليق باستقبال رجل.

رجل! تبًّا له من رجل.. ما الذي جاء به حتّى غرفتها؟

غرفتها! يا الله.. إنّه الآن ينظر إلى كلّ شيء بائس وبشع خلفها، ويتأمّل فوضاها وبقايا العشاء المتواضع على طاولتها.

هل تدعوه ليدخل؟ هل تستبقيه عند الباب؟ هل تطرده؟ هل تسأله بأيّ حقّ؟ وبأيّ صوت تقول شيئًا من كلّ هذا، وقد ضاع صوتها منذ تسمّر أمامها.

أين هي تلك الكمّامات التي يقولون في الطائرات إنّها تسقط تلقائيًّا عند انخفاض الأوكسجين؟ لماذا لا تسقط إحداها الآن وتدركها قبل أن تسقط هي منهارة عند عتبة الباب!

لكنّه هو من أدركها وقال:

– أنتظرك في السيّارة.. غيّري ثيابك وانزلي.

من حيث هو، في نصف نظرة، ألقى نظرة شاملة على الغرفة. لمح السمّاعة على السرير مفتوحة كما تركتها. قال مبتسمًا وهو يطلب المصعد:

– لا تنسي أن تغلقي السمّاعة قبل أن تغادري!

أغلقت باب الغرفة خلف ابتسامته الماكرة، ووقعت للحظات مذهولة خجولة كأنّه رآها عارية ومضى.

هو ما جاء ليرى عُري إمكاناتها - لقد عرف من عنوان الفندق وعدد نجومه كلّ شيء - بل جاء ليريها ما بإمكانه أن يفعل «من أجلها».

هل فعل هذا حقا من أجلها؟

حتمًا هو ينازلها في كلّ ما يقوم به. ولم تسأل نفسها إن كان فعل ذلك حبًّا بها أم تحدّيًا لها.

راقت لها تلك المسافة التي يضعها دائمًا بينه وبين خجلها، عن حياء أو عن كبرياء. كجلوسه في الصف الرابع لا الأوّل يوم كان يملك المقاعد كلّها. هو ما جاء ليدهمها، بل ليباغتها ويمضي. ما تخطّى عتبة المفاجأة. أراد أن يحاصرها في ركن حقيقتها.. ليس أكثر.

هذا رجل يستحقّ براءة اختراع في كلّ ما يفعله في امرأة!

من أين تبدأ؟ وفي أيّ اتّجاه تركض لتتهيّأ؟ لم يترك لها الخيار.. إنّه ينتظر.

أفرغت محتويات حقيبتها على السرير. لبست وخلعت في دقائق كلّ ما في حوزتها. أخرجت عدّة زينتها لتُعيد لوجهها ما فقد من نضارة في غيابه.

كانت على وشك المغادرة حين دقّ هاتف الفندق. توقّعته يستعجلها النزول.

كانت نجلاء على الخطّ.

– أحدهم هاتفك وطلب رقمك في فرنسا. قال إنّه صحافي من CBS نسيت أن أسأله عن اسمه.. سيتّصل بك لأمر مستعجل.

ما كان لها من وقت لتستمع إلى مزيد من التفاصيل. أمن الممكن أن يكون هو؟ راودتها الفكرة وهي في المصعد. إنّه حتمًا هو.

رجل الإعصار العاطفيّ.. هل يعترض طريقه رقم هاتفي؟

كما في القصص السحريّة. عربة فارهة كانت تنتظر سندريلّا في الخارج. ما كانت تجرّها الخيول. بل يقودها الأمير العاشق نفسه.

إنها تعيش خرافة عصريّة. تجتاز فيها سندريلّا بفرح حذر باريسها المتواضعة، إلى «الضفّة الأخرى» للأحلام.

ما كانت تدري أنّ للحبّ ضفّتين، حتّى اجتازت واقعها إلى «الضفّة اليسرى». لاحقًا ستعرف أنّ «la rive gauche» هي أيضًا اسم عطر لـ«إيف سان لوران».

لم يسألها أين تريد أن تتعشّى في مدينة لا تعرف فيها عناوين تليق به. أثناء انتظارها في السيّارة، حجز لهما طاولة في مطعم اعتاد أن يرتاده في المناسبات الهامة أو الجميلة. يحبّ هذا الفندق المطلّ على حديقة «التويلري»، بفخامة القرن التاسع عشر وأبّهته، بمراياه ورسوم سقفه ونقوشه الذهبيّة، بنادله الذي يشبه في بذلته السوداء ذات الذنب، رئيسا ما للجمهوريّة الفرنسيّة.. أو قائد أوركسترا سمفونيّة.

تناول منها «جيسكار ديستان» معطفها. ورافقهما نادل آخر إلى الطاولة. سحبا الكرسيين في الوقت نفسه، وأشعل أحدهما الشمعدان الفضّي.

سألها إن كان يعجبها المكان.

تفادت مكر السؤال.

كان لها من مباهج العشق في تلك السهرة ما يفيض على نساء العالم جميعهنّ. لكنّها، إنقاذًا لكرامتها العاطفيّة، قالت والنادل يمسك بمنديل أبيض زجاجة الماء المعدنيّة ويسكب منها في كأسيهما:

– الحبّ انسكاب في الآخر.. وأنا لا أعرف كيف أنسكب في كأس فاخرة إلى هذا الحدّ، لكنّ المكان فاتن حقًّا. أحبّ رومانسيّتك!

ضحك ضحكته تلك وقال:

– تعتقدين أنّني رومانسي؟

– وهل الرومانسيّة عيب؟

– في العالم الثالث الذي جئنا منه الرومانسيّة تعني العشق مع التخلّف.. أي الهروب من الحياة إلى الأوهام. أنا يا عزيزتي أحبّ الحياة، أمّا الرومانسيّون، فيحبّون الأوهام.

استنتجت أنّها امرأة ساذجة، منخرطة في حزب المتخلّفين الحالمين، الأوفياء لأوهامهم، بينما يبدو هذا الرجل خائنًا لكلّ شيء عدا الحياة. رغم توجُّسها صدمة الجواب سألته:

– هل أنت وفيّ؟

فاجأه السؤال. ردّ ضاحكًا:

– أعرف.. النساء يعشقن القلوب الموصدة، المحكمة الإغلاق، لرجال أوفياء لغيرهنّ. الرجل الوفي، رجل متنازع عليه، غالبًا من أجل الإطاحة بالمرأة التي أعلن إخلاصه لها، وترى فيها النساء إهانة لأنوثتهن، أوّل ما يستسلم يفقد سطوته. سأسعدك وأعلن أنّني وفيّ!

سألته بسعادة:

– حقًّا؟

– إنّي سيّد من سادة الوفاء.. أخلص لما أُحبّ.

– أتعني لما، أم لمن؟

جاءها الجواب:

– لن تعرفي هذا إلّا من حدسك الأنثويّ!

أيّ تمرين هذا؟ أرادت حشره.

قالت:

– حدسي يقول إنك خائن.

ردّ ضاحكًا:

– أخطأ حدسك مرّة أخرى. الخيانة أن تُقبل على امرأة دون شهوة. أي أن تخون جسدك. لا أذكر أني فعلت ذلك.

إنّه كلام أكبر من فهمها. كل ما أرادت أن تعرف إن كان يحبّها. ولا وسيلة لطرح سؤال يبدو بسيطًا على رجلٍ يتكلّم غير لغة.

سألها:

– إلى متى ستبقين في باريس؟

– تأشيرتي تنتهي بعد ثلاثة أيّام. من حسن حظّي أنّ خالتي تعافت.

ثم، لتبرّر ما رآها عليه، أضافت:

– إنّي أُقيم في ذلك الفندق حتّى أكون قريبة من المستشفى الذي أجرت فيه العمليّة.

قال:

– بالمناسبة، لقد حجزت لك غرفة في هذا الفندق ابتداءً من الليلة، لثلاثة أيّام قابلة للتمديد.. توقّعتك ستبقين أكثر.

انتفضت مدافعة عن كرامتها:

– من قال لك إنّني سأقبل ذلك؟

– إقامتك هنا ستكون أجمل. اخترت ما يليق بمقامك.

فكّرت أنّه اختار عنوانًا يليق بمقامه، الذي لا يسمح له بحبّ فتاة تقيم في ذلك العنوان.

قالت وقد استعادت شراستها:

– لكنّني ما طلبت منك شيئًا.

– الحبّ يَعطي قبل أن يُطلب منه.

كانت الأنفة تزيد من اشتهائه لها، فهو يحبّ تلك اللبؤة النائمة فيها. بينما كانت هي ترى في إغداقه غير المبرّر إهانة لقيم الرجولة التي تربّت عليها. كلّما ذكّرها بأنّها عزلاء أمام سطوة ماله هو لا يجرّدها من أنوثتها بل من رجولتها.

قالت بعناد:

– لن أقيم في غير فندقي.. إنّه أقرب إلى المستشفى.

أجاب بما يعرف أنّه سيهزمها:

– لكنّك هنا أقرب إليّ.

وضع في جملته ما يكفي من البوح الموارب لإطاحة صمودها. واصل:

– بإمكانك أن تأخذي تاكسي أو الميترو لتزوري خالتك.

بدأ منطقه يجرّدها من شراستها. هل تعاتبه لأنه يريدها قريبة منه؟

برغم ذلك رفضت الاستسلام له بسهولة. قالت:

– لا رغبة لي في جمع أشيائي وتوضيب حقيبتي أكثر من مرّة. كلّها ثلاثة أيّام!

– اللهفة لا تقاس بالأيام. توّقعتك تعدّين بالدقائق. على كلّ حال، لقد حجزت لك الفندق.. قرّري ما شئت!

أفحمها. أربكها. بدا لها أكثر لهفة منها.

سألته:

– متى فعلتَ هذا؟

– عندما انسحبتُ قبل قليل. كنت أريد التأكّد من وجود غرفة شاغرة هذا المساء. تدرين، هذا الفندق هو أحد أعرق فنادق باريس، لجماله. طلب أحد النبلاء في القرن التاسع عشر أن يقضي فيه ليلته الأخيرة، قبل أن يمضي فجرًا لمنازلة غريمه في غابة بولونيا، فلربّما كانت آخر ليلة في حياته.

– وهل حجزت لي فيه لأنك تنوي منازلتي؟

ضحك..

– لا أحتاج إلى إشهار سيف لأهزمك. ليس في حوزتي إلّا الدروع..

كان يدري أنّها، منذ اللحظة التي تقبل فيها عرضه، يكون قد هزمها. وكانت تجهل أنّ حبّه لا يحيا إلّا في سطوة إغداقه. في الواقع ما كان يشعر بالأمان مع امرأة ترفض سطوته. أما هي، فكانت ترى أن الحب هو الذي يمنح الفنادق نجومها، كان يكفي دخوله إلى فندقها البائس ذاك بحثًا عنها، ليرفعه الحب إلى صف فنادق الخمس نجوم.

انتهى بها الأمر إلى الاستسلام لعرضه، إنها تعيش لأشهرٍ بعيدة عنه، مقابل «دقائق» تعيشها بمحاذاته، ومن الجريمة أن تفرّط في دقائق هي كلّ ما تجود به الحياة عليها.

في خضم أفكارها نسيت «جريمة» الورقة النقديّة، التي تركها فوق الحساب المدفوع ببطاقة مصرفيّة. ورقة تعادل تمامًا نصف دخلها الشهري كمدرّسة. كي لا تُجنّ أو تموت قهرًا، قرّرت أن تكفّ عن اعتبار دخلها مقياسًا لنفقاته.

قال:

– سأرافقك إلى فندقك لتجمعي حاجاتك. ثم اطلبي سيّارة أجرة للعودة إلى هنا.

اطمأنّت إلى نواياه وعجبت لها.

– وأين تُقيم أنت؟

– لي بيت في باريس.

قالت ممازحة:

– نسيت أنّك تعمل صحافيّ هنا في قناة CBS.

ضحك. أدرك أنّها اكتشفت حيلته.

أضافت:

– بالمناسبة ماذا كنت ستسألني في مقابلتك تلك؟

أجاب وهو يمشي جوارها نحو السيّارة:

– أوّلًا هل أنت وفيّة؟

– ثم؟

– لكنّك لم تجيبي عن السؤال الأوّل.

– أفضّل الاطّلاع على كلّ الأسئلة قبل الإجابة. هكذا علّموني!

– فليكن.. ثانيًا، هل ستكونين لي؟

– ثم؟

كانا قد وصلا إلى السيّارة. قال:

– أكتفي بهذين السؤالين، البقيّة سأطرحها عليك في وقت لا تتوقّعينه!

قالت ممازحة:

– من حقّي إذًا أن أجيبك في الوقت الذي لن تتوقّعه على الإطلاق!

طوّق خصرها بذراعه التي كانت ممدودة لتفتح لها الباب. حشرها بين السيارة وصدره، وقال:

– بالمناسبة، يجوز الردّ على بعض الأسئلة بالقُبل.

وقبل أن تستوعب الموقف، كان قد سحبها نحوه وراح يقبّلها.

لا تدري كم من «نعم» قالت له في قبلة واحدة، كم من «بلى» وكم من «أجل».

استسلمت لذراعيه ولخدر النشوة. شعرت أنّها ثملة بالقُبل، بكلّ الوعود التي منحتها شفتاه، لثمًا وتقبيلًا. معه، لا شيء كان يبدو فضيحة، على مرأى من السماء، من نهر السين، ومن برج إيفل، أصبحت امرأة بقبلة عمرها سبع وعشرون سنة من الانتظار.

كانت باريس ليلتها سخيّة. تتلألأ بأضواء نهاية السنة، ورذاذ مطر يحمي عاشقين من محضر ضبط عاطفي. غادرته بأحاسيس ملتبسة كما لو أنّها فقدت بتلك القبلة عذريّتها.

* * *

ما أتعس من لم يفُز بشفتيها!

كان يودّ وهو يرافقها بعد العشاء إلى فندقها ذاك، لو باح لها بأنّه يرثي لرجال جاؤوا العالم وسيغادرونه، من دون أن يكونوا قد خبروا قبلة كتلك. لكنّه ما اعتاد أن يفضح أحاسيسه لأحد، أو يبوح بضعفه لامرأة. هو دائم الاحتراز من الحبّ، لعلمه أنّ الذي يحبّ الأقلّ هو الأقوى. لا يذكر أنّه قال «أحبّك» سوى لزوجته قبل خمس وعشرين سنة، لكنّ النساء تعلّقن به برغم ذلك، لأنّه يقول تلك الكلمة في كلّ ما يفعله، بينما لا يفعل الآخرون غير قولها.

هل يحبّها حقًّا؟

هو نفسه لا يدري. هي شجرة يستظلّ بها، ولا يريد أن يُنبّهها إلى ثمارها فيقطفها سواه.

يريد له وحده مرحها وصباها. ذكاء أنوثتها، براءتها، اندهاشها البكر بكلّ ما تراه معه لأوّل مرّة.

يحبّ جرأتها في الدفاع عن قناعاتها، وهزيمتها حين يجرّدها من قراراتها. يحبّ نقاءها، ويشتهي منذ الآن إفسادها. هو فقط يؤجّل أوان امتلاكها. في ما يخصّ النساء ما كان يومًا على عجل. هو ليس من حديثي النعمة، مائدته عمرت دائمًا بما اشتهى. لذا لم يكن يفترس الحياة، كان يتذوّقها ويترك منها شيئًا على طاولة الموعد القادم.

في الصباح، هاتفها إلى فندقها الجديد، كانت قد غادرت الغرفة. لم يترك لها رسالة صوتيّة على جهاز التسجيل. حتمًا ما كان ليفعل. كان يعنيه فقط أن يتأكّد أنّها نقلت إقامتها إلى الفندق.

حين طلبته ظهرًا من مقصورة هاتفيّة، وعدها أن يمرّ عليها مساءً ليصطحبها إلى العشاء.

– هل أعجبتك الغرفة؟

ردّت مازحة:

– تعني الجناح.. وماذا أفعل بجناح واحد؟

ضحك لدعوتها المواربة لرؤيته.

قال:

– إذًا أنا من يطير إليك. كوني جاهزة عند الساعة الثامنة في البهو سأمرّ لاصطحابك إلى العشاء.

وقبل أن يضيف شيئًا، دقّ هاتف آخر في مكتبه فودّعها على عجل.

– أراكِ مساءً.

كلمتان كانتا كافيتين لإحداث تلك الارتجاجات بجدران قلبها. معه هي دائمًا وسط حزام الزلازل.

اعتذرت لعمّتها بذريعة انشغالها بالتسوّق قبل عودتها. النصف الآخر للحقيقة، كان أنّها تحتاج إلى أن تتسوّق لموعدها معه هذا المساء. لها رغبة في إبهاره.

قرّرت أن تكون سخيّة مع نفسها، أي ضنينة مع الآخرين. ما ستنفقه على كماليّاتها هو ما ستنقصه من المبلغ الذي كانت ستشتري به هدايا للأهل في سوريا. وهذا يؤلمها. لكن لا مفرّ، لا بدّ أن تذهب إلى الحلّاق، وتشتري ثوبًا جديدًا، وبالأخصّ معطفًا أنيقًا.

كم شعرت بالخجل البارحة، وذلك النادل الشبيه بجيسكار ديستان يأخذ منها معطفها قبل الجلوس، ويضعه بجوار المعاطف الفاخرة المعلّقة. كانت تفضّل لو احتفظت به على الكرسي المجاور. ولكن كان في الأمر فضيحة أكبر.. فضيحة الجهل بالإتيكيت!

ما يعنيها حقًّا هو أن تُنسيه الحالة التي رآها عليها البارحة.

* * *

قبل الثامنة بدقائق، نزلت إلى بهو الفندق. لم تكن الساعة في معصمها بل في قلبها. مذ هاتفها والدقائق تركض بها. تفقّدت زينتها أكثر من مرّة. صفّفت شعرها ثم غيّرت تسريحته مرارًا. في آخر لحظة، قرّرت أن تجمعه وتسدله على جانب واحد.

كانت تبدو جميلة، كما يليق بسندريلا أن تكون. هكذا قالت عيون الرجل الذي أخذ معها المصعد، وعيون من صادفت في بهو الفندق. جلست تنتظر قدومه، في ذلك الصالون الأرستقراطي السقف والثريات، حيث لا أحد يعرفها، ولا تتعرّف هي نفسها إلى نفسها!

تأمّلت السيّدات وهنّ يعبرن في كامل أناقتهنّ، والرجال الوحيدين، والآخرين المصحوبين بنساء. شغلت نفسها بالاستماع للموسيقى التي كانت تعزفها فتاة على البيانو. قصدت الحمّام، هربًا من نظرات رجّاليّة، بدأت تُطيل النظر إليها. صعدت إلى الغرفة قليلًا عساه يطلبها هناك، ثم عادت ونزلت عساه يكون جاء.

انقضت نصف ساعة على وجودها في مهبّ الأنظار والانتظار حين مرّ أحد الموظّفين بلوحة مكتوب عليها اسمها. كانت مطلوبة على الهاتف.

على الطرف الآخر، قال صوته بنبرة أخفض من العادة:

– عذرًا.. نسيت أنّنا نستقبل ضيوفًا على العشاء في البيت. تعشّي حيث تعشّينا البارحة.. أو اطلبي عشاءً في الغرفة. سأتّصل بك غدًا. تصبحين على خير.

كان واضحًا أنّها مكالمة مسروقة. ما ترك لها حتّى ومضة، لوضع سؤال أو علامة تعجّب.

كلمات وانطفأت الفرحة في عينيها وذبل توهّجها.

عادت سندريلا إلى الغرفة تخلع بهجتها، وتغسل مساحيق أوهامها.

دومًا يعاكس الحبّ توقّعات العشاق، هو يحبّ مباغتتهم، مفاجأتهم حينًا، وحينًا مفاجعتهم. لا شيء يحلو له كالعبث بمفكّراتهم، ولخبطة كل ما يخطّونه عليها من مواعيد. ما الجدوى من حمل مفكّرة إذًا.. إن كان هو من يملك الممحاة.. والقلم.

البارحة كما اليوم، ضحك عليها الحبّ. بالأمس جاءها حينما كانت في هيأة لا تليق باستقباله، فأربكها، واليوم جاء بها وتخلّى عنها وهي في كلّ زينتها، بعدما قضت يومًا كاملًا في الاستعداد له.

الحبّ؟ لا، هي تعني ذلك الرجل. أمّا الحبّ فهو يحاول الآن أن يعتذر لاستعماله الممحاة، بأن يدلّلها كي ينسيها أذى الحبيب، الذي يتحدّث لأوّل مرّة بصيغة الجمع. بمنطق الزوج الذي له حياة أخرى، وبيت آخر، يستقبل فيه مع امرأة أخرى ضيوفًا آخرين.

أمّا هي، فهي ليست ضيفة الحبيب هذا المساء، بل عاشقة مهجورة في ضيافة الحبّ، الذي يقدّم لها العشاء في صحون البورسلين المغطّاة بأغطية فضّيّة فاخرة، كما ليخفي عنها وجبة الحزن.

الحبّ يسقيها الصبر في كؤوس الكريستال، يواسيها بوضع وردة على مائدة الغياب، وينسى المناديل الورقيّة للبكاء.

إنّه حبّ باذخ، لا يضع البكاء في حسبانه. كلّ مناديله من القماش الفاخر.

الحبّ يضع كلّ تلك الرغوة المعطّرة في مغطس حمّامها، يُغيّر شراشف نومها، يضع قطعة شوكولا على وسادتها، مصحوبة بأمنيات الفندق بليلة جميلة.

يسألها وهي جالسة على أريكة الأسى:

– ماذا أستطيع من أجلك يا سيّدتي؟

– لا شيء، طاب مساؤك أيّها الحبّ!

تطفئ الأضواء.. لكنّها لا تنام. تخلد إلى اللّوم طويلًا. لا تغفر لنفسها أن تكون منحته فرصة الاستخفاف بها. كيف استدرجها ذلك الرجل إلى هذه الإهانة الباذخة!؟

صباحًا.. استيقظت على صوته. قال إنّه في طريقه إلى المكتب، وأنّه أحبّ أن يبدأ نهاره بسماعها.

سألته إن كان له مكتب في كلّ بلد. وعندما ردّ بضحكة، سألته إن كان له في كلّ مرفأ امرأة تنتظر دعوته إلى العشاء. قال إنّه لا يشترك مع البحّارة سوى في حبّ البحر، وأنّه لا يتقن السباحة. قالت:

– أمّا أنا فلا أتقن الانتظار، ولا أنوي الارتباط ببحّار.. لذا سأغادر الفندق هذا الصباح!

ردّ مازحًا:

– لا تكوني جزائريّة.. أكلّكُم عصبيّون هكذا؟

أجابت:

– ستعثر على نساء جاهزات لانتظارك في بهو فندق. أنا ما انتظرت قبلك إلّا القتلة. في محطّة الحافلة، وفي بهو المدرسة، وفي مدخل البيت، وحتى وأنا في الصفّ. كنت أنتظر الموت لكن بكبرياء. البارحة فقدت تلك الأنفة وأنا أنتظرك ساعة كاملة أمام أناس فائقي الترف، لا يدرون أيّ طريق قطعت، للوصول إلى هذا المكان. كنت في انتظارك مجرّد أنثى.. وقد كنت في انتظار الموت رجلًا.

ظلّ صامتًا. ما اعتاد نبرة كهذه ولا توقّع كلامًا كهذا. كان مأخوذًا بغضبها، بهذه الأنثى التي نامت قطّة واستيقظت لبؤة. إنّها فصيلة من النساء لم يعهدها.

أجابها بأوّل ما خطر في ذهنه. لأوّل مرّة تكلّم دون اختيار كلماته. لأوّل مرّة ناداها باسمها:

– هالة.. ما أجملك غاضبة! أحبّ كبرياءك، ولأنّك كبيرة ستغفرين لي. لا تغادري الفندق أرجوك، سأحضر باكرًا اليوم،

وأصطحبك في فسحة جميلة في غابة بولونيا. أنا أمارس رياضة المشي هناك. ارتدي ثيابًا مريحة وحذاءً رياضيًّا سنمشي كثيرًا، وسأجعل كلّ الأشجار تعتذر لك. هل تقبلين اعتذار الأشجار؟

نجح في تهدئتها. قالت:

– ما دامت الأشجار أنثى.. لكنّني لا أغفر أن يخطئ رجل في حقّي!

أغلق الهاتف وتركها أمام مشروع جديد ومصاريف جديدة. عليها الآن أن تخرج للبحث عن ثياب رياضيّة وحذاء للمشي من ماركة كبيرة طبعًا!

يا الله.. كم هو مكلف أن تكوني عاشقة!

على الساعة السادسة بالضبط حضر سيّد الحضور العاصف، وانطلقت بهما السيّارة نحو غابة بولونيا.

برغم البرد، كان كلّ شيء يبدو جميلًا، كقصيدة شتويّة. كما لو كانت كلّ الكائنات تتودّد للعشّاق. أو تتودّد له هو بالذات. أيكون اشترى ودّها؟ الأشجار التي يعرف أسماءها ونسبها، ومواسم اخضرارها، ومن أيّ من بلاد الله الواسعة جيء بها.

هو الذي ما كان يجود عليها سوى بدقائق على الهاتف، يبدو أنّه منح الأشجار متّسعًا من الوقت، كي يتسنّى له قراءة كلّ لوحة (حديديّة) سمّرت على شجرة.

كان، وهو يمشي معها على ضفاف البحيرة التي تتزلّج عليها بعض البطّات، يُسمّي لها الأشجار واحدة واحدة، كما لو كان يُعرّفها بإناث سبقنها إلى قلبه.

قالت ممازحة:

– لن تكون المنافسة صعبة إن كانت هذه الأشجار نساءك!

ردّ بالدعابة ذاتها:

– برغم ذلك لا تطمئنّي تمامًا لرجل يهرب من البشر إلى الشجر!

– كنت أعني أنّ الرجال يستعرضون عادة على امرأة تدخل حياتهم، أسماء النساء اللائي سبقنها إلى أسرّتهم، وأجد طريفًا أن يكون في ما ضيك حريمٌ من الأشجار.

– ليس من الرجولة الخوض في حضرة امرأة في موضوعين: المال و«الفتوحات الرجاليّة». وحدهم الأثرياء الجدد يتبجّحون بثرائهم.. والمحرومون من صحبة النساء يباهون بعلاقاتهم.

– لعلّك إذًا شبعت نساءً؟

ردّ ضاحكًا:

– وربّما شبعت أشجارًا!

– حقًّا؟

– طبعًا.. على الأقلّ بحكم عملي في صناعة الورق.

– وما الذي أوصلك إلى هذه التجارة؟

– يكفي أنّي أقمت في البرازيل حيث رئتا العالم. أشسع الغابات توجد هناك، وأيضًا مصانع الخشب والورق.

– أي أنّك تدلّل الأشجار هنا، وتغتالها في مكان آخر!

– لست من يغتالها. أنا أقدّم الورق لكي يقرأ الناس الأوديسة، وملحمة غلغامش، و«فولتير»، والمتنبّي، وجبران. المجرمون هم الذين يحتاجون إلى مسح غابة من على وجه الأرض لنشر كتب لن يقرأها أحد.. ولطبع جرائد بأوراق فاخرة نصفها محجوز للتهاني

والتعازي ولبزنس الأفراح والموت.. ومجلّات فخمة لا يمكنك حملها، مختصّة بنشر أخبار «أمـراء الصـور».. الذين يـدّعـون، برغم ذلك، دفاعهم عن البيئة.

قالت مازحة:

– أنت تأتي هنا إذًا لتعتذر للغابات.

جاء جوابه قاطعًا:

– لم يحدث أن اعتذرت!

كانت نبرته جازمة. لولا وقْعها الجاد لخالتْه يمزح.

لاحقًا فقط، ستختبر كم كان صادقًا في قوله هذا. الآن هي لا تتعمّق كثيرًا في ما يقوله. سعادتها به تشلّ تفكيرها. لم يحدث أن كان أكثر تلقائيّة وصدقًا ممّا هو اليوم، ولا كانت أقرب إليه ممّا هي هنا.

لكأنّ الطبيعة ساوت بينهما، خارج الفنادق والمطاعم الفاخرة. هوالآن مثلها في ثيابه الرياضيّة، يتقاسم معها بالتساوي الهواء النقي، في غابة ساحرة، هي حسب القانون الفرنسي ملك كلّ من يتنزّه فيها.

قالت متحسّرة:

– تدري.. مذ اختار الإرهابيّون في الجزائر الغابات مخبأً لهم، غدت كلمة غابة بالنسبة لي مرادفة للرعب. لو لم أكن سأسافر لتردّدت على هذه الغابة كلّ يوم. يا لجمالها الأخّاذ! هذه أوّل مرة منذ عدّة سنوات، أمشي بين الأشجار بطمأنينة وسعادة. كم كنت أحتاج إلى هذا!

ردّ:

– إنّي في مفاوضات لشراء شقّة غير بعيدة من هنا. بإمكانك في المستقبل إن شئت، الإقامة فيها عندما تزورين باريس.

ردّت بسعادة:

– إنّه حيّ جميل حقًّا.. فكرة جيّدة أن تنتقل للإقامة فيه.

– الحيّ الذي أسكنه هو جميل كذلك. هذه ستكون شقّة لضيوف الشركة حين يزورون باريس.

– أتوقّع أن يكون بيتك فائق الجمال، ما دُمت تفضّله على بيت في هذه المنطقة.

أجاب وقد التقط نبرة حزنها:

– البيت يصنع جماله من يقاسموننا الإقامة فيه.

استنتجت أنّه غير سعيد مع المرأة التي تقاسمه إيّاه، وراحت تصنع من تعاسته المفترضة خبث سعادتها. قالت:

– كم أتمنّى التردّد على باريس.. لولا المشاغل التي تنتظرني في الشام.

– مثل ماذا؟

– لي حفلان في الشهر القادم، لا بدّ أن أستعدّ لهما حال عودتي. بعض الأغاني جديدة وتستدعي عدّة بروفات. خاصّة أنّني سأغنّي لأوّل مرّة في الخليج..

– وهل زرت فيينا؟

– فيينا؟ لا.

– سأصطحبك إليها ذات مرّة. خذي الموسيقى من منبعها. لا من هذا الزعيق الذي يسمّونه اليوم غناءً. كيف لأناس لا يعرفون سولفاج الكون أن يغنّوا! وكيف لمن لم يتدرّب على الصمت أن يصدح!

– أتغنّي؟

– لا. أنا أصغي. لذا أعتبر نفسي أفضل من كثير من المطربين. إنّ مستمعًا جيّدًا أفضل من مطرب سيّئ!

– صدقت.

– تعلّمي الغناء من الإصغاء إلى حفيف الكائنات، كما الآن.. أصغي إلى صمتك وأنت تمشين في هذه الغابة.. بالصمت نعرف متى يكون الوقت صحيحًا أو خاطئًا في الموسيقى.. كما في الحياة.

– كيف تعرف هذا؟

ضحك.

– أعرف ماذا؟ متى يكون الوقت صحيحًا؟

– أعني كيف تعلّمت هذا؟

– بعضه من الكتب، وبعضه من التأمّل، لا يمكن أن تمضي بعيدًا في الحياة، إن لم تضبطي إيقاعك. الإيقاع يمنعك من أن تنشّزي أو تلهثي، أو تمضي في كلّ صوب. الناس الذين ترينهم تائهين في الحياة، لم يأخذوا الوقت الكافي لضبط إيقاعهم قبل أن ينطلقوا. أي أنّهم لم يخلدوا قليلًا إلى صمتهم العميق، ليُدوزنوا خطاهم قبل الانطلاق الكبير.

– أقرأت هذا؟

– بل خبرته.. ما قرأته هو أنّهم كانوا يعتقدون أنّ الموسيقى هي الصوت. حتّى جاء بيتهوفن واستلهم موسيقى الصمت. تدرين أنّ الموسيقى الغربيّة لا وجود للصمت فيها.

قالت كمن عثر على اكتشاف:

– ربّما يكون لترتيل القرآن الفضل في تعليم العرب ضرورة الصمت في الإنشاد. إنّ وقع الصمت بين الآيات له على النفس وقع الآية نفسها. وهو يطول ويقصر حسب ما يريد أن يحمّله المقرئ من معاني. لذا لا يمكن اعتباره صمتًا بل ترتيلًا أيضًا.

واصلت:

– لا أدري، أنا أقول هذا اجتهاد، أفكّر في ذلك الصمت الطويل الذي تتركه أمّ كلثوم مثلًا بين جملة غنائيّة وأخرى. إنّ مطربي جيلها مثل مطربي جيل أبي، كانوا منشدين ومقرئين أيضًا، لذا جعلوا من الصمت بين وصلتين أعلى درجات التجلّي الروحي.

توقّف فجأة عن المشي وقال:

– لم يحدث أن استمتعت بحديث كما معك الآن، تدرين.. أحتاج إلى ذكائك لأشتهيك.

لاحظت أنّه لم يقل لأحبّك.

ردّت بخجل:

– لا أظنّني ذكيّة إلى درجة الاشتهاء، أنا أجاريك في التفكير ليس أكثر. قلّما وجدتُ أحدًا أتحدّث معه بعمق. الذكاء في النهاية تمرين، وأنا قضيت عمري في التمرّن على قمع ذكائي، حتّى لا يزيدني شقاءً!

توقّف عن المشي وقال وهو يمرّر يده على شعرها:

– لن تشقي بعد اليوم.. سنلتقي كلّما استطعت، أنا أيضًا أحتاج أن أتحدّث إليك.

تمنّت لو قال «أحتاجك». حاولت استدراجه إلى تلك الكلمة.

قالت:

– أحبّ أن تحتاجني.. الحبّ احتياج.

صحّحها وهو يضمّها إليه:

– بل الحبّ اجتياح!

راحت شفتاه تجتاحانها على مرأى من قبيلة من الأشجار. كأنما قُبلته درس تطبيقيّ لما قاله.

بدا لها أن قُبلته طالت حدّ احمرار أوراق الشجر استحياءً.. وغِيرة، وأنّه حين توقّف عن تقبيلها، كانت الفصول الأربعة بربيعها وأعاصيرها قد عبرتها في بضع دقائق.

لم تقل شيئًا. شفتاه تسرقان دائمًا صوتها.

ولا هو كسر بينهما نشوة لا نبلغها إلّا حين توغُّلنا في الآخر صمتًا.

أوصلها إلى الفندق وإحساس واحد يسكنه. كم كان يلزمه من شفاه، ليلثم في امرأة واحدة كلّ أنوثة الكون!

* * *

أجمل لحظة في الحبّ هي ما قبل الاعتراف به. كيف تجعل ذلك الارتباك الأوّل يطول. تلك الحالة من الدوران التي يتغيّر فيها نبضك وعمرك أكثر من مرّة في لحظة واحـدة.. وأنت على مشارف كلمة واحدة.

مـرّات كثيرة كـادت تلفظها، لكنّها مثله لم تقلها. هو قال «بالصمت نعرف متى يكون الوقت خطأً أو صحيحًا في الموسيقى» وخارج الموسيقى كيف نستدلّ على الوقت المناسب تمامًا، لقول كلمة واحدة، لا تعود بعدها الكلمات ما كانته من قبل. يقول فيكتور هيغو «بعد الاعتراف الأوّل، لا تعود كلمة أحبّك تعني شيئًا». لذا دافع كبار العشاق، عن شرف الكلمات «البكر» التي خُلقت لتلفظ مرّة واحدة. فبالنسبة لهؤلاء كلمة «أحبك» حدث لغوي جلل.

يا للمسؤوليّة! لهولها سعدت أنّها لم تقلها له، ولا هو قالها. لكن قلبها سمع ما سكت عنه. كتذمّره المستتر من الحياة الزوجيّة.

دهمها شعور بالإثم، لا تريد أن تأخذ رجلا من امرأة أخرى، ولا أن تتقاسمه معها. لا تدري في هذا الحبّ في أيّ درجة من سلّم القيم تقف. تؤرقها الأسئلة، وتفسد عليها نومها. على سعادتها، هي ليست راضية عن تصرّفاتها، تشعر أنّ شيئًا فيها بدأ يتشوّه.

برغم ذلك، حين عودتها إلى الشام صاحت نجلاء مبتهجة وهي تراها مجدّدًا:

– ماذا فعلت لتشعّي بهاءً هكذا؟

تضحك.. تقسم.. تؤكّد.

– والله لا شيء.

– عدا عملك ممرّضة ماذا فعلت خلال عشرة أيّام؟

– تعنين خلال ثلاثة أيّام.. الحبّ يأتي متأخّرًا دائمًا!

إنّها بحاجة إلى أن تروي لأحد ما حلّ بها.

لكنّنا لا نعرف كيف نـروي الحلم عندما نستيقظ منه. لا شيء فيه يشبه ما نعيشه عادة. مذ عادت من باريس، وهي تعيش في منطقة حدوديّة متحرّكة، ذهابًا وإيابًا بين الأحلام والواقع. بين ما عاشته معه وما تعيشه بعده. تكاد تشكّ أنّ ذلك حدث. لولا أنّها أحضرت معها من ذلك الفندق الفاخر، تلك التفاصيل الصغيرة التي توضع في حمّامات الفنادق، من صابون معطّر لماركات كبيرة ولوازم الاستحمام وخفّ أبيض أنيق. ليست قيمتها المادّيّة التي تعنيها، لكنّ القبض على الحلم. كما في قصّة سندريللا بقي لها من الفندق ذلك الخفّ لا تريد أن تنتعله: تخاف عليه أن يهترئ. ما دام في كيسه الورقيّ اللامع بإمكانها انتعاله في أحلامها متى شاءت.

كانت تتورّط في هواية موجعة. هي لا تدري بعدُ كم ستجمع بعد ذلك من خفّ لفنادق فاخرة ستزورها معه، وأنّها ذات يوم ستغادر أحلامها بـ«خُفّي حُنَيْن»!

صاحت نجلاء:

– لا! أكان هو إذًا ذلك الرجل الذي هاتفني؟ كم جميل أن ينتحل عاشق صفة ليفاجئ حبيبته!

– لم تكن مفاجأة بل «مفاجعة»! غُشّي عليّ وأنا أراه عند باب غرفتي، في ذلك الفندق البائس، ليتك أخبرتني بهاتفه.

– وما أدراني به.. ثم هو يعلم أنّك لست ثريّة.

– وأصبح يدري الآن كم هو قويّ، إنّها سطوة المال. عندما يُخرجك أحدهم من فندق بنجمتين ويسكنك غصبًا عنك فندقًا فوق النجوم.

– أهذا مأخذك عليه؟ أتريدين عاشقًا بائسًا كأولئك الذين تركتهم في الجزائر. بؤسهم كان ينعكس على ملامح وجهك.. انظري الآن كم أنت جميلة. ليس السخاء المادّي بل السخاء العاطفيّ، حبّ هذا الرجل يجمّلك!

– لم ألتقِ به في باريس سوى ثلاث مرّات، كيف له أن يجمّلني!

– طبعًا.. هناك حبّ يجعلنا أجمل وآخر يجعلنا نذبل. ثمّة رجال يبثّون ذبذبات سلبيّة غصبًا عنهم، يأتونك بكآبتهم وهمومهم وعقدهم وعليك أن تنتشليهم بالحبّ من وحل أنفسهم. وهؤلاء لا أمل منهم، تمدّين لهم يد النجدة على أمل أن تكسبي رجلًا، فإذا بالرجل يتشبّث بتلابيبك حدّ إغراقك معه في بركة مياهه الآسنة.

لكأنّ نجلاء تعرف عن هذا الرجل، الذي لم تحدّثه سوى جملتين على الهاتف، أكثر ممّا تعرف هي. إنّه لا يشبه أحدًا ممّن التقت بهم من الرجال. هذا الرجل شلّال حياة، نهر يجرفك يدفعك إلى مجاراته في مسابقة نفسك لبلوغ ما لم تتوقّعي بلوغه. أنت معه في تحدٍّ دائم لتلحقي به.. أو لتطاليه.

قالت وهي تتأمّل نجلاء:

– ربّما كنتِ على حقّ.

– أنا حتمًا على حقّ. الفشل مُعدٍ تمامًا كالنجاح، والسعادة مُعدية تمامًا كالكآبة، وحتى الجمال مُعدٍ. إنّ رجلًا جميلًا وأنيقًا ينقل لك عدواه ويُجبرك على أن تضاهيه أناقة حتّى لا تخسرينه، وألّا تهملي مظهرك حتّى لا تُبدين غير أهل له. لذا عليك قبل أن تُقبلي على حبّ رجل، أن تدركي العيوب التي ستنتقل إليك بعد الآن بحكم العدوى.

صاحت:

– يا الله لا تذكّريني بالأناقة. أيّة فضيحة كانت عندما دعاني إلى العشاء وما كان في حوزتي ما يليق بالمناسبة.

– كيف تسافرين من دون أن تحسبي حسابًا لمناسبة كهذه؟

– تدرين في أيّة ظروف سافرت. ما أدراني أنّه سيأتي.. كأنّني بخّرت له، لا أدري من أين يطلع لي هذا الرجل كالجنّ أينما كنت.

– عليك إذًا أن تكوني في قمّة أناقتك بعد الآن وكأنّك ستلتقين به أينما حللت، وأن تكون لك ثياب تليق بمرافقة رجل من مقامه.

– تدرين.. قرأت يومًا قولًا جعلني أحسم أمري في ما يخصّ موضوع الثياب.

– ها.. هاتِ لنسمع!

– «لا تحاول أن تجعل ملابسك أغلى شيء فيك حتّى لا تجد نفسك يومًا أرخص ممّا ترتديه».

– جميل.. حتمًا قرأته يوم كنت مدرّسة. لكنّك الآن يا عزيزتي نجمة، وإن لم تتبرّجي وتنفقي كما تنفق النجمات على أزيائهنّ، فستجدين نفسك، على غلاك، أرخص منهنّ، وأرخص من صوتك. هكذا يقول منطق السوق، ثم بربّك، أما آن لك أن تخلعي هذا الأسود؟

– أتدرين كم من المشاهير ارتدوا الأسود طوال حياتهم وما زادهم إلّا تميّزًا؟ «باكو رابان»، «إديث بياف»، «جولييت غريكو»..

قاطعتها:

– ولكنّك لست هؤلاء، ولا أنت في فرنسا.. أنت في الزمان والمكان الخطأ. العصر الآن للبهجة.

قالت كما لتنهي الحوار:

– لا تحاولي معي عزيزتي فأنا لن أخلعه.

حتمًا لا تنوي خلعه. هو نفسه حين رآها في زيّ رياضي سماويّ اللون اشترته لتلك النزهة في الغابة قال لها كما ليُبدي عدم إعجابه بلونها الجديد.

– كلّما اشتقتِ إليّ ارتدي الأسود.

ردّت كمن يعتذر لرجل يعشق الأشجار:

– أنا شجرة توت لا رداء لي أصلًا إلّا السواد.

منذ ذلك الحين، وفي انتظار أن تراه مجدّدًا، ما عادت شجرة واحدة، بل غابة من النساء. هي شجرة الكرز المزهرة، هي شجرة الصبّار والصفصاف الباكي، وشجرة اللوز، وشجرة الأرز، والسنونو والصنوبرة.

بعده لم تعد تصادق إلّا الغابات لتكون لها قرابة بشجرة عائلته. ولكي تتجسّس على نسائه!

تعلّمت منه أن تتحاور مع الكون عبر السلّم الموسيقي للصمت.

هي التي نبتت كزهرة برّيّة بين شقوق الصخور. الآن فقط تعلّمت أن تصغي إلى ما ظنّته بلا صوت: حفيف الكائنات، في ذلك العالم السرّي الذي نعيش بمحاذاته.

وعندما تنتهي من نزهتها تلك، تعود لتمشي في أدغال الحياة. فراشة بين وحوشه الكاسرة. سنتان مرّتا على وجودها في الشرق ولم تصادق أحدًا من الوسط الفنّي، عدا فراس.

ازرع شجرة تردّ لك الجميل، تُطعمك من ثمارها، وتمدّك بسبعة ليترات أكسجين يوميًا، أو على الأقلّ تظلّلك وتجمّل حياتك بخضارها، وتدعو أغصانها الوارفة العصافير، لتزقزق في حديقتك. تأتي بإنسان وتزرعه في تربتك.. فيقتلعك أوّل ما يقوى عوده، يتمدّد ويعربش يسرق ماءك كي ينمو أسرع منك، تستيقظ ذات صباح وإذ به أخذ مكانك، وأولم لأعداءك من سلال فاكهتك، ودعى الذئاب لتنهشك وتغتابك. كيف لا ينخرط المرء في حزب الشجر؟!

عندما شكت إلى نجلاء تلك المغنّية التي كانت تخالها صديقة، وراحت بسعادة تُسمعها الأغنية التي قدّمها لها أحد الملحّنين لتكون «ضربة الموسم» وإذ بالمغنّية تتصل بالملحّن تعرض عليه أضعاف ما قدّمته هي، فما كان من الملحن إلّا أن باعها إيّاها من دون حتّى أن يعتذر أو يخبرها بذلك.

قالت نجلاء:

– هذا زمن الصداقات العابرة. لا يمكن أن تقيمي علاقة طويلة الأمد أو تراهني على أحد.

صاحت:

– لكن هذا عيب.. كيف لم تستح منّي..

– وهل استحى الملحّن؟ إنه وسط بلا حياء ولا انتماء سوى لجيبه. أنت كنت جاهزة أن تُقتلي لتؤدي في مأتم أبيك أغنية، وهم قد يمشون على جثة أحد للفوز بأغنية. عليك أن تتقبّلي الأمر أو تُغيّري مهنتك!

تغيّر مهنتها؟! في الماضي كانت تخبّئ صوتها في محفظتها المدرسيّة، لا تخرجه إلّا في الصفّ. ثم حين يدقّ الجرس تعيده مجدّدًا إلى المحفظة. أمّا الآن فما عاد بإمكانها أن تفعل ذلك. كيف لبركان استيقظ، أن يبتلع حممه!

تذكّرت أنها لم تتّصل بفراس منذ مدّة. عندما تكون محبطة فقط تتذكّره، وتعاودها الرغبة في تعلّم العزف. غير أن قلبها يعزف هذه الأيام لحنًا آخر. وكل ما تريده، هو استعادة العود.

قال لها وهو يعيده إليها:

– صادف أن زارني البارحة صديق عازف، فتعلّق به حين رويت له قصته. عزف عليه بعض الوقت، ثمّ نبّهني أنّك إن اكتفيت بالاحتفاظ به فوق خزانة، فلن يكون هذا العود سوى قطعة خشبيّة في بيتك. فالعود يتأثّر بالحرارة والرطوبة ويفقد صوته كما البشر. عليك أن تواظبي على صيانته، وأن تسلّميه لأحد بين الحين والآخر كي يُعيد دوزنته، وشدّ حباله، ويعزف عليه ليمدّ في حياته، وإلّا خسرته. في الواقع لديه أمنية، أن يستعيره ذات مرة ليعزف عليه في إحدى الحفلات. إنه واحد من خيرة موسيقيّينا. بإمكانك أن تثقي به.

أقنعها بصواب رأيه، برغم إحساسها أنه في كل هذا يريد أن يضمن تردّدها عليه.

انتهى بها الأمر أن تركت العود لديه. لا سواه أهلٌ لأمانة كهذه. بإمكانها استعادته لاحقًا متى شاءت. لا وقت لها لتصون صوتها وقلبها وأمّها، فكيف تزيد على ذلك صيانة العود والاطمئنان إلى صحّته!

قالت لتبرّر قرارها:

– يعنيني العود لقيمته العاطفيّة، في الواقع أنا ابنة الناي. إنه الأقرب لوجداني. لكن إحساسي بالموسيقى تغيّر، بدأت أميل إلى الكمنجة والبيانو.

أجاب:

– إن تربّيت على الناي، يظلّ يناديك أينما كنت، فتلحقين به، كما لحقت في تلك الأسطورة الطيور والحيوانات جميعها بأورفيوس، وهو يعزف على نايه.

سألته متعجّبة:

– هل تفهم في الناي أيضًا؟

ردّ مباهيًا:

– أنا حلبيّ.. لقد جاءنا الناي مكرّمًا قبل قرون، يوم أقام جلال الدين الرومي في حلب، فهو الآلة الموسيقيّة الأولى لدى الصوفيّة. إنه يرافق الدراويش في دورانهم حول أنفسهم. أماّ في «المولويّة» الطريقة التي تنتمي لها عائلتي، فوحدها الدفوف ترافق الراقصين.

علقت بإعجاب:

– يا الله.. كيف تعرف كلّ هذا؟

ردّ مزهوًّا:

– ما من حلبيّ إلّا وله قرابة بإحدى الطرق الصوفيّة.

غمرتها سعادة من وقع على سرّ جميل. لعلّ هذا ما جاء بأبيها إلى حلب. شعرت بانجذاب روحي إلى هذا الشاب، الذي لا يوحي مظهره العصري، بأن وجدانه يحلّق عاليًا في سماء المتصوّفة.

سألته كيف بإمكانها أن تصطحب أمّها لحضور إحدى هذه الحلقات، فذلك سيسعدها حتمًا.

قال:

– بإمكانك حضور الحفلات التي تقدّمها الفرق الصوفيّة في شهر رمضان في القاعات، وأحيانًا في القصور والبيوت العتيقة. امنحيني سعادة أن أدعوكما في أوّل مناسبة. سترين أنّ لا شيء يضاهي سهرة في ضيافة الدراويش.

«ذهب الذين أحبّهم وبقيت مثل السيف فردَا»

عمرو بن معديكرب

وجدت في قدوم عمّتها من الجزائر لزيارتهم نعمة نزلت من السماء. عساها تشغل أمّها قليلا عن هواجسها. في الواقع، منذ الأمير عبد القادر، لم تفرغ سوريا يومًا من الجزائريين، دومًا أشرعت لهم قلبها ودخلوها من دون تأشيرة. وهكذا أصبح على أمّها أن تشرع بدورها بيتها لاستقبال الوافدين من أقارب وأصدقاء.

جاءت العمّة محمّلة بما طلبت منها أمّها إحضاره، حاجات تعزّ عليها، وما استطاعت حملها يوم غادروا. أشياء لها قيمة عاطفيّة، أما ما عداها فما عاد يعنيها. لقد تركت البيت على حاله لأخي زوجها. ثمّة خسارات كبيرة إلى حدّ لا خسارة بعدها تستحق الحزن.

قالت أمها وهي تأخذ قرارها «البيت برجاله لا بجدرانه، ومن كانوا يصنعون بهجة البيت غادروه، فما نفعه بعدهم». كان عمّها منصفًا، أبى إلّا أن يدفع ثمن البيت، بما ادّخر من مالٍ أثناء عمله في فرنسا. هكذا تمكّنوا من شراء شقّة في الشام.

لقد عاشت أمّها الفاجعة نفسها في سنة 1982 يوم غادرت وهي صبيّة مع والدتها وإخوتها حماه، لتقيم لدى أخوالها في حلب، ما استطاعوا العيش في بيت ذبح فيه والدهم، وهم مختبئون تحت الأسِرّة. سمعوا صوته وهو يستجدي قتلته، ثم شهقة موته وصوت ارتطام جسده بالأرض، عندما غادروا مخابئهم بعد وقت، كان أرضًا وسط بركة دمّ، رأسه شبه مفصول عن جسده، ولحيته مخضّبة بدمه. كانت لحيته هي شبهته، فقد دخل الجيش إلى حماه لينظّفها من الإسلاميين، فمحاها من الوجود.

الأكثر ألمًا، أن رجلًا في مقامه دُفنَ سرًّا، كما يُدفن قطّاع الطرق على عجل، رقم بين الأرقام. لا أحد مشى في جنازته، ولا أحد عزّى فيه. كانت حماه الورعة التقيّة، تدفن ثلاثين ألف قتيل في بضعة أيام، بعضهم دَفن الوديعة في جنح الظلام. كان ثمة زحمة موت، لذا لم يحظ الراحلون بدمع كثير. وحدهم الموتى كانوا يمشون في جنازات بعضهم.

هي لم تنسَ شيئًا. لقد عقدت هدنةً مع الذاكرة، ليس أكثر. لكن بين مدٍّ وجزر، كانت الذكريات تعود كما الأمواج. إنها الأمواج العاتية للحياة، تقذف بها مرّة أخرى إلى الشاطئ نفسه، الذي غادرته قبل ثلاثين سنة، عندما تزوّجت ذلك الجزائري هربًا إلى أبعد مكان عن رائحة الموت، لكن الموت عاد بها، هاربة مرّة أخرى من حيث جاءت، فهل كانت تحمله قي حقائبها، ليكون لها قدر غريب كهذا؟

كان الموت إياه ينتظرها في سيناريو آخر. هذه المرّة ليس الجيش الذي يقتل الأبرياء بشبهة إسلامهم. بل الإرهابيون يقتلون الناس بذريعة أنهم أقل إسلامًا مما يجب!

كانت امرأة منهكة، أكسبتها الفجائع حكمة الضحيّة. لا تتوقف عن التمتمة مُسبّحة. مُتأمّلة هشاشة الوجود الإنسانيّ وعبثيّته. ما ترك لها القدر فرصة لنضوج طبيعي. كان عليها أن تكبر دفعة واحدة. لكأنّ ثمّة مستحقات قدريّة عليها أن تدفعها، وهي ترى الآن قدرها يتكرّر مع ابنتها.

كمن يعيش عمليّة بتر عضو من أعضائه دون تخدير، كان عليها أن تعيش فجائعها وهي في كلّ وعيها. أن يشرعوا الباب كلّ مرّة، ليدخلوا عليها تارة بجثة زوجها، وأخرى بجثة ابنها، وأن تواصل الحياة برغم ذلك مع قتلتهم. ليس الألم الأعظم أن تدفن أباك بل أن تدفن ابنك.

كانت العمّة تحمل أخبارًا سارّة.

– الحمد لله رانا في رحمة ربّي.. ارجع النا الأمان يا هند يا اختي.. يا ريتك صبرتي شويّة.

– ما قدرتش انعيش مع اللي قتلوا ولدي وقتلوا راجلي.. لو قعدت هناك كنت متّ والّا قتلت حدّ.

– الناس كلّهم صابرين.. واللي ما عندوش وين يروح واش يدير.. نوكّلوا عليهم ربي «يا قاتل الروح وين تروح»!

تدخّلت لتلطّف الأجواء، قالت موجّهة الحديث لعمّتها:

– إمّي حابّة تعمل مِتل الحاجة الزهرة في قسنطينة.. جاوْا إرهابيين في عمر إبنا أخدوا إبنا في الليل وقتلو قِدّاما وهي تبكي وتحاول فيهم. ولما عرفتهم راحت جابت رشاش mat49 تدرّبت عليه وقتلتهم.. وصارت ما عندا شغله غير ملاحقة الإرهابيين. رفضت

تعترف بقانون الرحمة، قالت «ناخذ حقي بيدي.. اللي ما رحمنيش ما نرحموش..».

قالت الأمّ متعجبة:

– ما سمعت هالقصة.. إمتى صارت؟

ردّت:

– لما كِنّا بالجزائر.. سمّتها الصحافة «جميلة بوحيرد الثانية». شي ما بيتصدّق.. مَرا عمرا ستّين سنة قتلت خمسين إرهابي!

واصلت مازحة وهي ترى أمها مأخوذة بالقصة:

– خفت وقتا بحكيلك عنّا تروحي تجيبي رشّاش وانصير نص العايلة مقتولة.. ونص قتلة!

ضحكت. لا بدّ من ممازحة الموت أحيانًا وإلّا قتلك قبل أوانك.

علّقت العمّة من تحت حجابها:

– أحنا مومنين يا بنتي.. والانتقام صفة من صفات الله وحدو هو «المنتقم» اللي يجيب لك حقك. لو بقينا كلّ واحد ياخذ ثاروا بيدّو عمرها ما تخلاص، اللي ماتوا مش رايحين يرجعوا، لكن البلاد تروح. الحق.. في هذي بوتفليقة يعطيه الصحة.. يرحم والديه عمل شي ما حد غيرو كان قدر عليه. ما كانش حاجة في الدنيا أغلى من الأمان.. قليل واش فات علينا في عشر سنين!

لكن أمّها ليست جاهزة للغفران، هي لم تغفر حتّى الآن لمن قتلوا أباها قبل ثلاثين سنة في حماه، فكيف تغفر لمن أخذوا منها ابنها وزوجها قبل عامين. رفضت قبول الديّة التي قدّمتها الدولة لأهالي ضحايا الإرهاب. كيف تقبل ديّة عن جرائم، هي بحسب قانون العفو والوئام الوطني لم تحدث، ويسقط عن مرتكبيها حق الملاحقة، مهما كانت فظاعتها.

كلّ وجعها جاء من هنا.

لأنّ أمن الوطن لا يتحقّق إلّا على حساب العدل، عمّ السلم المدني، وانفقد السلام الذاتي. فالضحايا ليست لهم صفة الضحية، ما دام المجرم لا يحمل صفة مجرم.

كلّ ما حدث إذًا على مدى عشر سنوات لم يكن. ليس عليك أن تسأل كيف مات المئتا ألف قتيل، وعلى يد من؟ لعلّهم ماتوا في كارثة طبيعيّة!

وعلى آلاف المغتصبات أن يتحمّلن وحدهن عقاب ما أنجبن من لقطاء. وليبحث لاحقًا كلّ لقيط عن أب، فقد عفا القانون عن المغتصِب!

وعلى أهالي المفقودين أن يكفّوا عن إزعاج الناس بالتظاهر، وليغفروا لوطن فقدَ هو أيضًا صوابه!

وعلى ابن الرئيس محمد بوضياف أن يتوقّف عن مطاردة الحقيقة، ومساءلة الدولة عمّن اغتال أباه، فجرائم الدولة أيضًا يشملها قانون العفو!

أكثر من جنون الإجرام، يطالبك الوطن الآن بجنون الغفران. وبعد واجب التذكر، أصبح المطلوب أن ننسى، لأن القاتل هذه المرّة جزائريّ، وليس فرنسيًا. لقد عاد من نوبة جنونه أتقى و أكثر وطنيّة منك. والإرهابيون الذين كانوا يحرقون الأعلام الوطنيّة أول ما يصلوا إلى قرية، ينزلون الآن من الجبال وهم يرفعونها. والذين طال عنفهم، حدّ نبش عظام شهداء الثورة وإحراقها، لأنهم ساهموا بجهادهم في ولادة دولة علمانية، هم الآن يتنافسون على إثبات ولائهم للدولة كي يفوزوا بكرمها.

أيقظت زيارة عمّتها كثيرًا من مواجعها، فهي لم تثبت إلى اليوم على رأي، هل الأهم إنقاذ الوطن أم تطبيق العدالة؟ وهل عليها أن تفكّر كمواطنة أم كإنسانة؟

ما يعنيها الآن أنّ أمها تبدو سعيدة، تتسامر مع عمّتها، وترافقها نهارًا للأسواق، مما يتيح لها السفر دون شعور بالذنب. فهي لا تحبّ أن تترك أمّها بمفردها، وعليها أن تلبّي عدّة دعوات لتقديم حفلات في أكثر من بلد. لكأنّ الجميع اكتشفها في الوقت نفسه.

الحركة الثالثة

«الحب هو عدم حصول المرء فورًا على ما يشتهيه»

ألفرد كابوس

في البدء، كانت نجاحاتها تسعده. يضعها في ميزان زهوه ووجاهته. فما كان ليرضى بها لو كانت امرأة فاشلة أو عادية. ثمّ بدأت التفاصيل المنقولة في الصحافة عن ظاهرة هالة الوافي واجتياحها لقلوب الناس أينما حلّت، تزعجه بعض الشيء.

لعلّه بدأ يتنفّس أوكسيد كربون الغيرة، لكنّه يرفض أن يعترف لنفسه أنّه يغار. لا يدري إن كان يخاف عليها من شهرة ستفسد براءتها أم من ضوء سيجذب الرجال إليها. وهل يريد لها نجاحًا يباهي به، أم يفضّل لو أبطأت بلوغ نجاحها كي تبقى له.

هاتفها ليطمئنّ إلى استحواذه عليها. قال:

– اشتريت تلك الشقّة في باريس وانتهيت من تأثيثها، بإمكانك الحضور متى شئت إن كنت ما زلتِ تحبّين الغابات.

ردّت مبتهجة لتستدرجه إلى اعتراف ما:

– أفعلت هذا من أجلي؟

قال مازحًا:

– لا.. من أجل الأشجار طبعًا!

وكان يعني: من أجل ثمار حان قطافها.

ردّت ضاحكة:

– لن تنجح في جعلي أغار من الأشجار.

ليست الأشجار، بل الأصفار هي التي كانت ضرّتها، وهذا ما يفسد فرحتها.

كحين راحت تبحث في حقيبة يدها، عن بطاقة هاتفيّة قد يكون بقي فيها ما يكفي من الوحدات، لتزفّ له خبر حصولها على تأشيرة لفرنسا. فعلّقت نجلاء مازحة وهي تراها تجرّب ما في حوزتها من بطاقات، من تلك التي تمكّنك من الحديث إلى الخارج بسعر منخفض.

– إنّ في حقيبة يدك من البطاقات الهاتفيّة، بقدر ما في جيبه من البطاقات المصرفيّة. هو يقيس الحبّ بالعملات وأنت بالوحدات.. عليك أن تتقبّلي منطق الأصفار التي تباعد بينكما وإلّا فستشقين!

كانت أكثر فرحة من أن تفكّر يومها في الشقاء. كلّ ما تريده من نجلاء أن ترافقها لشراء ثياب جديدة. هذه المرّة هي تملك إمكانات إبهاره.

لكنّها أخفت عن نجلاء حقيقة أخرى. وهذا دليل على أنّها مُقدمة على فعل تستحي أن يعرف به أحد. كيف قبلت عرضه بأن تقيم في بيته؟

أيّ قدرة يملك هذا الرجل لجعلها تقبل بكلّ ما قضت عمرها في رفضه. احتارت في حلّ معضلتها: لو حجزت في فندق بسيط فسيعلم بالأمر. لو حجزت في فندق على قياس جيبه، فسيفرغ جيبها، وتُفسد تكاليف الفندق فرحتها. ولو أقامت عنده لخالها فتاة سهلة.

أمام تردّدها في قبول عرضه، أقنعها بأنّ البيت في تصرّفها وحدها، وأنّ ثمّة نسخة واحدة من المفاتيح ستكون في حوزتها، و.. أنه اشترى البيت لإسعادها، ويعزّ عليه ألّا تكون أوّل من يقيم فيه. هذه الجملة بالذات هزمتها. لعلّه يخطّط معها لعلاقة شرعيّة.

قبل السفر هاتفته سائلة:

– ماذا أحضر لك معي؟

أجابها محتفظًا لنفسه بابتسامة:

– فقط تعالي.. لديّ هنا كل شيء.

ردّت مازحة:

– أوهمني أنّ ثمّة ما تحتاج أن أحضره لك. لا أطمئنّ لمن لديه كلّ شيء!

لم تقل له إنها تحتاج إلى أن يحتاج إليها. لأنه ظلّ على رأيه، أخذت له معها عرجون التمر التي أحضرته عمّتها من الجزائر، وكتابًا فخمًا بالفرنسية عن أغرب الأشجار في العالم وما حيك حولها من أساطير. في جميع الحالات، ما كان يمكن أن تدخل بيته «فاضية اليدين».

سافرت بأحاسيس متناقضة لم تعرفها من قبل. لم يحدث أن وضّبت حقيبة للّهفة، ولا أخذت تذكرة للسعادة. لأوّل مرّة أصبح للحبّ مطار وعنوان.. وبيت ينتظرها فيه رجل.

بدل أن تسعد أُصيبت بذعر السعادة.

في المطار، أملت على سائق التاكسي عنوان قدرها. تذكّرت أمّها، تراها عرفت أحاسيس مجنونة كهذه، لتغادر حلب وتلحق برجل غريب إلى بلدة جزائريّة نائية!

عند باب البناية الفخمة ذات الطراز المعماري القديم، دقّت شيفرة الباب التي أمدّها بها. أربعة أرقام وانفتح الباب الزجاجي.

ما كادت تدلف داخل البهو الكبير، حتّى جاء البوّاب لنجدتها. لعلّه رآها على شاشته تائهة في صالون البهو. سألها:

– آنستي.. هل يمكنني مساعدتك؟

أجابته مرتبكة كأنّه سيتعرّف إليها:

– أريد شقّة السيّد طلال هاشم.

دبّت فيه الحماسة وحمل عنها الحقيبة حتّى باب المصعد. طلب المصعد. وقال:

– الطابق التاسع على اليمين.

كان باب الشقّة مفتوحًا. وجدته ينتظرها على العتبة. قبّلها على وجنتيها مُرحّبًا وسحب الحقيبة إلى الداخل.

لم يعلّق على حقيبتها الثقيلة أكثر من اللازم، والمزدحمة كقلبها بأشياء ليست كلّها ضروريّة. كان يجد في علامات تخلّفها هذه ما يطمْئنه.

ذهب بالحقيبة إلى غرفة داخليّة. وعاد إلى الصالون مبتهجًا، كأنّ شعاعًا دخل بيته في تلك الظهيرة الباريسيّة. سألها كيف كانت رحلتها من بيروت إلى باريس. لم يسألها عن رحلتها الأصعب تلك التي قطعها قلبها من المطار إلى بيته.

ها هو إذًا. أخيرًا هو. سعيدًا ودودًا كما لم تره يومًا. لكنّه على احتفائه بها بدا هو نفسه غير مصدّق لوجودها في بيته. نسي أن يضمّها، راح يتأمّلها، بينما راحت تتأمّل الشقّة، في أناقة أثاثها القليل

والمنتقى بذوق عصري راق. كلّ شيء شفّاف من الزجاج السميك الفاخر، الطاولات كما الرفوف تقف على أعمدة زجاجيّة بقواعد ذهبيّة. حتّى الكراسي بلون عاجيّ غير مثقلة بالزخرفات. إنّه فنّ المساحة. لا شيء يثقل فضاء الرؤية، والسجّاد يبدو لوحة حريريّة بألوان ناعمة مُدّت على الأرض.

لا شيء يشبه البيت الذي تركته خلفها في الشام، ولا الآخر الذي عاشت فيه في الجزائر، بصالونه الذهبيّ وإطار لوحاته الذهبيّة وطاولاته الذهبيّة. الثراء الحقيقيّ لا يحتاج إلى إشهار الذهب. لا يعنيه إبهار أحد. لذا وحدهم الأثرياء يعرفون بنظرة، قيمة أشياء لا بريق لها.

– تعالي أريك المنظر.

لحقتْ به إلى الشرفة. فتح ستارة النافذة. كان المنظر يطلّ على جادّة تعبرها بعض السيّارات، وعلى طرفها الآخر تمتدّ غابة تتوسّطها بحيرة.

– تدرين.. كنتُ محظوظًا، قلّ ما تعرض شقّة كهذه للبيع. من هذا العلوّ أحظى بمنظر خلّاب. الذين يقطنون هذه الأحياء الراقية قليلًا ما يعرضون ممتلكاتهم للبيع. إنّهم يتوارثونها. شطارتك في أن تغريهم بعرض يفوق القيمة العاطفيّة لإرثهم.

لم تسأله عن الثمن الذي دفعه لاقتنائها، ولا عن قصّة أصحابها، وحدها قصّتها تعنيها، في بيت تمنّته جدران حياتها وسقف أحلامها.

تمتمت بالفرنسية وهي ترى المنظر في الخارج:

– Mon Dieu comme c'est beau !

علّق:

– يسعدني أن يعجبك. أنت أولّ من يزوره. حتّى زوجتي لا علم لها بوجوده.

فاجأها اعترافه. شعرت بأنها ثملة بنشوة تعيشها كحلم. لكأنه يقول لها إنها أهمّ عنده من زوجته.

واصل وهو يدلّها على جهة أخرى:

– للشقّة مدخل خاصّ بالخدم.

كلّ شيء كان يوهمها أنّها غدت ربّة هذا البيت، الذي راح كمرشد سياحيّ يرافقها في زيارته.

واصل:

– في البيت أربع غرف نوم مرفقة بحمّاماتها.

غير أنّه لم يُرها منها إلّا الغرفة الأولى حيث وضع حقيبتها. أدركت أنّها غرفت(ها).

أكبرت فيه وقوفه عند عتبة ذلك الباب فلم تجتز بدورها العتبة.

عاد أدراجه مجتازًا الممرّ. سألها وهو يدلّها على المطبخ ويفتح البرّاد:

– لعلّك جائعة. أو تودّين شرب شيء؟ لديّ أشياء خفيفة.

كان البراد ببابين كلّ شيء فيه مرتّبًا وشهيًّا كما في إعلان تلفزيوني.

لكنّها لم تكن قد استوعبت بعد كلّ ما يحدث لها، ولا فكرة وجودها في بيته وفي مطبخه، واقفة على مقربة منه.

ما تريده حقًّا هو التهام تلك المسافة اللعينة التي تفصلها عنه منذ أشهر.

ردّت:

– شكرًا، ليس الآن.. لست جائعة إلّا إذا كنت تنتظرني لتتغدّى.

أجاب وهو يغلق البرّاد:

– بل أنتظرك لأحيا..

حلّ بينهما صمت مباغت. شلّتهما الرغبة في انجرافها المحموم، لكأنّه قبّلها بجملة. تسمّر كلّ منهما مكانه. كانا على بعد متر أحدهما من الآخر. على هذه المسافة، بدأ بينهما خدر قبلة لم تبدأ بعد. تقدّم نحوها ملتهمًا شفتيها.. ثم ترك لها جحيم شفتيه ومضى.

قال لها وهي في الصالون:

– عندي مواعيد في المكتب. ارتاحي قليلًا من السفر، سأعود مساءً لأصطحبك إلى العشاء. واصل وهو يتّجه نحو الباب: بالمناسبة أنا طاهٍ بارع. ذات مساء سأعدّ لك عشاءً في البيت.

أسعدتها الفكرة. لكنّها أحزنتها لاحقًا. حين قال لها مساءً وهما في المطعم «عندما أحبّ امرأة أطهو لها بنفسي».

فقدت شهيّتها وربّما صوتها أيضًا. لم تسأله «هل حدث هذا مرارًا؟».

كما لم تجرؤ على سؤاله، وهو يرافقها بعد العشاء حتّى الشقّة، ليطمئنّ إلى كلّ شيء ويقبّلها مغادرًا إلى.. بيته الآخر: من تراها تكون بالنسبة إليه بالتحديد؟

* * *

كان يُتقن لعبة الغموض. في الواقع، توقّف الأمر على أن يكون لعبة، مذ امتلك الحكمة والنزق في التعامل مع الحياة. الانضباط سرّ نجاحه. مذ قرّر أن يعطي كلّ شيء وقته. وكلّ واحد حقّه. لم يحدث أن جمع بين امرأتين في مدينة واحدة. يحتاج إلى أن تغادر زوجته باريس ليكون لامرأة غيرها. ليس خوفًا منها بل خوفًا أن تخونه رجولته معها، أو تخونه شهامته حين بين امرأتين يخلو بنفسه. ما عاد قادرًا في كلّ لقاء على منح نفسه كلّيًّا، وعلى استعادتها كلّيًّا وهو يرتدي ثيابه ويصْفق الباب. انتهى ذلك الزمن المجنون، الذي كان بإمكانه العيش فيه حيوات عدّة في آن واحد، و أكثر من نهار في يوم واحد، ومُداراة ومُراعاة كلّ امرأة على حدة.

سعادته الآن في التوفيق بين حياتين متوازيتين، عليهما ألّا تلتقيا، ويحتاج إليهما معًا ليحيا. وفي انتقاء المتع الراقية، كزجاجة نبيذ فاخر لسنة استثنائيّة. هكذا يراها، تلك الصبيّة التي تركها منذ أشهر تتعتّق.

كلّ النساء حوله كنّ جاهزات للعطاء، أو بالأحرى لأخذ ما يدّعين عطاءَه. وما كان يريد غير امرأة واحدة، تكون من يعطيها. ثمّة شقاء مخيف، يكبر كلّما ازداد وعْيُنا بأن ما من أحد يستحقّ سخاءنا العاطفي، ولا أحد أهل لأن نهدي له جنوننا.

كان دائم البحث عن امرأة تُفقده صوابه. يقوم من أجلها بأعمال خارقة. يمارس أمامها خدعه السحريّة، يضعها في صندوق زجاجي، يشطرها وصلًا وهجرًا إلى نصفين، ثم يعيد بالقُبل جمع ما بعثر منها. ككبار السحرة، يُخفي بحركة ساعة معصمها، ويخطفها لقضاء نهاية أسبوع في فيينا أو البندقيّة. يلغي من أجلها مواعيد، ويخترع

للقاء بها مصادفات. يخرج لها من قبّعته السحريّة سربًا من حمام المفاجآت، وحبلًا من المناديل الملوّنة، تتمسك بطرفه وترتفع إليه، ففي كلّ ما يُقدم عليه مع امرأة، ما كان يقبل بغير الحالات الشاهقة والصواعق العشقيّة.

استيقظ صباح الغد بنيّة إدهاش الحبّ. لعلّه شعوره بالذنب وهو يتخلّى عنها البارحة في ذلك البيت لتقضي أوّل ليلة بمفردها. قرّر أن يُخرج من قبّعته إحدى المقالب السحريّة. كما في استعراض سحريّ، الدقة الفائقة في ظبط الوقت، هي الشرط الأول لضمان الإبهار.

حسب تعليماته، على الساعة العاشرة تمامًا، دقّ جرس البيت. لم تدر إن كان عليها أن تفتح. نظرت من عين الباب. لمحت البوّاب برفقة شخص يحمل سلّة ورد. سارعت إلى ارتداء روب البيت، ثم فتحت الباب.

قال البوّاب وهو يُحيّيها، إنّ من واجبه مرافقة أيّ غريب يوصل شيئًا إلى ساكني البناية. شكرته وتسلمت منه باقة الورد. تنبّهت بعد ذهابهما أنّها لم تعط حامل الورود شيئًا يليق بهيأته الأنيقة، المشابهة للموظّفين الواقفين عند أبواب الفنادق الفاخرة، ببذلاتهم ذات الأزرار الذهبيّة وقبّعاتهم المميّزة.

منذ متى لم تصلها منه باقة التوليب تلك؟ ربّما منذ حفل القاهرة، قبل عدّة أشهر.

توقّعت منه مكالمة هذا الصباح. لكنْ، ربما كان ما كتبه على البطاقة أجمل.

وضعت الورود على الطاولة وراحت تبحث عن البطاقة. لم تقع إلّا على علبة صغيرة بشرائط جميلة. لعلّها ساعة. ما حاجتها إلى ساعة! أيريد أن يعتذر لها عن الساعات التي ستقضيها في انتظاره؟ أم ليمتلكها بها؟ بدأت تتذمّر حتّى قبل أن تفتح العلبة. لا أسهل على الأثرياء من إرسال هديّة ثمينة!

كانت منهمكة في فكّ الشرائط، حين انطلقت موسيقى من قلب العلبة. انتفضت. ثم وقد تجاوزت وقع المفاجأة، راحت تمزّق ورقة الهديّة بسرعة. أخرجت جهاز هاتف من العلبة، وضغطت على أوّل زرّ صادفها.

وضعت الهاتف على أذنها. جاء صوته:

– اشتقت إليك..

ترك لها الوقت لاستيعاب المفاجأة.

ثم أضاف:

– أحتاج أن أسمعك أينما تكونين. (كان عليها أن تفهم: أريد أن أعرف دائمًا أين تكونين) وضعت لك في هذا الهاتف خطًّا فرنسيًّا. بإمكانك استعماله أينما كنت في العالم. إذا احتجت إلى شيء يكفي دقّة واحدة أو رسالة. سأطلبك أوّل ما استطيع.

لأنّه لم يسمع لها جوابًا، سألها:

– هل اشتقتِ إليّ؟

ردّت بصوتٍ أفقدته المفاجأة نبرته:

– عليك اللعنة.. كنت ستقتلني!

ردّ ضاحكًا:

– ليس اليوم.. هل أحببت الدانوب الأزرق؟

لم تدر بما تجيبه. أيكون في العلبة شيء لم تره بعد؟

واصل:

– إنّها المعزوفة التي أحبّها أكثر.. أريد أن أراقص روحك كلّما يدقّ الهاتف.

ودّعها وعاد سعيدًا إلى مشاغله. سعيدًا من أجله أوّلًا. في كلّ ما يفعله، هو أوّل شخص يودّ إدهاشه. إنّه الساحر والمندهش الأوّل لأدواره السحريّة.

العاديّون من الناس يرسلون مع الورد بطاقة. أمّا هو، فأرسل لها مع الورد صوته.

هل حدث لامرأة قبلها أن خرج لها صوت من تحبّ من سلّة ورد؟

يشكّ في أن يكون غيره فكّر في وضع هاتف مفتوح داخل علبة مغلقة. وحدهم «العاديّون» يرون قيمة مضافة في تقديم هدايا مغلّفة ومختومة، كما خرجت من المصنع.

لا أفقر ممّن يفتقر إلى الخيال!

ثمّ، هو يريد هاتفًا لم يعبره صوت رجل قبله. هاتف لا سوابق له، يصرّ على عذرية الأشياء التي يقاربها.

ظلّت ممسكة بالهاتف، غير مصدّقة ما حدث لها. ليست هديّته التي أسعدتها، بل تلك اللحظة التي انطلقت فيها الموسيقى من سلّة الورد. وصوته القادم في الدقيقة التي كانت تفتح فيها العلبة. كيف استطاع برمجة كلّ شيء لإدهاشها.

وكيف لا.. أوليس سيّد ضبط الوقت، وضبط الإيقاع. هو جوهرجي الدقائق وواهب الساعات ألماس عقاربها.

راحت تبحث في العلبة عن شيء آخر قد يكون خبّأه لها. بدا لها ساحرًا يمكن أن يُخرج من قبّعته أكثر من مفاجأة، لكنّها لم تعثر سوى على عقد صيانة الجهاز، وآخر عليه رقم هاتف شريحتها الجديدة. أخذت الورقة وراحت تطلب رقمها من هاتف البيت.

انطلقت موسيقى الدانوب الأزرق. تركت الهاتف يدقّ وراحت تدور مع الفالس. فتحت النافذة. شعرت أنّ الموسيقى تطير بها فراشة في غابة بولونيا، وكأنّ البطّ والطيور والغيوم المسافرة، ترقص معها على المسرح الشاسع للكون، وأنّ الأشجار تحسدها، وتتهامس «أيكون قد استبدلنا بهذه المجنونة؟».

* * *

حين حضر في المساء سألته:

– أتكون هذه هي السعادة؟

أجابها وهو يضمّها:

– إنّها مجرّد تمرين عليها.

– وهل ثمّة ما هو أكبر؟

– سترين..

برغم ذلك لم تنس أن تُبدي له رفضها القاطع السماح له بدفع فواتير هاتفها قالت:

– يسعدني أن يكون لي أخيرًا رقم يربطني بالعالم أينما كنت. سأحتفظ بالجهاز وبالخطّ، لكن لن يدفع أحد فواتيري. البعض يُنفق ماله في المطاعم، البعض الآخر في الثياب، وآخرون في شراء السيّارات، أما أنا، فقلبي أولى بالإنفاق، أُنفق على عواطفي. نصف

دخلي أشتري به كلمات. تدري أنّني أحتفظ بكلّ البطاقات الهاتفيّة التي حدّثتك عليها.

ردّ:

– احتفظي بها إن شئت، لكنّني أحتفظ بحقّي في دفع فواتير قلبك ما دام قلبك معي.

واصل مُنهيًا النقاش:

– هذا المساء سنبقى في البيت. ماذا تودّين أن أُعدّ لك؟

ما كان من مجالٍ لمناقشته في شيء. انتهى الأمر. هو لن يعود إلى موضوع الفواتير. لكنّ الأمر يزعجها حقًّا. إنّ الهاتف «رجل حياتها» كما تقول نجلاء. ولن تقبل أن ينفق أحد على نصفها الآخر!

كانت لوازم إعداد العشاء موجودة في المطبخ حسب قائمة المشتريات التي أحضرها السائق. منتقاة بمقاييس جودة معيّنة، حتّى لتبدو وكأنّها للزينة لا للأكل. فهي أيضًا «signé» من أرقى محال الخضر في باريس. سألها إن كانت تحسن الطبخ، أجابته:

– الجوع أمهر الطبّاخين.. يكفي أن تدخل إلى المطبخ وأنت جائع.

صحّحها وهو يقبّلها:

– بل الحبّ هو الأمهر.. يكفي أن ندخل إلى المطبخ لإعداد عشاء نتقاسمه مع من نحبّ.

تأمّلته وهو يختار القِدر المناسب لكلّ طبخة. سكاكين مختلفة حسب كلّ استعمال، يأخذ الوقت اللازم لتطرية البصل. يعرف الدقائق

الكافية لشيّ شرائح السمك.. التوقيت الذي يقوّي أو يخفّف فيه النار تحت الطبخة. متى يضع الغطاء على الرزّ وهو يغلي.. ويخفّف النار تحته إلى أقلّ درجة. كيف يقلّب الخُضر دون أن يلحق أذًى بشكلها.

علّقت متعجّبة:

– ما ظننتك مُلمًّا إلى هذا الحدّ بأسرار الطبخ!

أجاب:

– أنا ذوّاقة ولست طبّاخًا.. تمنّيت لو استطعت أن أدعوك إلى أحد مطاعمي لتتذوّقي المطبخ الراقي الرفيع. مع الأسف يصعب علينا التواجد هناك معًا، لكن جميل أن يرتاد الآخرون مطاعمي أثناء انهماكي في إعداد العشاء لمن أحبّ.

لأوّل مرّة سمعت منه هذه الكلمة، في اعترافٍ غير مباشر. فهو لم ينادها يومًا «حبيبتي» ولا قال لها يومًا «أحبّك». خبّأتها بعيدًا في قلبها، ستحتاج الى سماعها لاحقًا في وحدتها.

دعاها إلى الصالون في انتظار أن يجهز العشاء.

أطفأ جهاز التلفزيون حال استماعه لعناوين أخبار الثامنة. قال:

– إهانة للحبّ أن أتابع الأخبار معك.

ذهب يختار من مكتبته الموسيقيّة معزوفة تليق بتلك اللحظة.

قال وهو يضع مقطوعة لـ«كليدرمان»:

– تحلَّيْ بالصبر.. سيكون العشاء شهيًّا.

كانت واثقة من ذلك. وقد خبرت معه على مدى أشهرٍ، النضج الطويل على نار الصبر. ألم يقل لها وهو يخفف النار تحت الطبخة «الطهي على عجل يُفقد الطعام نكهته.. ككلّ متع الحياة».

هذا رجل ليس في مطبخه «طنجرة ضغط». معه تستوي الحياة على نار خافتة.

* * *

توقّعته سيغادر إلى بيته بعد العشاء. لكن، عندما طالت بهما السهرة، بدأت تتأكّد بأن زوجته قد سافرت، وهو حُرّ لليلة.

أسعدتها الفكرة وأربكتها في آن.

مرّ عام مذ تعارفا، الليلة فقط يضمّها إليه في سرير.

قال وهو يتمدّد إلى جانبها:

– أنت أوّل من تنام على هذا السرير.

توقّع أن يهدي إليها ما يُسعدُها. أجابته بما فاجأه:

– وأنت أوّل رجل أقاسمه سريرًا!

كان يمنّ عليها بالأسرّة العذراء التي اشتراها للتوّ، جاهلًا أنّها، بمجرّد نومها جواره، كانت تخدش حياء عذريّةٍ حرسها أبوها وأخوها وقبيلة من الرجال.

لقد أخطأ في اختيار جملته، هو الذي لا يخطئ في اختيار نوع سكاكينه.

بقي مدهوشًا للحظات أمام وقع اعترافها. لم يستدرجها لمزيد من التوضيح. في الاستفسار إهانة لسخائها.

بدت له فجأة غريبة وشهيّة في غموضها وارتباكها الأوّل. كأنّه لم يعرف عنها شيئًا. كعذريّة كتاب مغلقٍ على سرّه، لم تُفصل أوراقه عن بعضها البعض بسكّين. كتاب من تلك الكتب القديمة، التي ما عاد المرء يتوقّع مصادفتها.

اليوم تأتيك الكتب مفتوحة الأوراق، جاهزة للمطالعة الفوريّة. ولذا اختفت من المكتبات تلك السكّين الخاصّة بفصل أوراق الكتب!

عندما أبدت له في المطبخ عجبها من امتلاكه ذلك الكمّ من السكاكين المختلفة الأحجام، أجابها «يُعرف الطبّاخ الجيّد من حسن اختياره لسكاكينه».

يبدو جوابه الآن دعابة، يبتسم لها وحده. الطبّاخ الجيّد لا يقطع إصبعه أبـدًا. لقد اكتسب خبرة الإمساكِ بما يفرمه. لا شيء ينزلق من يده.

ما جـدوى أن تكون طبّاخًا جيّدًا إذا كنت عاجزًا عن إحكام قبضتك على فتاة في سريرك!

ضمّها إليه. يكفيه الليلة أن يحتضنها.

– أشتهي أن أشمّك.. أحبّ رائحة أنوثتك..

لم يقل أكثر. لا يحبّ خدش حياء الكلمات، ولا كان يريد أكثر من أن يضمّها حدّ الانصهار في صباها، واحتواء أنوثتها المحتمية بقميص نوم لم يحترف الغواية بعد.

الحبّ الكبير يولد في حياء الغموض. هكذا اعتقدت دائمًا. ألّا يراك أحد عاريًا. أن يتخيّل كلّ شيء فيك. وهي غير جاهزة أن تخلع مبادئها دفعة واحدة من أجله. ولكنّها تريده، ولا تدري ما تريد منه بالتحديد. وتخافه، وتشتهي ما يخيفها فيه. هي معه لا لمقاسمته ما يملك، بل لتكتشف ما كانت تملك ولا تدري به.

لم تكتشف أنّ لها شفتين إلّا حين قبّلها. ولا أنّها كانت تتنفّس إلّا حين قاسمته في قبلة أنفاسه. ولا أنّ لها شعرا إلّا وهو يمرّر يده على خصلاته. ولا أنّ لها جسدًا.. ورائحة وحواسّ.. إلّا عندما أهدى لها في ضمةٍ أنوثتها.

في الواقع، هي تجهل أنها من أهدت له رجولته.

ما استطاعت النوم. ظلّت تتأمّل هذا الرجل النائم إلى جوارها يواصل احتضانها في نومه. عند الفجر فقط، استطاعت أن تنام على صدره، كتابًا مغلقًا على سرّه. كان في ضمّته شيء من الأبوّة التي تواسي يتمها السرّي.. ورجولة مسالمة جرّدها النوم من سطوتها.

* * *

كان له، في آن، الحضور الحاني.. والبطش العاطفي. يتقدّم يومًا بعد آخر في اجتياح مدروس لامتلاكها.

هذه المهرة الجامحة، مجرّد تطويقها بحبل سخائه فوز في حدّ ذاته. لكنّ المهرة ما كانت ترى بعدُ من الحبل سوى «طوق الحمامة»، مأخوذة بخلقه وأمانته. دومًا توقّف حيث أرادت له أن يقف.

أنّى تمرّ يداه تُزهر أنوثتها، لكنّها ترفض أن يقطفها. ما يُعطى بسهولة يُفقد بسهولة.

كانت تطيل تمنّعها. (ماذا لو كان لا يحبّ فيها إلّا ما ترفض أن تعطيه؟)

وكان هو يواصل اختبارها. (ماذا لو لم تكن تحبّه بل تحبّ حبّه لها؟)

واظب على دراسة خريطة الطريق إلى قلاعها. كما أمام رقعة شطرنج. كان صبورًا ومتأنّيًا. القلاع الأنثويّة لا تُؤخذ عنوةً ولا عند أوّل إمكانيّة ولا في جنح الظلام. ذلك فعل قطّاع الطرق لا الفرسان.

كانت شهواته تستيقظ فجرًا بتوقيت الحقول، في تلك الساعة التي تنضج فيها الثمار وتنادي على قاطفها. لكنها كانت تدري، حتّى في نومها، أنه ليس من حقّها أن تمنحه ما ليس له.

لا تريد أن تتناثر شقائق نعمان على حقل سريره، فلن يدري قيمة ما وهبته.

كلّ مرّة، ينتابها حزن زهرة برّيّة تحمل إثم دمها، وذلك الشعور بالذنب الذي يرافق كلّ متعة. أمّا هو.. فكلاعب شطرنج محترف، ترك الجولة مفتوحة لوقت آخر ومدن أخرى. لن يطاردها. إنّها الطريقة المثالية لينالها يومًا بملء إرادتها. «الجنتلمان ذئب صبور»!

قال لها وهو يقبّلها مغادرًا البيت صباحًا إلى المكتب:

– سأحضر في الساعة الثانية لأصطحبك إلى الغداء.. وبعدها نذهب للتسوّق.

ردّت:

– لكنّني أحضرت معي ثيابًا كثيرة!

– إنسِ ما أحضرت.. لا يجوز أن ترتدي ما هو في متناول العامّة.

ما كان الصباح وقتًا مناسبًا للشجار، خاصّة أنّه، في انتظار أن تستيقظ، كان قد أعدّ لها فطور الصباح، ولم يحتسِ سوى قهوته في انتظارها.

ستستفيد من الوقت لتوضيب حقيبتها استعدادًا للسفر غدًا.

على الغداء، قالت له بشيء من الأسى:

– يُحزنني أن أسافر من دونك. لي أمنية.. أن نأخذ يومًا الطائرة معًا.

ابتسم بسخرية لا تخلو من المكر. قال:

– تحققت أمنيتك.

سألته مبتهجة:

– حقًا.. هل ستسافر معي؟

– كنت أعني حدث أن سافرنا معًا..

ردّت بنبرة واثقة:

– لم يحدث هذا أبدًا!

أجابها:

– بدليل أنّكِ لم تعرفي يومها كيف تغيّرين برنامج الشاشة أو تشغّلي أزرار المقعد.

أجابت مندهشة:

– متى حدث هذا؟

ردّ بابتسامة:

– هذه أسراري الصغيرة!

أسراره الصغيرة وجرحه الكبير.

حتّى في أقصى لحظات سعادته معها، لا يفارقه إحساسه بالشكّ في عواطفها تجاهه. ليس هو من تحبّ، بل حبّه لها. تحبّ السحر لا الساحر. لكنها تشتهي أولئك الرجال الذين قصدتهم أثناء بحثها عنه.

لم يحدث لامرأة قبلها أن أعطته ذلك الإحساس بالضآلة. أن ألغت وجوده وهو ملء عينيها في المطار، وعلى بعد مقعد منها على مدى أربع ساعات في طائرة.

قال معتذرًا وهما على طاولة الغداء:

– تمنّيت لو اصطحبتك إلى أماكن كثيرة.. لكنّي معروف في باريس. سأسعى لنلتقي في مدن أخرى.

أجابت:

– لا تعنيني السياحة.. أتفهّم تمامًا وضعك. شكرًا على ما خصّصت لي من وقتك.

أجاب:

– بل شكرًا على ما أعطيتني.

أضاف بعد شيء من الصمت:

– وشكرًا على ما لم تعطني. أدري في بلاد أخرى تذبح الورود لتُسقى بشرف دمها المراق أرضًا ما صان رجال القبيلة شرفها. كلّ ما أتمنّاه أن تكوني سعيدة وألّا تندمي على شيء.

قالت بحياء:

– لم يحدث أن ندمت في حياتي على شيء. «الندم هو الخطأ الثاني الذي نقترفه»

– لماذا إذًا تبدين حزينة؟

– لعلّي امرأة عربيّة تحزن حين يجب أن تفرح، لأنها ما اعتادت السعادة.

أراد ألّا يتحوّل الغداء إلى وجبة حزن، قال لها ساخرًا:

– كلّما أحبّت امرأة رجلًا تمنّت لو كانت عذراء. لكنها عندما تكون عذراء تحزن لأنّها لا تملك جسدها!

سألته متعجّبة:

– وما أدراك؟

أجابها بمكر:

– النساء اللواتي عرفتهنّ.. كلّهنّ ندمن!

علّقت بتذمّر الغيرة:

– عليك اللعنة!

ردّ بالسخريّة ذاتها:

– لا تلعنيني.. فقد حدث أن كنتُ الأول!

قالت لتستفزّه:

– لا أفهم زهو رجل فتح الطريق لغيره. الفخر ألّا يأتي أحد بعدك!

لن تنسى جوابه. قال يومها بعد أن أخذ الوقت الكافي لإشعال غليونه وسحب نفس منه:

– لن يأتي أحد بعدي!

بدا لها شهيًّا ومخيفًا في آن. يدخل حياة امرأة دخول الطغاة، يلغي كلّ تاريخ قبله، واثقًا ألّا أحد سيأتي بعده!

تمتمت:

– حقًّا؟!.. كيف؟

ردّ في كلمتين:

– هذا سرّي!

سرّه ذاك اكتشفته بعد أن تأخر الوقت: في كلّ ما يقوم به يدري أن لا أحد سيأتي بمثله. في كلّ قصّة حبّ هو لا يُنازل من سبقه أو من سيليه. مثله لا ينازل العشّاق. ينازل العشق نفسه!

كيف لامرأة أن تنسى رجلًا آسرًا ومدمّرًا إلى هذا الحدّ، برقّته وشراسته، غموضه وشفافيّته، لطفه وعنفه، حقيقته وتعدّد أقنعته؟

كلّ امرأة تملك منه نسخة فريدة من كتاب الحبّ. هي القارئة والبطلة فيه، ولا أحد سيصدّق يومًا ما ستترويه. لا أحد.

«لا نراقص عملاقًا من دون أن يدوس على أقدامنا»

كلود لولوش

عادت إلى الشام في نزول اضطراريّ، من تلك الغيمة القطنيّة البيضاء، التي أقامت فوقها لخمسة أيام.

غادرت أحلامها دون مظلّة تقيها الارتطام بالأرض.

عليها ألّا تنفضح بسعادتها، ولا بجوعها الدائم إليه. الشبع بداية الجوع، وهي تحتاج إليه حاجة أنثى اكتشفت جسدها لتوّها.

ارتأت أن تتواجد أكثر في بيروت لتكون أقرب إليه. إحساسها يقول إنّه سيتسنّى له زيارتها هناك، لأنّه سيتعذّر عليها إيجاد ذرائع للتردّد على باريس. لذا اختارت أن تقيم في شقّة في أفخم أحياء بيروت.

أبراج فاخرة في الرملة البيضاء تطلّ على البحر. سكّانها غرباء وأغنى من أن يتواجدوا دومًا في بيوتهم، أو يملكوا وقتًا للفضول.

صاحت نجلاء:

– جننت! ستدفعين في الإيجار ما يعادل ثمن شقّة في الشام.

– ربّما زارني.. لا أريد أن أبدو أمامه مقيمة في حيّ متواضع.. أنتِ لم تري بيت هذا الرجل ولا عالمه.

– يكفي أن أراك لأفهم أنّك فقدت صوابك.. ثمّ شقّة كهذه يلزمها أثاث كثير.

– بل القليل من الأثاث.. الفخامة لا تحتاج إلى زحمة أشياء.

– عهدتك بخيلة على نفسك. هل اكتسبت منه عادة الهدر؟

– أنا لا أنفق على نفسي، أنفق على كرامتي. أريد أن يرى أنّني أضاهيه ذوقًا. لا أتقبّل منه أيّة نظرة فوقيّة.

– ومن أين لك المال؟

– من الحفلات. أمامي عروض كثيرة. الصيف على الأبواب.. إنّها مواسم المهرجانات.

* * *

أخفت عنه موضوع الشقّة تريد أن تفاجئه بها.

أخفت الأمر عن أمّها أيضًا، حتّى لا يكون عليها تقديم تبريرات غير مقنعة.

زفّت له أخبار حفلاتها القادمة. فاجأها ردّ فعله في تلقّي الخبر. سألها بلغة رجل الصفقات:

– كم ستجنين من كلّ هذا؟

وعندما سمع الجواب قال:

– لا تغنّي في هذه المهرجانات. أنتِ أكبر من هذا الحدث ومن هذا الجمهور.

لم تجرؤ أن تقول له إنّها تحتاج إلى هذا المبلغ وهذه الشهرة. قالت:

– لكن مطربات شهيرات سيغنّين فيه.

– الشهرة ليست دليلًا على عظمة أصحابها.. هل ستغنّي فيه فيروز مثلًا؟

ردّت بارتباك:

– ولكنّني لست فيروز!

– نحن نساوي من نقيس أنفسنا بهم. لا تقيسي نفسك إلّا بالكبار إن شئت أن تكوني كبيرة.

شعرت بأنّه يريدها نسخة أنثويّة عنه، وأنّها ستخسره إن هي صغرت أو فشلت. عليها أن تختار: أتريد إبرام صفقة خبز مع الفنّ أم إبرام صفقة مجد مع الحبّ؟ لكنّها وقّعت التزامًا بإقامة حفلين، وإلغاء العقدين يوجب عليها جزاءً ليس في متناولها. إضافة إلى عجز في دفع إيجار الشقّة. في الواقع، ما كانت تملك الخيار.

قبل أيّام من حفلتها هاتفته طمعًا في تفهّمه، تخبره بالتزاماتها تجاه متعهّد الحفل. استمع إليها ولم ينبس بكلمة. وعندما انتهت المكالمة ما كانت تدري أنّ صمته سيدوم شهرين.

كانقطاع مفاجئ للكهرباء، اختفى صوته فجأة بعد تلك الإضاءة المُعمية للبصر. انقطعت لهفة هواتفه. اتّصلت به مرّتين، لكن كلّما ظهر رقمها على شاشته كان يتعمّد عدم الردّ ليتركها تائهة في خضمّ الأسئلة، يساورها الندم على خطأ اقترفته ولا تدري ما هو.

هو لا يشرح ولا يعاتب. مثله يعاقب، وعليها الاستعانة بفقهاء الشأن العاطفي ليفسّروا لها لماذا نزل عليها غضب الآلهة.

تقول نجلاء إنّها «مناورات عاطفيّة». كلّما شعر أنّه مهدّد بفقدانها تخلّى عنها، فانشغلت عن عملها بالعمل على استعادته. حيلة يضمن بها استعادتها من خلال منعها من العمل.. إذ يتملّكه إحساس بأنّ شهرتها تسرقها منه. هي محاولة للاستيلاء على روح تتمرّد عليه لأنها حرّة!

لا تفهم من كلّ ما تقوله نجلاء إلّا كونه يحبّها.. ويريدها له وحده.

تهزمها فكرة غيرته عليها وحرصه على الاستحواذ بها. تشعر أنّها ظلمته، تودّ لو اعتذرت له برغم ما ألحق بها من أذى، وبرغم الحفل الذي ذهبت إليه باكية، والذي كان يمكن أن يكون أنجح لو قال لها فقط كلمة.

ينهار صمودها. تهاتفه. لا يردّ. تبكي.. و يضحك الحبّ.

سيظلّ يخطئ في حقّها ثم يمنّ عليها بالغفران، عن ذنب لن تعرف أبدًا ما هو، لكنّها تطلب أن يسامحها عليه.

هكذا هنّ النساء إن عشقن!

* * *

أمّها، التي وجدت في همّ العراق ما ينسيها همّها، صارت تقضي جُلّ وقتها أمام الفضائيّات الإخباريّة لمتابعة مسلسل الغزو الأميركي.. وسقوط بغداد.

ذات يوم نادتها على عجل، لتشاهد شيئًا على التلفزيون. توقّعت أن يكون خبرًا ما. لكنّ الخبر كان.. أن هُدى من تقدّم نشرة الأخبار على قناة «الجزيرة».

كانت تتحدّث عن سجن أبو غريب، وفضيحة تعذيب الجيش الأميركي للأسرى العراقيين. لم تلتقط إلّا جُملها الأولى. أخذتها المفاجأة بعيدًا. فلا يمكن لوجدانها أن يفصل بين هدى وعلاء. لقد جاء إلى العالم ليحبّ هذه الفتاة.. ويمضي.

في كلّ ما طارد من أمنيات، في كلّ ما اقترف من حماقات، في كلّ ما تبنّى من عقائد، كانت هي عقيدته الوحيدة. ولذا مات موت المجاهدين، في حادث حبّ، ممسكًا بيده سمّاعة الهاتف، سلاح العشّاق.. الذي قد تكون فيه حياتهم أو حتفهم!

يوم حضرت هدى تقدّم لهم العزاء، كانت منهارة، شاحبة، ذابلة، باكيةً، كانت كائنًا من دموع. هشّة إلى حدّ ما كان الإرهابيّون يحتاجون معه إلى قتلها. كان من الواضح أنها ستموت قهرًا.

لعلّ الرجل كان صادقًا، حين أخبر علاء ذلك المساء، أنّها غادرت الاستديو، ولا يستطيع اللحاق بها، لذا لا يمكنه الحديث إليها.

لكن، ثمّة احتمال أن تكون رفضت الحديث إلى علاء، لأنّه في رأيها قد اختار صفّ القتلة، وما عاد من إمكانيّة لحبٍّ بينهما. وحدها تدري حقيقة ما حدث. كان بكاؤها يومها، يشي بإحساس كبير بالذنب.

ها هي ذي اليوم، متفتّحة كزهرة مائيّة، نضرة، مشعّة، أنيقة، متبرّجة بحياء، لكنّها لا تستحي من الرجل الذي أحبّها حدّ الموت، فهو ما عاد هنا ليشاهدها.

حتمًا، ثمّة حكمة في الإسراع بإغماض أعين الموتى، حال توقّف قلبهم عن النبض، فلا بدّ ألّا يروا ماذا سيحدث بعد موتهم، فيموتون أكثر من مرّة.

لكن أمّها كانت ترى بعيون علاء. فكيف لقلبها المفجوع ألا يعاود البكاء.

– يا حبيبي يا ابني.. يا ضيعان شبابك ما إجت إلّا فيك!

عكس أمّها، هي ليست عاتبة عليها. لقد دفعت هدى ثمنًا باهظًا قبل بلوغها هذا المكان، وحين وصلته، وجدت من بعثوا بأبناء الجزائريين إلى الموت تحت ألوية «الجهاد» ما عادوا لاوين على شيء. لقد أنقذوا أولادهم، ويعيشون ضيوفًا مكرّمين في البلد نفسه، مع كلّ من توافدوا من البلدان العربية الأخرى ويحملون العقيدة ذاتها.

من حقّها إذًا أن تنجو بنفسها، أن تقفز خارج المركب، أن تجذّف حتّى الضفّة الأخرى، فيقذفها البحر كما أفواج الصحافيين إلى الخليج أو أوروبا. لا أحد يرمي بنفسه إلى البحر، دون وجهة واضحة، إن لم يكن القهر قد ألقي به إليه.

«ليس هناك خطر في أن تكون الباخرة في الماء، المهمّ ألّا تترك الماء يخترقها فتغرق». لكنّ الماء تسرّب إلى الباخرة، زاد الماء ونضب الهواء. والذي لن يموت مختنقًا، سيموت غرقًا.

ليس كلّ من أبحر نجا، لهول مصابهم نسي الناس النزعات الإجراميّة للبحر، وصدّقوا أنّه رفيق درب، سيأخذ بأيديهم إلى الضفّة

الأخرى، فألقوا بأنفسهم إليه. لكن، ليس للبحر يد ليمدّها لمن جاؤوا على قوارب الموت، ولم يعرف عنه يومًا مصادقة المفلسين.

تلك المراكب الورقيّة المثقلة بحمولتها البشريّة، يتسلّى بها البحر، يبتلعها وهو يقهقه، ثم يتقيّأ ركّابها. يُعيد جثّتهم إلى الشواطئ التي جاؤوا منها. أو يرمي بهم أشباه أحياء إلى الضفّة الأخرى.

آخر مرّة التقت بهدى كانت قبل سنتين. لم يكن قد مرّ على اغتيال علاء إلّا خمسة أشهر، عندما نزل خبر موت النذير نزول الصاعقة، فقد كان كثيرًا ما يتردّد على بيتهم أيّام علاء. ذاع الخبر بين الناس بسبب شهرة أخته «مسكينة.. هاذيك الزينة اللي تقدّم الأخبار.. خوها مات مع «الحراقة» هاج عليهم البحر مساكين.. ما نجاو منهم غير زوج..».

لترف الموت، غدا له صرعاته، وموضته، وتشكيلته الجديدة كلّ موسم. وهكذا، قبل «الموت حرقًا»، وصلت موضة «الموت غرقًا» إلى الجزائر، بعد أن تفشّت في كلّ بلاد المغرب العربي. راح اليأس يفصّل لأتباعه أكفانًا عصريّة، من قماش الأوهام الجميلة. لماذا انتظار العالم الآخر لدخول الجنّة التي يَعِدُها بهم الإرهابيّون، إن كان بإمكانهم بلوغها في بضع ساعات على ظهر مركب؟

تشكّلت طوائف انتحاريّة من أحفاد طارق بن زياد، الذي أحرق خلفه المراكب، حتّى لا يترك لجنوده إلّا احتمال الوصول منتصرين أو الموت. مثلهم، ما أخذوا معهم صداري للنجاة، ولا علّقوا زوارق مطاطية على جانبي مركبهم. نسوا أن الغدر غريزة أولى لدى البحر.

ليكونوا أهلًا بتسميتهم «حراقة» ألغوا أيّ احتمال للرجوع، بإحراقهم جوازات سفرهم وأوراقهم الثبوتيّة. حتّى لا يتركوا لحرّاس الشواطئ على الضفّة الأخرى إمكانيّة طردهم من «الجنّة»، إن هم وصلوها أحياء. فسيكون صعبًا على بوليس الهجرة فكّ فوازير أصولهم، ومعرفة من أين جاؤوا، وإلى أين يجب ترحيل هؤلاء القادمين من بوّابة البحر الواسعة.

أمّا إذا غرقوا فلن يدقّق البحر في هويّتهم، ستختار الأمواج عنوانًا لقبورهم.

أولئك الذين ما كانوا يملكون شيئًا يعزّ عليهم فراقه، عدا أهلهم، كيف لا تحمل الأمواج آخر رسائلهم، وهم يصارعون عزّلًا آخر موجة ستسحبهم حيث لا عودة. الرسائل غدت أغاني «راني في الموج نتقلّب يا امّا الحنينة.. ما بقَى لي رجوعْ.. إداني البحر.. مُحال اِنولّيِ».

النذير أيضًا «أدّاه البحر». أخذه حيث «محال يِوَلّيِ». حتّى جثمانه محال يرجع، يحتاج إلى تدقيق وإجراءات واستجواب مَنْ ما زال حيًّا من رفاق رحلته للتعرّف إليه، هذا إذا عثروا على جثته تطفو مع عشرات الجثث، ولم تنتهِ وليمة للحيتان، عندها تبدأ الإجراءات والمصاريف الباهظة لاستعادة جثمانه. أمّا الذين يعودون أحياء، فسيواصلون كابوسهم في السجن. فالدولة التي تدلّل الإرهابي لأنه عاد بعد ضلالة، تُجرّم من هو جاهز للانتحار، لأنها وحدها تملك حق قتله بالتقسيط.

زاد من مأساة أهله أنه مات في شهر رمضان. فالحرّاقة يفضّلون الإبحار في رمضان، حتّى ينطلقوا عندما يكون حرّاس الشواطئ

منشغلين بتناول الإفطار، فلا ينتبهون لمراكبهم حين تبحر ساعة رفع أذان المغرب.

آخر مرّة اجتمع بأهله كانت حول طاولة السحور. خافِت الإضاءة كان صوته، كفنار بحري في ليل ماطر. ما انتبهوا أنه كان يودّعهم. في الغد ادّعى أنّه مدعوّ إلى الإفطار. قبّلهم وطلب ألّا ينتظروه. لحق بوالدته إلى غرفتها، كانت تستعدّ لصلاة العصر، احتضنها وقال «امّا ادعي لي دعوة خير». قالت «دايمًا ندعيلك يا وليدي.. كاين حاجة مقلقتك؟» أجاب مُبعدًا شكوك أمومتها «رايح انشوف ناس اليوم انشاالله نلقى شغل». قالت «روح يا وليدي الله يفتح لك كلّ باب وينصرك على عديانك».

وفتح الله له أبواب البحر.. لكن لم ينصره على أمواجه!

لعلّه أبحر صائمًا، وآخر وجبة طيّبة كانت سحوره، فليس على المركب من مكانٍ لحمل زاد الأكل. سماسرة الموت لا يريدون إثقال مركبهم بالمؤونة، يفضّلون بدل حمولة الطعام.. كسب 2000 يورو من راكب إضافي.

ككلّ الذين أبحروا متعلّقين بأقدام الموت، طمعًا في الحياة، ترك النذير رسالة اعتذار ومحبّة لأهله، في حال لم يصل. باع قبل سفره جهاز الكومبيوتر ليجمع ما يكفي من المال ليدفع ثمن رحلته. كانت هذه أوّل مرّة يتخلّى عن جهاز الكومبيوتر مُدّعيًا أنّه باعه ليشتري آخر جديدًا.

في جميع الحالات، ما كان بإمكانه أن يأخذ حاسوبه معه.. لا حقائب للحرّاقة إلّا أجسادهم. حتّى في جيوبهم لا يحملون شيئًا، فليس للكفن جيوب.

النذير الذي عاش لسنوات يتلصّص، من خلف شاشته، على الذين يعيشون على الضفّة الأخرى، أبحر نحو مدن لا توجد إلا في رؤوس الحالمين. كان الموت فيها هو الواقع الحقيقي الوحيد.

* * *

كان عليه أن يتناولها بجرعات محدودة، لكنّه أكثر منها، فنحن من نصنع عبوديّتنا ونضفي السحر على من نشاء.

كيف وقع تحت فتنة هذه الأنثى؟ هل لأنّها أهدته رجولته؟ أم لأنّه يطمع أن تهدٰيه إنسانيّته؟ برغم أنّ براءتها تلك تزعجه، وعنادها يُتعبه. ثمّة إغراء في أن تكون المرأة ماكرة ومتطلّبة. يطمئنه أن تستغلّه، كيف يرتاح لامرأة لا تحتاج إليه؟

آخر خلاف بينهما كان قبل شهر في باريس. كانا يسيران قرب محلّات فاخرة للمجوهرات، حين خرج مدير أحد المحلّات يسلّم عليه بحرارة بعد أن لمحه يعبر الرصيف. ارتأى أن يستغلّ المناسبة ليقدّم لها هديّة.

قال:

– كنت أنوي أن أهديك ساعة.. إنّها فرصة. تعالي واختاريها بنفسك.

سبقهما مدير المحلّ إلى الداخل، ووقف الحارس بقبّعته وبدلته المميّزة ممسكًا بالباب، لكنّها أجابته بعصبيّة فاجأته:

– لن أغيّر الساعة التي في معصمي!

– لكنّني لا أحبّها.

– اشترِ إذًا معصمًا آخر لساعتك!

كاد أن يخرج عن طوره والرجل يقف منتظرًا دخولهما.. بينما مضت وتركته واقفًا عند الباب لا يدري كيف يتصرّف.

قال لها بعد ذلك غاضبًا:

– كيف تهينينني هكذا أمام الرجل؟

– بل أنت من أهنتني.. هذا محلّ مررت به مع نساء قبلي. ما كان ليُحتفى بك هكذا لو لم تكن من زبائنه.

وجد نفسه يدافع عن نفسه:

– اعتدتُ شراء ساعاتي وهدايا لزوجتي من هذا المحل.

– ما كنتَ لتصطحبني إليه لو أنّ زوجتك من زبائنه.

أُسقط بيده. قال متذمّرًا:

– أخطأت حين فكرت في اهدائك شيئًا!

ما كان كلامه ليعنيها. كانت مشغولة بالتساؤل: أحدث أن اشترى ساعة مرصّعة بالكثير من ألماس الوقت من أجل لحظات قليلة؟ هل اقتنى وقتًا باهظًا ظنّه ثمن العواطف الأبديّة.. فإذا به وقتًا عابرًا لامرأة أهدى لها ساعة عندما تعذّر عليه إهداءها وقته؟

لا تدري.. أدفاعًا عن كرامتها أم بسبب غيرتها كانت عنيفة وصارمة إلى حدّ فاجأه. لكنّها عادت وسامحته. شفع له في قلبها سلّة الورد التي أرسلها لها قبل يومين وبداخلها جهاز هاتف، كيف له أن يفهم منطقها في الكسب والخسارة!

في المساء، على طاولة العشاء، قالت له:

– أعذرني.. لا أريد أن أكون تكرارًا لما عرفت قبلي من نساء. أتمنّى ألّا تفعل معي ما سبق أن فعلته مع غيري.

أشعل غليونه وقال بعد شيء من الصمت:

– ثمّة شيء ما فعلته إلّا معك، لا تسأليني ما هو.. لن تعرفيه منّي أبدًا!

أكان تصريحًا في منتهى الصدق أم في منتهى الخبث؟

كمن يطلب منك أن تعثري على اللؤلؤة الطبيعيّة الوحيدة وسط عقد من اللآلئ الاصطناعيّة. أيّة لعبة هذه مع جوهرجي بارع. لا يغشّك تمامًا، لكن مع كلّ ما يفعله يعطيك وهْم احتمال امتلاك اللؤلؤة النادرة الوحيدة.

بإمكانك طبعًا عن كبرياء أن ترفضي عقد اللؤلؤ، الذي سبق أن أهدى حبّاتِه لغيرك، كما رفضتِ عرض الساعة التي كان سيشتريها لك، من محلّ ارتاده قبلك مع سواك، وستمتلئين زهوا لأنّك قلبت اللعبة.. وحجّمت ثراءَه حدّ شعوره أنّك أنت اللؤلؤة النادرة!

وعندها، تقول نجلاء، وقد أهنت ماله، و«قرّفتيه حياتو»، ستأتي امرأة أكثر شطارة وأقلّ صدقًا، لن تسأل.. لن تدقّق.. لن تفكّر.. لن تحزن.. ستتلقّف كلّ ما زهدتِ فيه، غير معنيّة بالفرق بين اللآلئ الاصطناعيّة وتلك اللؤلؤة الطبيعيّة. وحده الحبّ مصدر للأسئلة الموجعة. أحبّيه أقلّ.. أحبّيه بعقل يا ختي!

ردّت:

– تأخّر الوقت.. لن أقبل منه سوى الجنون هديّة!

«المال لا يجلب السعادة لكن يسمح لنا
أن نعيش تعاستنا برفاهية»

رنّ هاتفها طويلًا ذلك الصباح. كانت تأخذ حمّامًا فتأخّرت في الردّ. ما توقّعت أن يكون هو، وحين راحت موسيقى الدانوب الأزرق تتعالى في كلّ أنحاء البيت.. خرجت مسرعة خشية أن تردّ أمّها على الهاتف.

لم يقل صباح الخير، لم يقل أهلًا. قال:

– هل تمنحيني هذا الفالس؟

فقدت صوتها وهي تسمع صوتًا انتظرته شهرين كاملين على مدى الليل والنهار، ردّت تحت صاعقة المفاجأة:

– أيّ فالس؟

أجاب بنبرة عاديّة:

– أنتظرك هذا المساء على العشاء في فيينا.. عندي لك مفاجأة جميلة - واصل قبل أن ينهي المكالمة - أحضري معك ثيابًا للسهرة وذلك الثوب الأسود الذي ارتديته في القاهرة.

راح قلبها يخفق لمجرّد سماعه، حتّى غطّى على كلماته. جلست على الكنبة بشعرها المبلّل تفكّر في ما سمعته. ثم عندما لم تعِ شيئًا مما قاله عاودت الاتّصال به.

– أنت تمزح!

– أبدًا.

– هل ثمّة مناسبة معيّنة؟

– ثمّة دائمًا مناسبة.

– هل لي أن أعرفها؟

– وما الجدوى؟

– لكنّني لست جاهزة. ألا يمكن أن ينتظر الأمر يومًا أو يومين؟

– من يفرّط في الحبّ بدقيقة بإمكانه أن يفرّط بأكثر.. كيف تستطيعين الانتظار يومين!

لا تدري بأيّ منطق تردّ عليه.. أليس هو من قاطعها شهرين؟! وهي في جميع الأحوال غير جاهزة لهذا السفر.

– أحتاج على الأقلّ إلى يومين. لديّ التزامات كثيرة..

– كلّ ما تحتاجينه هو حجز تذكرة على متن الخطوط النمساويّة. الساعة في بيروت الآن التاسعة والنصف. ثمّة طائرة تغادر عند الثالثة وأربعين دقيقة وتصل فيينا على السادسة والنصف. سائق الفندق سيكون بانتظارك في المطار.

ظلّت تستمع إليه بذهول، وقبل أن تلتقط أنفاسها واصل:

– لن أردّ على الهاتف بعد الآن.. أنتظرك في بهو الفندق.

قطع عليها الطريق إلى الأعذار. إنّه الجنون مدفوع إلى أقصاه.

وهل كانت حقًّا لترفض؟ إنّها تضاهيه جنونًا. هذا رجل يعيش في عين الإعصار.. الحبّ معه دوار دائم.

ظلّت جالسة مكانها للحظات تفكّر في كلّ ما ستحدثه هذه الرحلة من فوضى. حتمًا جُنّت.. كيف تلغي موعدًا مع استديو حجزته. يحتاج الأمر إلى مراجعة برنامج جميع أفراد الفرقة واحدًا واحدًا.

نظرت إلى ساعتها من جديد. شهقت. يا الله! الوقت يمرّ بسرعة. ما تحتاج إليه أوّلًا هو كذبة قادرة على إقناع والدتها بمبرّر سفرها المفاجئ، ثمّ الإسراع إلى الحلّاق لتصفيف شعرها. أمّا الحجز، فستتكفّل به نجلاء، وكذلك إلغاء التزاماتها الأخرى.

كسدٍّ تحطّمت حواجزه. كان بعد كلّ قطيعة يعود أكثر ولهًا وتلهّفًا وتدفّقًا، فيجرفها الشوق المستبدّ إليه.. ويحملها الطوفان من جنون إلى آخر.

علّقت نجلاء وهي تراها تركض في كلّ الاتّجاهات وترمي بثيابها في الحقيبة:

– العجيب أنّ هذا الرجل بإمكانه أن يأتي بك حين يشاء..

– بل حين يستطيع..

– بينما ليس من حقّك القول «لا أستطيع».

– الحبّ يحتاج أن يتجاوز ما هو متاح ليكون حبًّا..

– فليكن.. عزيزتي، المتاح الآن هو تذكرة على الدرجة الأولى بأغلى سعر لأنّك تحجزين قبل إقلاع الطائرة بأربع ساعات.

– لا يهمّ، سأعطيك شيكًا بالمبلغ.

– تدرين، أكثر ما أخافه هو أن يشوّش هذا الرجل علاقتك بالمال. ثم تكتشفين يومًا أنّك كنت تنفقين بمقياسه لا بإمكاناتك. بالمناسبة، اتّصل صاحب الشقّة يطلب إيجار الأشهر الثلاثة القادمة!

صاحت:

– كأنّك تتعمّدين إزعاجي.

– أتعمّد تذكيرك.. الحبّ يصيب بفقدان الذاكرة..

كان الوقت قد تأخّر كثيرًا للذهاب إلى الحلّاق. انتهى بها الأمر إلى الاستنجاد بنجلاء أيضًا لتصفّف شعرها في البيت. كانت فرصة نجلاء لتقدّم لها آخر تعليماتها وهي تقوم بتمليس شعرها بالسشوار مستفيدة من وجودها تحت رحمتها على كرسي:

– احتفظي بقدميك على الأرض، هذه علاقة لا أمل منها.. غدًا تنتهي السفرة، وتطير السكرة، وتعودين ممسكة بسراب.. تذكّري أنه رجل متزوّج لن يتخلّى عن زوجته مهما أحبّك.. استمتعي بوقتك، لكن حاذري أن تقدّمي له نفسك.

ردّت عليها بعصبيّة:

– وهل عندك تعليمات أخرى؟

– بلى. لا تخبريه بما حلّ بك أثناء قطيعتكما أو تبكي. الرجل لا يتعلّق بامرأة يُبكيها بل بمن تُبكيه، إن عرفتِ الفرق بين الإثنين في هذه الحالة بالذات، ستكسبين الجولات كلها.

– لكنّني لست ذاهبة إلى معركة!

كلّ لقاء مع رجل هو حرب غير معلنة.. وكلّ حبيب يمكن أن يغدو مشروع عدوّ في أيّة لحظة!

نجلاء لم تشفَ من تجربتها. هي تقيس الرجال بذلك الذي أثّث بيته وضحك عليها ومضى إلى الإمارات يتزوّج غيرها، ربّما لأنّها بدل أن تُبكيه.. راحت تبكي أمامه وتشكو ظلمه لها.

قالت لها مازحة وهي تجمع أوراقها وجواز سفرها قبل المغادرة إلى المطار:

– كان عليك أن تشرفي على باب لإسداء النصائح العاطفيّة في إحدى المجلّات النسائيّة.

– وهل نجحت في نصحك لأسدي النصائح لغيرك؟ إنّي أضيّع وقتي، هذا الرجل أخذ عقلك - واصلت بنبرة مستسلمة - طيّب يا أختي على الأقلّ احكيني قولي لي شو عم بيصير.. مش معك موبايل. نيّالك.. بكرة بس يرخصوا رح إشتري خطّ.. أنا التلفون هو رجل حياتي!

* * *

حطّت في مطار فيينا مشيًا على سولفيج الأحلام. كما لو كانت تقفز على نوتات بيانو، بخفَّي راقصة باليه.

نزل قلبها وصعد مرارًا السلّم الموسيقي، حتّى خافت أن تتعثّر بفرحتها.

كانت الأولى في كلّ طابور.

عند مخرج البوّابة، كان أحدهم يحمل لوحة صغيرة كُتب عليها اسمها. إنّه حتمًا سائق الفندق.

أخذ عنها الحقيبة، وبينما كانت تلحق به، اقترب منها أحدهم مسلّمًا بحرارة بالفرنسية:

– عذرًا.. أنا أحد معجبيك. لم أكن واثقًا أنّك أنت إلّا حين قرأت اسمك على اللوح. هل أنت هنا لإقامة حفل؟

ردّت معتذرة على عجل:

– لا.. أنا هنا في زيارة خاصّة.

قال متأسّفًا:

– كان سيسعدني أن أسمعك مجدّدًا. حضرت حفلك في دبي قبل شهرين.. كان رائعًا.

– هذه بطاقتي. يسعدني أن أدعوك إلى الغداء أو العشاء متى سمح وقتك.

أخذت منه البطاقة دون أن تدقّق في الاسم. شكرته مجدّدًا ولحقت بالسائق. بعد عشرين دقيقة، توقّفت السيّارة أمام مبنى في فخامة قصر عريق من الزمن الجميل، مطوّقا بالحدائق. ما توقّعت أن يكون فندقًا. كان مهيبًا حدّ جعلها تراجع كلّ حركة تقوم بها، وهي تجتاز بوّابته الذهبيّة البالغة الفخامة.

ما كادت تدلف إلى الداخل حتّى رأته جالسًا في صالون البهو يتحدّث على الهاتف.

ظلت واقفة بانتظار أن يُنهي مكالمته، كان أنيقًا أناقة لافتة.

تأمّلته بارتباك الفراق والقطيعة واللهفة والتحدّي. عبرتها أحاسيس متضاربة متداخلة متأخّرة، كهزاتٍ ارتداديّة، لزلزال عاشته أثناء قطيعتهما.

توجّه نحوها مرحّبًا. لم يضمّها. أخذها بما أوتي من نظر.

جاءته جميلة كمكيدة. هذه الأنثى التي كلّما رفع سقف التحدّي عاليًا، قفزت أعلى من توقّعاته، لتثبت له أنّها أنثى التحدّيات الشاهقة.

لم تعرف. أتصافحه؟ أتقبّله؟ أتضمّه؟ أم تلعنه؟!

قالت مستنجدة بضحكة:

– ها قد جئتك.. إنّي أضاهيك جنونًا!

أجاب مزايدًا:

– لنقل بأنّ جنوني مُعدٍ!

رفع يدها إلى فمه، وضع قبلة عليها، وقال:

– شكرًا على قدومك، هذه لحظة خرافيّة!

ليست اللحظة وحدها، كلّ شيء كان خرافيًّا في أبّهته وفخامته.

كان قد حجز جناحين متّصلين بباب. الجناح شقّة من عدّة صالونات، وسرير مَلكي شاسع، ومغطس حمّام دائري، وستائر تنزل من علوّ خمسة أمتار أو أكثر. لاحقًا ستعلم أنّه قصر تمّ تحويله إلى فندق.

لكنّها قرّرت ألّا تُبدي انبهارها بشيء. وحدهم الفقراء ينبهرون. ستتصرّف كما لو أنّها الإمبراطورة «سيسي»!

ضمّها إليه طويلًا، لثمها، ثم قال:

– سعيد أن تكوني جئتِ. علينا ألّا نتأخّر.. يجب أن نستعدّ للعشاء. هل أحضرت ثوب السهرة الأسود.. ذاك؟

ضحكت:

– وهل كان يمكن أن أنساه!

– ارتديه إذًا.. السهرات هنا تحتاج إلى ثوب طويل. ثم إن الأسود يليق بك!

ترك لها غمزة ابتسامته، وانصرف إلى جناحه يبدّل ثيابه. عندما عاد توقّف للحظة يتأمّلها منخطفًا بحضورها.

كانت قد رفعت شعرها إلى الأعلى.. وضع قبلة على عنقها، كما لو كان يلفّها بشال من القُبل، أو كمن يقبّل عنق فراشة دون المساس بجناحيها. كانت فصاحة رجولته تكمن في دقّة انتقائه لموضع القُبل التي يرصّع بها أنوثتها، بخبرة جوهرجي.

قرأ مرّة نصيحة نسائيّة لشانيل «تعطّري حيث تودّين أن يقبّلك رجل». أجمل منها وصفته: أن يضع الرجل قبلة حيث تودّ امرأة أن تتعطّر، تاركًا خلفه كيمياء قُبل من شذىً وأذىً، ومن مكرٍ وعنبر، لا نجاة لامرأة من عبقها.

قال وهو يخاصرها مغادرًا الجناح:

– كم اشتقت إليك..

في مرآة المصعد، رأت كم هما جميلان معًا.

إنّـه لها. هما حقًّا زوجـان.. هذا ما استنتج قلبها. مشت إلى جانبه من بهو إلى آخر بخطوة ملكيّة، وبرأسٍ مرفوع كأنّها تحمل فوقه شمعدانًا.

شاهـدت مـرّة على التلفزيون عـارضـات أزيـاء يـتـدرّبـن على المشي، تضع واحدة منهنّ دليل الهاتف الأصفر السميك على رأسها فيبقى مرفوعًا.

الشموخ أمر آخر، يوجد في رأس المرء.. لا فوق رأسه.

من حيث جـاءت، يولد الناس كذلك، عندما تولد بمحاذاة الأوراس، تحتاج إلى أن ترفع هامتك لترضى بك جبال الأوراس صديقًا.

فكّرت أنّ عليها أن تنسى بساطتها، وأن تمشي بقامة مستقيمة واثقة.. وإلّا أهانها المكان، وغدا أصغر شيء فيه أكبر منها. إنّها تحتاج إلى شموخها لتدافع عن نفسها ضدّ هذه الفخامة، ليس أكثر.

توقّف أمام باب كبير مزخرف بالنقوش الذهبيّة. دخلا إلى قاعة عريقة، تغطّي جدرانها المرايا والإطارات الذهبيّة، يعلوها سقف مزدان بالرسوم الزيتيّة، تتدلّى منه ثريات ضخمة.

حال دخولهما، راحت فرقة مكوّنة من ستّة موسيقيّين تعزف مقطوعة بهيجة الإيقاع لتحيّتهما، بينما سبقهما نادلان في كلّ قيافتهما إلى طاولة بيضاويّة مجهّزة بديكور شبيه بديكور الأفراح. شرشف من الأورغانزيا مشكوك بأقواس من ضفائر الورد.. وعلى وسط الطاولة تستلقي ورود أخرى وشمعدان ومقبّلات رفعت على قواعد فضّيّة. انتابها شعور بكونها مدعوّة إلى حفل زفافها.

جلسا متقابلين على طرفي الطاولة. الوجاهة تحتاج إلى مسافة. كانت بعد تلك القطيعة متلهّفة للاقتراب منه. تحتاج إلى أن تلمسه.. أن توشوشه.. لكن وحدهم البسطاء يتقاربون ويتلاصقون.

تساءلت كيف سيتسنّى لهما تبادل الحديث على هذه المسافة. ثم استنتجت أنّ الوجهاء لا يتحدّثون كثيرًا.. حديثهم محض مجاملة. الثرثرة من صفات العاديّين من الناس.. أو العشّاق.

ألهذا يحدث للحبّ أن يقلب هذه الطاولات الفاخرة على الجالسين حولها، ويمضي بعشّاقه إلى حيث الحياة أكثر بساطة؟

هكذا فعل إدوارد الثامن حين ألقى بتاج الإمبراطوريّة التي لا تغرب عنها الشمس، وغادر الطاولة، ليلحق بحبيبته المطلّقة. وهكذا فعلت من بعده ديانا، إذ قلبت تلك الطاولة الملكيّة على رؤوس أصحابها، ومضت تلتهم وجبة حبّها الأخير.

شرح لها، شبه معتذر، أنّ القاعات هنا غير مهيأة في الواقع للعشوات الانفراديّة، وأنه اختار أصغر قاعة قي الفندق.

كانت الطاولة ذات الشكل البيضاوي تسع ستة أشخاص.

ردّت مازحة:

– لا بأس.. ما دامت الأماكن الشاغرة على هذه الطاولة أقل من المقاعد الشاغرة في ذلك الحفل بالقاهرة. أنت في تحسّن.. مع الوقت والمثابرة، ربّما عثرت بعد أعوام من الآن على مكان لا يسع إلا مقعدين!

ضحك لتعليقها. يحبّ سخريتها، إنها دليل صِبا وعافية نفسيّة. كم كان يزعجه الجلوس إلى نساء يأخذن أنفسهن مأخذ الجد، حدّ إصابتك بالكآبة.

بدا لها وسط تلك الأبّهة في أجوائه الطبيعيّة، لا ينبهر لشيء، كما لو أنه دعاها إلى العشاء في بيته. بينما كانت في دهشة دائمة لعالم لم تشاهده سوى في الأفلام. لاحقًا، وهي تكتشف معه بانبهار سريّ عوالم لا عهد لها بها، أدركت أن الفقير ثري بدهشته، أما الغنيّ ففقير لفرط اعتياده على ما يصنع دهشة الآخرين.

انتهى بها الأمر سعيدة بوجودها على الطرف الآخر للأحلام. الشاعريّة تحتاج إلى مسافة.. وكذلك الرغبة.

هو حتمًا تابع تفاصيل هذا العشاء، واختار المقطوعات التي ستعزف ومتى، وزينة الطاولة، وما سيقدّم عليها من أطباق، والمكان الذي سيجلس فيه كلاهما.

لعلّه أيضًا أعدّ ما سيقوله على طاولة تشبه طاولة عروسين. لكنّه قال وهو ينظر إليها في هيبة حضورها القصيّ:

– أحبّ عري كتفيك هكذا.. يذكّرني بـ«ماريّا كالاس» دائمًا في ثوبها الأسود، وقولها لأوناسيس «أيّها السيّد الإغريقي، إصنع منّي عباءة لكتفيك!»

ردّت:

– لا أعرف هذا القول.. لكن أعرف أنّه تخلّى عنها برغم ذلك.

كان عليها أن تقول «كن عباءة لكتفيّ» عندنا الرجل هو عباءة المرأة وبرنسها.

كأنّه سمع ما لم تقله، ردّ مازحًا ومصحّحًا:

– أيّتها الفتاة البربريّة، اغفري لذلك الإغريقي ذنبه.. أعدك أن يحقّق السيّد الفينيقي أمنيتك!

يا له من سيّد فينيقي!

امتلأت سعادة. التقطت ما لم ينطق به. لقد جاء بها إلى هنا ليخبرها أنّه سيطوّقها بعباءته، ويخفيها تحتها إلى الأبد. كما رجال قبيلتها، عندما يرفع أحدهم وهو يراقص امرأة طرف برنسه ليغطيها به، كي يقول لها إنّها تحت جناحه وأنّها محظيته.

لم تعلّق على كلامه. كانت من السعادة بحيث يكفيها أن تتأمّله وتفكّر في كلّ تلك الدموع التي ذرفتها بسببه خلال شهر كامل. لن تسأله لماذا كلّ تلك القسوة، ولماذا يغدق عليها اليوم بكل هذه النشوة؟ دومًا كان جامحًا في مجيئه، صارمًا في رحيله، يملك طغيان البحر مدًّا وجزرًا.

كانت جائعة، لكن ما أوصى به مسبقًا للعشاء، ما كان يتضمّن شيئًا تعرفه. كانت الأطباق راقية إلى حدّ لا تدري معه ماذا أنت تأكل، فكبار الطهاة ما عادوا طبّاخين، بل أصبحوا كيميائيّين يختبرون في كبار القوم أطباقًا تزاوج بين مذاقات ومكوّنات غريبة، للتميّز عمّا خلقته الطبيعة من مذاق.

ثم إنّ الفخامة تقتضي أن يُقدّم الطعام بكمّيّات قليلة، في صحون بورسلين كبيرة وثمينة. الصحن المليء بالأكل، قلّة ذوق تجاه أناس ما خبروا الجوع، أو لعلّهم يأكلون في البيت، ثم يقصدون المطعم. لكأنّ البعض يرتاد المطاعم الراقية ليتفرّج على زينة الطاولات، فهنا الصحون أثمن من محتوياتها، إنها تعود لولائم الزمن الأرستقراطيّ الغابر، لا شيء من تلك «الزردات» التي تربّت عليها، وما زالت تُقدَّم في المناسبات الاجتماعية في كل البيوت الجزائريّة، في «قصعة» خشبيّة مصنوعة من جذع شجرة ضخمة، يتمّ إحداث تجويف داخلها بعمق عشرين سنتمترًا، بحيث يمكن لكميات الكسكسي الذي يقدّم فيها مزدانًا بقطع اللحوم والخضار، أن يجمع حوله كلّ الأيدي، ويُطعم كلّ من يحضر.

لاحقًا، ستدرك أن من يجلس أمام صحن كبير، وُضعت عليه كمية صغيرة من الأكل، ليس مستعدًّا لاقتسام أشيائه الخاصة مع أحد، حتّى مع أقرب الناس إليه. لا جدوى من اختباره بتعريف يقول «الحب هو مقدرة شخصين على استخدام فرشاة أسنان واحدة»!

ابتسمت لأفكارها الطريفة. فقد راحت تُجري حديثًا مع نفسها، ما دام يتعذّر أن توشوشه بما كانت تودّ قوله.

كان كلّ شيء حولها جميلًا كحلم. بدا لها كأنّها تعيش فيلمًا سينمائيًّا وتشاهده في الوقت نفسه. حتمًا هي تحلم. من أجلها تُعزف ألحان شوبان وشتراوس، وأمامها الرجل الذي تعشقه يحتسي نبيذًا فاخرًا ويسألها وهو لا يراها تأكل كثيرًا:

– هل أطلب لك شيئًا؟

ردّت بمزاح يخفي أمنية حقيقيّة:

– خلتك جئت بي كي تطلب يدي!

كانت المعزوفة قد انتهت. توجّه صوبها وهو يمدّ يده نحوها:

– امنحيني يدك.. أريد أن تهديني هذه الرقصة.

هرع النادل يسحب كرسيّها.

هو لم يجب عن سؤالها، بل ترك لها بصيغته تلك أسئلة جديدة. هل يريد يدها عمر رقصة؟ أم يطلب يدها لكلّ العمر؟ لا قال «لا» ولا قال «نعم»، لم تدر أنه يجيب بجملة لإخفاء كلمة.

ردّت مرتبكة:

– لكنّني لا أجيد الرقص!

قال وهو يخاصرها ويمضي بها نحو القاعة:

– أريد أن أراقص قلبك لا قدميك.

حتمًا هو برمج كلّ شيء. ما كادا يقفان وسط القاعة حتّى انطلقت النوتات الأولى لموسيقى الدانوب الأزرق.

وضع يدًا أسفل ظهرها، كما لو كان يطوّق فراشة، ثم بيده الأخرى أمسك بيدها ورفعها كي يدور بها في فالس يزداد تسارعًا كتسارع أحلامها به.

كانا عاشقين يرقصان في قاعة تتضاعف فيها خطاهم بعدد مراياها، فيزدحم بهما الحبّ نشوة. كيف القبض على هذه اللحظات الباهرة في بذخها؟ لا تريد امتلاك المكان بل اللحظة، هذا الدوار العشقي تريده دوارًا أبديًّا. يده الممسكة بيدها لأول مرة، تريد أن تستبقيها، كي تواصل الدوران إلى الأبد في عين إعصار النشوة.

هذا رجل لا تسع نشوته قاعة، إنه يرقص على حلبة الحياة. يرقص كما يحيا بالاشتعال نفسه، بحركات أنيقة خفيفة متناغمة. يملك حسّ الإيقاع وفن المسافة بين كائنين، والقدرة على إهداء من يراقصها جناحين.

قبّل يدها. صفّق امتنانًا للعازفين، وإيذانًا بانتهاء السهرة. قصد الطاولة، أخذ غليونه، ترك إكراميّة.. وغادر وهو يخاصرها.

كان في الجوّ من السعادة ما أصابها بالخدر.

مثل راقصة باليه واقفة على رؤوس أصابعها بعد انتهاء العرض، لم تكن تقف على قدميها. ما كان لها من قدمين.

تعذّر عليها المشي مجدّدًا على الأرض. ماذا تفعل بجناحيها؟ من تسأل عن هذا الإعصار الذي يحملها، ولا امرأة حولها أحبّها رجل بهذا القدر.. ولا امرأة عاشت حلمًا خرافيًّا كالذي تعيشه.

رافقها إلى جناحها، قال وهو يدلّها على باب لم تنتبه لوجوده:

– هذا الباب يفتح على جناحي، عندما تشعرين بالرغبة في الانفراد بنفسك، يكفي أن تغلقيه. لن أزورك إلا إذا وجدته مفتوحًا.

ردّت وقد فاجأها نبل عرضه:

– أنا في ضيافتك ولن أغلق بابًا في وجهك.

– ولأنك في ضيافتي، سأحرص على ألّا تكوني رهينتي.. أظنّك متعبة بعد يوم من السفر.. سأدعك تخلدين للنوم.

أمام صمتها، واصل وهو يراها على خطوة منه تفكّ شعرها:

– ما أجملك لو تدرين!

كان ثغرها في صمته يقول «خذني» فلبّى النداء.

لم يقبّلها بشفتيه.. كان كلّه شفاهًا.

ثم، كما ينسحب بحر المحيطات ليلًا.. انسحب، تاركًا لها قرار الباب.

يا له من رجل!

لم تنم تلك الليلة إلّا في ساعة متأخّرة من الفجر، ورأسها تحت الوسادة. ما توقّعت أن بابًا سيمنعها من النوم، ولا أنّ الفخامة ستؤذيها، وتجرّدها من روحها إلى هذا الحدّ. كيفما تقلّبت، كانت تطوّقها الجدران المذهّبة ورأس السرير في ضخامته والسقف والثريّات والستائر.. وحتّى الرجل الذي ينام في الجناح المجاور ما عادت تعرف من تكون بالنسبة إليه.. وهل تراه يفكّر بها خلف ذلك الباب؟ وما دام الباب يفتح من الجهتين، لماذا ترك لها وحدها حقّ المبادرة بفتحه؟

خلف الباب، كان ينام فارس من الزمن المعاصر، يحبّ تدليل فريسته، لأنه في كلّ ما يفعل يدلّل نفسه أوّلًا، وفي كلّ قانون يضعه، يتضمّن البند الأوّل، أن يكون هو السيّد الأحد. إنه سيد الباب، وسواء أغلقته أو تركته مفتوحًا، فهو من أوجده، ووضع قانونه. حتّى في نبل كرمه، وعزّ شهامته، هو يملك جبروت المسافة.

* * *

سألها في الصباح ماذا تريد أن تزور في فيينا.

أجابت:

– ليس لي أيّة فكرة عن هذه المدينة.. لكنّني شاهدت قبل سنوات فيلم «الإمبراطورة سيسي». أتمنّى أن أزور المكان الذي عاشت فيه.. وصوّروا فيه الفيلم.

قال:

– توقّعت أن تبدئي باكتشاف المعالم الموسيقيّة، إنها السمة الأولى لفيينا. الموسيقى هنا ليست من الكماليات، بل نمط حياة، ستجدينها في كلّ شيء. في جميع الحالات سأطلب من السائق أن يأخذك إذًا لزيارة قصر شونبرون.. اعذريني لن أستطيع مرافقتك، عندي مواعيد عمل هذا الصباح.

أخفت عنه خيبتها. توقّعته جاء لفيينا من أجلها. كانت نجلاء على حقّ، هو يأتي بها حينما يشاء وحيثما يشاء، حسب برنامج ومواعيد عمله، وعليها وحدها أن تضحّي بأعمالها.

لم تقل شيئًا. لعلّه سيرافقها غدًا. ثمّ من الواضح أنه يستخفّ بمشروع زيارتها.

ودّعته واتّجهت صوب الباب تنتظر السائق. حين لمحت الرجل نفسه الذي سلّم عليها في المطار، يهمّ بدخول الفندق برفقة رجل آخر. توجّه نحوها مسلّمًا بحفاوة.

قال:

– سعيد أن أصادفك مجدّدًا.. أنا كمال ساري، التقيتك في المطار.. تذكرين؟ انتظرت هاتفًا منك.. خفت أن أفقد الاتّصال بك.

البارحة جئت على ذكرك مع صديقي، فكّرنا في مشروع يمكن أن يهمّك. حسنٌ أنّنا صادفناك هنا.

انتبهت من لهجته كونه جزائريًّا، فقد حدّثها في المطار بالفرنسيّة. عرّفها بصديقه.

– عزّ الدين..

مدّ الرجل يده يصافحها بحرارة. قال بالفرنسيّة:

– سمعت عنك كثيرًا.. يسعدني أن ألتقي بك - واصل بلهجة جزائريّة محبّبة إلى قلبها - يعطيك الصحّة يا الفحلة متاعنا!

توقّعت كلّ شيء إلّا أن تلتقي بجزائريَّيْن في ذلك الفندق!

تذكّرت نكتة الجزائري الذي تزحلق وهو يمشي على الثلج في القطب الشمالي، وإذ بأحدهم يصيح على مقربة منه «يا ستّار!»، فانتفض الرجل لسماع لهجة جزائريّة وصرخ به «أنا هارب منكم.. واش هذا حتّى هنا لحقتوني.. حاب اتكسّر واش راحلك فيَّ!».

لا تدري كم من الأحاسيس عبرتها في لحظة واحدة. خليط من مشاعر تتجاوز قدرة القلب على فرزها. مزيج من الزهو والحنين والفضول والخوف من انفضاح أمر وجودها في الفندق في ضيافة رجل.. وخشيتها أن يكون الآخر يتابع من بعيد حديثها إلى غرباء.

علمت من كمال أنّه موجود هناك ضمن وفد جزائري من الخارجيّة. ما كان يعنيها هو أين يقيمان؟

تنفّست الصعداء عندما عرفت أنّهما حضرا إلى هذا الفندق لموعد خاصّ ليس أكثر. قال:

– بالمناسبة، زوجتي تحبّك كثيرًا. هل يمكن أن تكلّميها؟ سيسعدها هذا.

كانت مستعدة لأي شيء لإثبات براءتها. طلب رقمًا وأمدّها بالهاتف.

تبادلت مع المرأة كلمات مجاملة، وقبل أن يودّعاها، أمدّها الرجل الآخر ببطاقته. قال:

– هذه أرقام هواتفي.. أعمل في الأمم المتّحدة. تجدين هنا كلّ الطرق الموصلة إليّ أينما كنتُ. ثم أضاف وهو يصافحها مودّعًا:

– لن أطلب منك هاتفك، أثق أنّنا سنلتقي!

لم تجد ما تقوله. ردّت بجواب ساذج «إن شاء الله»!

لكن وهي تركب السيّارة تمتم قلبها «الله يستر»!

عادت بتوقيت الغداء لتجده ينتظرها في مطعم الفندق. حاولت ألّا تطيل الغداء حتّى لا تلتقي بالجزائريين أنفسهم، أو بغيرهم من الوفد.

سألها وهو يقف لاستقبالها:

– كيف وجدت قصر شونبرون؟

أجابت وهي تجلس:

– مبهر.. فخمٌ إلى حدّ يأخذك من نفسك..

قال:

– تذكّرينني بقول أبو حيّان التوحيدي في وصفه الموسيقى الجميلة يقول «تسرقك منك وتردّك إليك».

ردّت:

– مع الفرق أنّ قصرًا بالغ الفخامة كذاك، يردّك إليك مسخًا مشوّهًا.

توقّف عن الأكل وقال مازحًا:

– في ساعتين بلغت هذه المرتبة من الفلسفة!

أزعجها استخفافه بها. ردّت:

– استنتجت في ساعتين ما تعلّمته في عمر. أنا ابنة الجبال، وأدري أن الفخامة تشوّهنا لأنّها تجعلنا غرباء عن أنفسنا، لذا عاشت الإمبراطورة سيسي شقيّة كطائر في غير أرضه، لا تصادق إلّا نخلة.. هل سمعت بـ«نخلة سيسي»؟

– لا..

– عليك أن تراها ما دمت تحبّ الأشجار التي لها قصّة. كان الزوّار يصطفّون أمامها بالعشرات، وهم يتخيّلون الإمبراطورة ذات الجمال الأخّاذ بشعرها الطويل الذي يلامس ساقيها، تجلس تحتها لساعات، لأنّها تذكّرها بطفولتها السعيدة في بلاد أخرى. بعد موت «سيسي» مقتولة في عزّ شبابها، نُقلت النخلة إلى بيت زجاجي زراعي داخل القصر، وحظيت بالعناية وفاءً للإمبراطورة. من يومها والناس يطوفون حول تلك النخلة، التي كانت تلوذ «سيسي» بها هربًا من زيف الحياة الباذخة حولها.

قال:

– لكلٍّ نخلة يلوذ بها في هذه الحياة..

ثم تذكّر أنّ ثمّة من يحوم حول نخلته. قال:

– رأيتك تتحدّثين إلى رجلين هذا الصباح.. من هما؟

ردّت بتلقائيّة:

– إنّهما معجبان.. التقيت بأحدهما في المطار يوم قدومي.

أعادته كلمة «مطار» إلى ذكراه البعيدة معها. يوم لم تتعرّف عليه.. وقصدت رجالًا لا يختلفان عنهما كثيرًا.

– أأعطيتهما رقم هاتفك؟

ردّت متعجّبة لسؤاله:

– لا..

– رأيتك تكتبين شيئًا..

– كتبت كلمة إهداء لزوجة أحدهما، لأنّها طلبت منّي ذلك.

استفاد من فتح الموضوع ليسألها ببراءة كاذبة:

– بالمناسبة، قليلًا ما تستعملين الهاتف الذي أهديتك إيّاه.. فواتيره شبه ثابتة.

أجابت:

– أستعمله عندما أكون في فرنسا. في الخارج أستعمل هواتف محلّيّة، أو بطاقات هاتفيّة لأنّ التسعيرة تصبح مضاعفة خارج فرنسا على هذا الخطّ.

ردّ:

– قلت لك لا تشغلي نفسك بهذه التفاصيل.

– لا أحبّ هذا الهدر.. أيًّا كان من يدفع.

ساوره الشكّ في كلامها. ماذا لو كانت تتفادى استعمال هاتفه كي لا يطّلع على فواتيرها مفصّلة، فيعرف من تهاتف في غيابه.

كانت تفكّر في أمر آخر. تذكرت أن عليها أن تتصل ببيروت، لتعرف ماذا حدث بالنسبة للإستديو. قالت:

– تدري.. كان يجب أن أكون اليوم في بيروت لتسجيل شريطي الجديد.

توقّعته سيعتذر لكنّه قال:

– كلّ هذا لن يوصلك بعيدًا.

ردّت مدافعة:

– لكنّني أتقدّم..

– تتقدّمين نحو الرداءة مثل الجميع. لن أقبل بأن تقدّمي حفلًا قبل سنة من الآن. ولا أكثر من حفل في السنة. سأعوّض كلّ خساراتك المادّيّة. أريد أن تتفرّغي لدراسة الموسيقى في معهد محترم بدل هدر وقتك في إقامة حفلات لا تضيف إلى رصيدك الفني شيئًا.

دهشت لنبرته الصارمة. تحتاج إلى نجلاء لتستنتج إن كان يغار على اسمها أم يغار من نجاحها؟ أيخاف حقًّا عليها، أم يخاف على نفسه من فقدانها؟

هي لا تحتكم إلّا لقلبها، الذي يوافقه دائمًا. يرى في غيرته على مستقبلها صرامة الأبوّة التي افتقدتها، والدليل الأصدق على حبّه لها. غير أن لنجلاء رأيًا آخر.

ما يُحيّرها، أنه لم يمتدح صوتها يومًا، ولا أبدى إعجابه بفنّها. بل في كلّ ما يقوله أو يسكت عنه، يكاد يشكّكها في نفسها. أتراه يحجّم النجمة ليتمكّن من الأنثى كما تقول نجلاء؟

الحركة الرابعة

«لم أنلها مرة بكاملها، كانت تشبه الحياة.»

مارسيل بروست

كما تمنّت عليه، قرّر في الغد العشاء في الجناح.

كانت ليلة صيفيّة حالمة. أمر أن تُمدّ الطاولة في الشرفة المطلّة على منظر أخّاذ، حدائق بهندسات جميلة، مُبالَغ في الاعتناء بتصاميمها، وبتشكيلة ورودها، تتوسطها نوافير يصل خريرها إلى مسامعهم.

ارتدتْ ثوبًا للسهرة يليق بجمال الجلسة، وبأناقة بذلته التي كانت توحي أنهما ذاهبان لحفل ما.

استعادت عافيتها وهي ترى ذلك المنظر المفتوح على شساعة السماء. أخيرًا، نجت من سطوة الفخامة المهيبة، وما أيقظت فيها من أسى لا تعرف له سببًا. فكّرت أنّ الطبيعة مهما كانت مبهرة وخرافيّة، لا تشعرك بالنقص، ولا تلحق بك تشوّهات نفسيّة. أنت لا تصغر وأنت تتأمّل شلّالات نياغرا الشاهقة، برغم ضخامتها، لأنّك في الأصل كائن مائي، إنك ابن ذاك الشلّال. ولا تصاب بعقدة نقص وأنت عند أقدام

الهملايا، برغم كونها أعلى قمّة في العالم، فأنت ابن تلك الجبال، لأنك من تراب.

ثم.. تثري وتبني لك قصرًا، في ضخامة كاتدرائيّة تناطح السماء، وإذا بك تصغر كلّما وقفتَ أمامه. إنّها خدعة الأحجام. لقد خُلقت المساجد والكاتدرائيّات لتقزّم الإنسان، لأنّها بُنيت على قياس عظمة الله لا على قياسك، فهي بيوته.

لكن الإنسان يواصل بناء الأبراج معتقدًا كلما قزّمته، أنه يزداد بطولها عظمة، وأنه يُنسب إليها لا للتراب. ويبالغ في تزيين جدران قصوره بالذهب، وإذا بمعدنه يصدأ بينما يلمع كلّ شيء من حوله. من أين له هذا الغرور، والحجارة التي رفع بها أبراجه من خلق الله؟ ليتواضع قليلا، مادام عاجزًا عن خلق أصغر زهرة برّية تنبت عند أقدام قصره. فبمعجزتها، عليه أن يقيس حجمه.

لم تقل له شيئًا ممّا يجول بذهنها، ربّما اعتقد كما عند الصباح، أنها تتفلسف. بينما هي تتحدّث عن الشيء الوحيد الذي تعرفه حقًّا: الطبيعة.

كان مشغولًا باختيار زجاجة نبيذ يليق عامها بمزاج سهرته تلك. رجلٌ به مسٌّ من كروم، يحتسي نشوته بأناقة. ذوّاقةٌ لا يقرب زجاجة نبيذ قبل أن يدقّق في سيرتها الذاتيّة. يبدو وهو ممسكًا بكأسه، جاهزًا لافتراس الحياة بشاعريّة.

في الواقع هو يعاني من كآبة من تتعذّر عليه السعادة. كلّما اعتقد أنّه بلغها، سمع وقع خطاه عائدة به حيث كان. حتّى وجود هذه الفتاة التي تمنّاها كثيرًا، يعود به إلى مكمن حزنه، الذي لسرٍّ ما، يستيقظ عندما يكون الأقرب إلى التجلّي نشوة.

قال لها وهي تشير إلى النادل ألّا يسكب نبيذًا في كأسها:

– لا تدرين ما أنت تخسرين!

اكتفت بالابتسام.

لعلّها ليلة مناسبة لجني متعة تأخّر قطافها. هذه المرّة سيأخذ ما حافظت عليه طويلًا، وقد تمنحه لغيره. انتابه هذا الإحساس مذ رآها تحادث ذينك الرجلين على مرآى منه. كانت تبدو سعيدة، وحميميّة. لقد أعطتهما في تواطؤ ضحكة، ما لم تعطه إياه خلال عامين. في عرفه، يمكن للضحكة أن تكون فعل خيانة، إنها انصهار كائنين لحظة انشراح. لكن لا بأس، ليستمتع بوقته، لِما كلّ هذا الأسى وهو ما توقّع يومًا من النساء الوفاء.

سألها:

– متى حجزت عودتك إلى الشام؟

أجابت:

– أغادر بعد أربعة أيّام.

علّق:

– تبًّا لهذه الاجتماعات. لقد مرّ الوقت بسرعة. سأسعى إلى أن نقضي وقتًا أطول معًا.

قالت:

– لا أفهم أن تكون مشغولًا دائمًا..

ردّ الكأس الأول:

– عليّ أن أتعب لينعم الآخرون برخاءٍ أكبر بعدي.

– أرجوك.. لا تُصبني بالرعب.. أمامنا أيّام جميلة.

– عزيزتي، القلقون يغادرون أوّلًا. هكذا هي الحياة.

– أنت من اخترت أن تكون لك مع الحياة هذه العلاقة العاصفة.

أجاب الكأس الثاني بتهكّم:

– أحبّ أن أنفق ثروتي في إغراء الحياة.. ما دام مالي سينتهي لدى رجال سيبرعون في إغراء نسائي!

– نساؤك؟

– أعني زوجتي وابنتيّ! زوجتي ما زالت جميلة. وستعاود الزواج من بعدي.. وكذلك ابنتاي.. سيتدافع الرجال للفوز بأوراق اليانصيب الرابحة!

– ولماذا أنت واثق إلى هذا الحدّ ممّا سيحدث؟

أجاب الكأس الثالث:

– لأنّني لا أثق في النساء، لا أمّي انتظرت أبي.. ولا تلك الفتاة التي أحببتها انتظرتني يوم سافرت إلى البرازيل.

– ما أدراك بظروفهنّ. ثم.. لو أن تلك الفتاة انتظرتك، لبقيتَ في بيروت ولما حقّقت كل هذه المكاسب. إنّ الحياة لا تعطيك شيئًا إن لم تأخذ منك مقابله شيئًا آخر.

ضحك الكأس الرابع وأجاب بتهكّم مُرّ:

– تعنين ما أعطتني من مال؟ وما نفع مال يفقدك ما هو أثمن منه؟ الثراء نفسه عندما يزيد عن حدّه يصبح خطرًا على صاحبه.

لم تدر كيف تجيبه. هي لم تختبر خطرًا كهذا، برغم مُعايشتها لكوكتيل من المخاطر. «خطر الثراء» نكتة بالنسبة إلى فتاة كانت تخاطر بحياتها أيّام الإرهابيين كي تحافظ على دخلها الزهيد من التدريس.

ألهذا يستنجد الأثرياء بالآخرين، كي يساعدوهم على ذلك التبذير الفاحش للمال، خشية أن يفتك بهم مالهم إذا انفرد بهم؟

قالت له شيئًا صادقًا في سذاجته:

– تـدري.. كثيرًا ما أتمنّى أن تُفلس كي ينفضّ الجميع من حولك.. فلا يبقى لك سواي.

أجاب بما بدا لها اعترافًا عشقيًّا:

– وهل لي سواك؟

تنهّدت. أصفار كثيرة بينهما تجعلها لا تصدّقه. وهو أيضًا لا يصدّقها، إلّا يوم تتخلّى عن كلّ شيء من أجله.. وتصبح فقيرة إليه.

سألته وقد بدأت تنحاز لأوهامها:

– حقًّا ليس لك سواي؟

أجابها الكأس الخامس:

– لي أيضًا كلب أحبّه. تلقيّته من امرأة أحبّتني، أظنّها احتارت ماذا تهدي إليّ، لاعتقادها أنّني أملك كلّ شيء، فأهدت لي كلبًا. قالت إنّها هديّة لن يجرؤ أحد في البيت على التخلّص منها. كانت مكيدة ناجحة، ما دام الكلب ما زال يعيش بيننا منذ أربع سنوات.

عاودها الشعور بالغيرة. سألته:

– أأنت متعلّق بالكلب أم بصاحبته؟

أجاب بنبرة جادّة:

– بالكلب طبعًا! كان هديّة وداع. صاحبته كانت أجنبيّة، تُعطي أهمّيّة للالتفاتة الأخيرة التي تُنهي علاقة. هذا أمر لن تجديه عند العربيّات. أنت لا تعرفين من تُحبّين حقًّا إلّا عند الانفصال.

– وهل يعيش هذا الكلب معك في باريس؟

– أخذْته قبل أربع سنوات إلى بيروت.. وما زال هناك.

– تبدو جدّ متعلّق به..

– طبعًا.. «كلب صديق ولا صديق كلب».

واصل الكأس السادس:

– لا تراهني على وفاء أحد عدا الكلاب. أُحبّ ذلك الوفاء الصامت، والإخلاص الذي لا مقابل له. أنتِ لا تتبادلين مع الكلب كلامًا، لذا لا كذب بينكما، لا نفاق، لا سوء فهم، لا وعود، لا خذلان. المرء بالنسبة إلى كلبه «سيّد» حتّى وإن كان مشرّدًا دون مأوى. يظلّ الكلب رفيق تشرّده في الشوارع. سيخلص له مدى حياته، سواء أكان سيّده جميلًا أم قبيحًا، شابًّا أم عجوزًا، ذا جاهٍ أم مفلسًا، هل تضمنين هذه الخصال في أقرب الناس إليك؟

لم تُجبه. ما كان السؤال موجّهًا إليها. هو حتمًا يعرف الجواب.

رأته يسكب بتأنٍّ ما بدا لها الكأس الأخيرة. واصل وهو يحرّك كأسه في حركة دائريّة قبل أن يحتسي منها رشفة:

– كلبي يعيش مدلّلًا في بيروت، أنا الذي أعيش حياة كلب، لاهثًا بين القارات والاجتماعات. هل لاحظت أن الكلب المشرّد الذي لا سيّد له، يتبعك ويظل يمشي خلفك حتّى تتبنّيه؟ أمّا الكلب الذي يخرج في نزهة مع سيّده، فهو يركض أمامه حتّى ليصعب على سيّده اللحاق به. إنّ الذين ترينهم في الأمام لاهثين دومًا خلف الأشياء، ليسوا السادة بل الكلاب. السادة لا يلهثون خلف شيء بل تأتيهم الأشياء لاهثة. لكن الكلب، وهو يركض سعيدا أمام سيّده، يعتقد أنه سيد، إنه لا ينتبه أنّ من ينتظره حبلٌ سيعيده إلى بيت الطاعة يظل كلبًا!

أمام صمتها ودهشتها لحديثه قال معلّقًا:

– لا تُجهدي نفسك بفهم ما قلت.. العرب لا يفهمون شيئًا في الكلاب، لذا ترين شعوبًا بكاملها مهرولة خلف طغاتها تستجدي أبوّتها!

واصل وهو يسكب في كأسه قعرالزجاجة ويُعيدها فارغة إلى مكانها:

– ليتك تفهمين على الأقل في النبيذ.. هذه سنة استثنائيّة نادرًا ما تتوفّر!

قالت ممازحة:

– لكني أفهم أنها ثمينة ما دامت استثنائية.

ردّ:

الناس اليوم يعرفون ثمن الأشياء ولا يعرفون قيمتها.. بكم تقيّمين سعادة كهذه؟

أجابت لتنجو من فخ السؤال:

– لحظات الحبّ الجميلة لا تُثمّن.

– لكن، جميل أن تدفعي ثمنها، حتّى لو كان الآخر لا يدري كم دفعتِ. الثمن جزء من مزاجك. من نشوتك.

ما كان يدري أنّ الثمن كان جزءًا من تعاستها، وسبب تعكير مزاجها. كم عملت في حياتها الماضية من أشهر، مقابل تلك الزجاجة التي فتحها احتفاءً بها وهي الآن فارغة أمامها.

قال:

– ما دمت تصرّين على ألّا تقاسميني نشوة النبيذ فلا بدّ أن أعلّمك لعبة الشطرنج.. على الأقلّ لتقاسميني متعة جولة أو جولتين عندما نكون معًا.

فاجأها العرض. أجابت بخجل:

– لا أظنّني سأوفّق.. أنا لم أقرب هذه اللعبة يومًا!

واصل مازحًا:

– اطمئنّي، ليست لعبة الشطرنج حرامًا.. إنّها محرّمة على الأغبياء فحسب.

ردّت كمن يعتذر:

– إذًا هي ليست لي. وعلى علمي هي لعبة للرجال..

– هي لعبة الملوك والأذكياء، ولا بأس أن تجرّبي، إذا أحببتها تتعلّقين بها. إن انتظار الجولة أهمّ من الجولة نفسها. تدرين.. لي لعبة في كلّ بيت. بعضها مفتوحة على جولة بدأتها قبل أشهر مع أحدهم، وتنتظر أن نلتقي مجدّدًا لنكملها. ثمّة جولات تدوم سنوات.. ثمّ يلتقي اللاعبون يومًا، يزيحون الغبار عن الشطرنج ويواصلون جولتهم من حيث توقّفوا. في الشطرنج اللاعب الثالث في كلّ طاولة هو الزمن. أحبّ رؤية رقعة شطرنج تنتظرني، إنّها مشروع موعد مع الحياة.. هذا يعني أنّني سأعيش حتّى أكمل الجولة!

أخذ رشفة من كأسه ثم واصل:

– ثمّة أناسٌ ليسوا أهلًا لعيونهم ولا لقلوبهم ولا لسمعهم. بربّك.. ماذا يفعلون على هذه الأرض إن كانوا لا يستثمرون حتّى حواسّهم؟ كيف أتساوى مع هؤلاء في معدّل الحياة؟ رجل مثلي لا بدّ أن يعيش 500 سنة ليواصل الاستماع لشتراوس ورافيل وفيفالدي.. ويجلس أمام هذا المنظر الجميل مع امرأة جميلة.. ويفتح زجاجة نبيذ فاخرة نخب هذه الأنثى اللعوب التي تُدعى الحياة!

لم تجد سببًا لحزنه. لعلّه خسر صفقة أو عقدًا ما.

قالت:

– أراك تملك كلّ أسباب السعادة.. ولا أرى سببًا لتذمّرك.

ضحكت زجاجة النبيذ الفارغة.. وقال الرّجل الثّمل:

– السعادة ليست في ما تملك.. لكن الشقاء في ما لا تملك. غالبًا ليس بإمكان ما تملكه أن يصنع سعادتك، بينما أنّ ما تفتقده هو الذي يصنع تعاستك.

– إنها النفس البشريّة لا تعرف القناعة.. صدقًا لا أرى ما الذي ينقصك لتكون سعيدًا..

أجابها بما فاجأها:

– ينقصني كلّ ما لا يُشترى.. وتملكين.

ردت متعجّبة، بنبرة لا تخلو من السخريّة:

– وماذا أملك؟!

كان سيقول الشباب.. الموهبة.. الصحّة.

لكنّ الزجاجة الفارغة قالت:

– الشجاعة.

– الشجاعة؟!

– طبعًا. نحن كلّما نزداد ثراءً نزداد جبنًا، خوفًا على مكاسبنا.. أحسدك على خساراتك لأنّها ما عادت في متناولي..

كان عليها أن تضحك.. رجل كانت تحسده على مكاسبه، فإذا به يحسدها على خساراتها.

أضاف كما لو أنّه تذكّر شيئًا:

– وأيضًا على طمأنينتك.. أنت تثقين في الجميع.. أنا لا أثق بأحد. تدرين شقاء إنسان قدره ألّا يصدّق أحدًا، لأنّ لا أحد يحبّه لنفسه.

لم تدرِ بماذا تجيبه. قالت كمن يعتذر:

– ليتني أستطيع أن أعطيك ما تريده.

ردّ قعر الزجاجة:

– ما أريده هو صبيّ.. صبيّ يحمل اسمي، يرث ثروتي، يحرس شرفي.. لكنّها أمنية مستحيلة. زوجتي لا تستطيع أن تُرزق بطفل ثالث. وهذه قسمتي في الحياة. لن أطلّقها، ولن ألجأ لذرائع دينيّة لأتزوّج عليها. إنّها أمّ بناتي وأنا أحبها.

اجتاحها حزن مَنْ سمع حكمًا بالأحلام الشاقّة. سألته بنبرة محطّمة:

– وأنا؟

– أنتِ أمّ ابني الذي لن يأتي..

الحقيقة كانت تكمن في قاع الزجاجة.. كانت الساعة الثالثة فجرًا حين سكت النبيذ عن الكلام المُباح، لملمت بوحه من قاع الكؤوس الفارغة، وغادرت المائدة. لحق بها إلى الداخل. كان ثملًا ومتعبًا، شرع في تقبيلها، لكن قلبها كان مزدحما بغيوم كلماته، وبسعادة باذخة مفخّخة بالحزن.

قالت:

– تصبح على خير.

أمسك بيدها وهي تهمّ باجتياز الباب إلى جناحها. قال:

– تقدّم الليل بنا.. أتأذنين لي بمواصلة السهرة في ضيافتك؟

أمام صمتها واصل:

– لنقل أنّي أردّ لك الزيارة!

سبقته.. وتركت الباب خلفها مفتوحًا.

سيّد الباب، اجتاز الباب. هي ما أغلقت الباب يومًا، ولا هي أشرعته. دومًا تركته مواربًا. لو أغلقته لعاتبها قلبها، ولو تركته مفتوحًا لأنّبها ضميرها.

تركت للرّيح قرار صفْقه أو فتحه على مصراعيه.

الريح؟ هي تعني يد القدر، التي تملك مفاتيح الأبواب وأقفالها. أمّا هي، فتلهو بفتح نوافذ الأحلام.

هو ذا الجسد المشتهى. لطالما قاومت إغراء رجولته، في جاذبيّة نضوجها، ووقفت بين تجاذبات المشاعر والشعائر، عند عتبات الشهوة المستبّدة. ثمّة شهوات لم تُخلَق لتعاش، وما دمنا لا نعيشها، تعيش فينا. لذا، مذ دخل هذا الرجل إلى حياتها وهو يحتلّ أحلامها.

الآن، هو يحاول اجتياحها على سرير. كبركان استيقظ للتوّ، راحت قُبَلُه تتدفّق حممًا على أنوثتها. دومًا بدت له مستودع قشّ قاب حريق منه.

يريد أن يشعلها هذه الصبيّة ذات الأحلام البريئة. لعلّه ثمل ولا يستطيع أن يحتسيها دفعة واحدة. يودّ الاستحواذ على مباهجها جميعها. تمنّى لو تنساه في سريرها لأكثر من ليلة، كمن يُنسى ليلة عيد في متجر لبيع الهدايا.

زاد تمنّعها من اشتهائه لها، هو مفاوض طويل النفس، سيفاوض كلّ مساحة فيها على حدة حتّى تستسلم له. صبر عليها كثيرًا، وإن لم يقطفها الليلة فسيجني سواه ثمارها، ربما أشعل فتيلها رجل سيأتي بعده. لكن، مَنْ سواه يعرف نفخ النار في جمر الصبايا، من دون أن يبطئ فتنطفئ الشعلة، أو يُسرع فيضرم نارًا تأتي على كلّ شيء؟

لكنّ الزجاجة الفارغة أفقدته صبر الصائد، وحنكته في ضبط هنيهة الانقضاض.

ألم يقل الجواهري:

«ينقضُّ عجلان فيُفلت صيدَهُ ويُصيبه لو أحسن الإبطاء».

وهو ما أحسن الإبطاء. وها هو جسدها يستعيد فجأة ذاكرته القبليّة، ورجال قبيلتها يباشرون نوبة حراستهم، وقد خالهم غادروا.

هي تريده لكن ليس حدّ فقدان صوابها. لقد قال في تلك السهرة ما يكفي لتعي أنه لن يكون يومًا لها. فبأيّ حق يحوم في البساتين المحرّمة.

قاطف الورود فوق الشبهات، وحدها ستحمل وزر خطيئتها، من يصدّق براءة وردة ذنبُها عطرها؟

تمتمت وهو يحاول أن يخلع عن الوردة أوراقها:

– لا أستطيع..

لكأنها قالت «لا تستطيع».

كان يكفي كلمة واحدة لتطفئ توهّج اندفاعه، وتسكب الماء على نيرانه. كجندي سقط قبل أن يحارب، لم يسعفه الوقت لإنجاز ما تهيّأ له طويلًا. لقد استعدّ لهذه المتعة بزجاجة نبيذ فاخرة. لكن العنب والوردة تآمرا عليه. «إنها جولة مؤجّلة» قالت رجولته مكابرةً.

ضمّها إليه وغرق في نوم لذيذ.

ظلّت طويلًا مستيقظة من بعده، تستمع إلى أنفاسه على مقربة منها. نامت وهي تفكّر في غطاء الزجاجة الذي غافلته وأخذته من على

الطاولة، ودسّته في حقيبة يدها، ذكرى لزجاجة نبيذ كانت أغلى من كلّ توقعاتها.

هي الحياة، لا ندري ونحن نجلس إلى مائدة مباهجها، ماذا تراها تسكب لنا لحظتها في أقداحنا. في الواقع، لسنا من نختار مشروبنا، نحن نختار النديم. أما الندم، فيختاره لنا القدر.

ها قد أصبح لديها مؤونة كاملة من الذكريات. أشياء صغيرة تتشبّث بها، ستواصل الاستماع إلى ثرثرتها يوم يصمت الحبّ.

* * *

أمام فطور الصباح، حاولت أن تكون مرحة، قالت:

– كنتَ تحتاج لي البارحة حاجة مذنب إلى قسّ، وحين انتهيت من اعترافاتك خلدت إلى النوم. أسعدني أن أكون قسّك..

رفع يدها يقبّلها قال:

– وحبيبتي..

واصلت بروح الدعابة:

– وأمّ ابنك الذي لن يجيء!

توقّف لحظة عن احتساء قهوته، وبقي صامتًا طوال الفطور، يستمع إليها تحكي عن مشاريعها للذهاب إلى السوق، وزيارة بعض المعالم الفنِّيَّة.

ما الذي دهاه ليبوح لها بهذا السرّ؟!

ككلّ صباح، كلّف السائق بمرافقتها. قال وهو يضع قبلة على خدّها:

– اعذريني. لي مواعيد هامة هذا الصباح.. ربما رافقتك غدًا.

أجابت ممازحة:

– ظننتك قرّرت البارحة أن تكفّ عن الحياة ككلب.. لكنّي أراك تواصل اللّهاث كلّ صباح!

تلقّى كلمة «كلب» كصدمة. حاول أن يستوعب قولها.. أيكون قال لها هذا؟ وحين اكتملت لديه الصورة، تغيّر مزاجه. جلس في بهو الفندق ينتظر مواعيده، دون أن يرافقها إلى الباب كعادته.

يوم رآها لأوّل مرّة في ذلك البرنامج، هشّة وقويّة، متمنّعة وشهيّة، امرأة بأخلاق رجّاليّة، تتحدّى القتلة.. وتأبى الجلوس إلى طاولة اللصوص، فكّر أنّها المرأة التي يمكن أن يأتمنها على ضعفه. أن يحكي لها ما لم يقله لامرأة. لم يشتهها، اشتهى أن يكون لها. فنحن نكبر أمام العالم، كي يكون لنا الحقّ أن نضعف أمام شخص واحد.

المأساة كونُنا كلّما كبرنا، صغر احتمال عثورنا على شخص، نقبل به شاهدًا على ضعفنا الإنساني. وهو هذا الصباح نادم على كلّ ما احتفظ به سنوات لنفسه، ثم قدّمه لها في لحظة ثمالة، دون أن تعي قيمة ما منحها. أو لعلّها تعيها تمامًا، وما ابتهاجها هذا الصباح إلّا لأنّها سرقت سرّه!

اعتاد في كلّ علاقة مع امرأة أن يُبقي مسافة للغموض. سطوته تكمن في سرّه. فكيف أفلت لسانه، فعرّى لها وجدانه، كاشفًا لها عن كدمات روحه؟

عادت ظهرًا محمّلة بالمشتريات. اقتنت تحفًا للتذكار، كي تزيّن بها شقّتها الجديدة في بيروت، لكن أجمل مقتنياتها كانت لعبة

شطرنج فاخرة. لم تكن ضمن برنامج مشترياتها، لكنّها أُعجبت بها حدّ فقدان صوابها، ودفع مبلغ يتوقّف عنده سقف بطاقتها المصرفيّة. كانت لعبة تجسّد ولع فيينا بالموسيقى، حدّ الاستعاضة عن قطع الشطرنج العاديّة، بعازفي فرقة موسيقيّة متقابلين، في لونين من كريستال شواروفسكي الأسود والأبيض. هي حتمًا أغلى هديّة اشترتها في حياتها، لرجل لا تلمس يداه إلّا الأشياء الثمينة.

لن تخبر نجلاء بذلك. فقد سبق أن قالت لها «أيّتها الغبيّة.. لا تكوني سخيّة. الرجل يخيفه السخاء العاطفي.. كوني بخيلة وضنينة حتّى في الكلام».

غير أنّها أصرّت دائمًا على أن تهديه ما يفوق إمكاناتها، كي تثبت له أنّها إن لم تكن الأكثر ثراءً، فهي الأكثر سخاءً. كلّما صاحت نجلاء «أجننت؟»، أجابتها «هذا الرجل لن أكسبه إلّا بالخسارة!».

كلّ خساراتها كانت مؤسّسة على الأنفة، فهي لم تنس نصيحة أحد الحكماء «لا تعاشر ثريًا، فإن سايرته في الإنفاق أضرّ بك، وإن أنفق عليك أذلّك».

استفادت من عودتها قبله، فأخفت في حقيبتها ما اشترته من مقتنيات تذكاريّة، تماثيل نصفيّة صغيرة لأشهر موسيقيّي فيينا، أرادت أن يراها لأوّل مرّة حين يزور شقّتها في بيروت. فهي ما زالت تواظب على تأثيث تلك الشقة، مقتطعة مبلغا شهريًا لدفع إيجارها، على حساب كثير من احتياجاتها، لمجرّد إدهاشه، يوم يزورها.

تريد أن تمحو من ذاكرته بؤس تلك الغرفة التي رآها تقيم فيها، يوم فاجأها في الفندق. نجلاء هي الوحيدة التي تدري بوجود تلك الشقة، لكنّها لن تفهم أنّها استأجرتها لردّ الاعتبار لكرامتها. لقد أثّثتها

على ذوقه، لتريه أنّ الذوق لا ينقصها. تمامًا كما في اختيارها للعبة الشطرنج الفريدة في تصميمها.

أخذت بطاقة من بطاقات الفندق الموجودة على المكتب، وكتبت له: «تحتاج لعبة الشطرنج إلى لاعبين اثنين.. أجمل الجولات تلك التي تدوم عمرًا».

كان الباب إلى جناحه مفتوحًا كما يتركه عادة، فكّرت أن تخفي الهديّة مع البطاقة في خزانته. تريد أن تفاجئه، كما اعتاد أن يفاجئها، سيعثر عليها في غلافها المميّز، وشرائطها الجميلة، على رفّ علويّ، مع ثيابه.

عادت إلى جناحها لترتاح قليلًا قبل موعد العشاء. ثمّ انتابها الرّعب نفسه، قبل التوجّه إلى العشاء. ماذا لو صادفت مجدّدًا الجزائريين وهي تغادر الفندق بصحبته. ستفتح عليها جبهتين: هو سيستشيط غيرة.. وهما سيعمّمان خبر وجودها بصحبة رجل! لن يكون بإمكانها اليوم أيضًا إقناعه بالعشاء في الجناح. ارتأت أن تهاتف الرجل الذي تحدثت إلى زوجته، كما لتسلّم عليه، ثم تستدرجه لتعرف منه مشاريعهما هذا المساء، كي تحدّد مكان تواجده.

كانت سعادته كبيرة بسماعها. تبادلا أخبارًا وأحاديث عن الجزائر، ثم عرض عليها أن تنضمّ إليهم للعشاء. اعتذرت:

– أنا تاني حابة انشوفكم لكن اليوم راني مشغولة.. إن شاالله نهار آخر..

ودّعته مطمئنّة. تنفّست الصعداء، إنهم الليلة في ضيافة السفير.

عاد أثناء ذلك. كان يهمّ بدخول جناحها ليسلّم عليها، حين تناهى إلى سمعه حديثها على الهاتف بلهجة جزائريّة، لم يفهم منها إلّا الجملة الأخيرة. بقي واقفًا مكانه للحظات، كما لو أنّه أمسك بها بالجرم المشهود. فقد تأكّد له ما توجّس منه قلبه. لقد أعطتهما رقم هاتفها، وهي في تواصل معهما. لن يفاتحها بالموضوع، هذه المرة ضربتها طالت كبرياءَه. إنها تحادث غيره وهي في ضيافته وفي جناحه، وربّما كانت تستعمل سائقه لتلتقي بهما مدّعية أنها تذهب للتسوّق. لكن لا بأس، سيواصل التغابي.

دخل إلى جناحها. قال وهو يقبّلها:

– اعذريني تركتك وحدك.. لقد أنهيت أعمالي وأنا لك تمامًا.. سآخذك هذا المساء لحضور حفل موسيقي كبير بقيادة Jean Drieux. ليس سهلًا أبدًا أن تحجزي مقاعد أماميّة في حفل كهذا، الأماكن محجوزة قبل أشهر. هل سمعت به؟

تمتمت كمن يعتذر عن ذنب:

– لا.

ردّ بحماسة:

– يا للنشوة..! سترين كيف يتابع الناس حفله في حالة تجلّ كأنهم يحلّقون.. لا أفهم كيف يمكن أن تكوني فنّانة وأنت على هذا القدر من الأمّيّة في الموسيقى!

لم تجد ما تقوله. إنّها ابنة الناي ولا ترى عيبًا في كونها لم تتربّ على الموسيقى الفيلارمونيّة.

كان يبدو سعيدًا لسببٍ لم تعرفه إلّا حين أخبرها أنّه وقّع عقدًا كبيرًا، وأنّه سيتفرّغ لها لليومين الباقيين.

كانت الجلسة تبدو مشحونة بالاشتياق وبشبق الحياة.. لا شيء كان ينذر بالعاصفة.

إلى أن سألها:

– ماذا فعلتِ اليوم؟

ردّت:

– ذهبت إلى السوق ليس أكثر.

وحين لم يرَ أثرًا لمشترياتها، تأكّد لديه أنها ذهبت للقاء ذلك الرجل.

قال:

– لكنك لم تشتر شيئًا.

أجابت على استحياء:

– لست مهووسة بالتسوق.. ما يسعدني حقًّا هو شراء هدايا تذكار للآخرين.

استنتج من كلامها أن ليس في حوزتها ما يكفي من المال. في جميع الحالات، سيقطع عليها حبل الكذب، سيرى إن كانت ستعود غدًا من دون أن تشتري شيئًا. قصد الخزينة الموجودة في جناحه، أخرج حزمة من الأوراق النقديّة وعاد بها. قال وهو يمدّها بها:

– اشترِ غدًا هدايا لوالدتك.. وما يحلو لك من أشياء.

كانت منهمكة في خلع حذائها. رفعت رأسها فرأته يمسك بحزمة أوراق نقدية. قالت وهي تشير بحركة من رأسها:

– لا أحتاج إلى مال!

بدا له أنّها قالت «لا أحتاج إلى مالك».

لكأنّ السماء أطبقت على الأرض. ألقى على طول ذراعه بحزمة الأوراق النقديّة، فتطايرت بعضها على رأسها، وحطّت على الأريكة التي كانت تجلس عليها، وغطّت أخرى الأرض من حولها. وتغيّرت ملامحه لتصبح غريبة في توحّشها. راح يصرخ:

– من تكونين أنت لتهينيني؟!

ردّت مذعورة تحت هول المفاجأة:

– ما فعلت شيئًا يهينك. أنا فقط..

قاطعها:

– أنت تهينين مالي قصد إهانتي.. من تكونين لتتجرّئي على ذلك؟!

رجل لا يدري أنّ الكلمات كالرصاصة لا تستردّ، راح يُطلق عليها وابل رصاصه كيفما اتّفق، كانت الكلمات تأتي إليه كما تأتي الدموع إليها.. الكلمات التي تقتل لاحقًا. الكلمات الغيوم التي تمطر دمعًا في ما بعد. ذلك أنّها قرّرت أن تبقى واقفة.. تتأمّل تدفّق حممه، دون أن تردّ عليه أو تنزل من عينيها دمعة، فهي لم تفهم أصلًا ما الذي يحدث.

لعلّ ما زاد من تذمّره، صمتها وعدم تضرّعها طلبًا لمغفرته. كانت فقط تنظر مذهولة إلى هذا الرجل الذي شوّه المال وجهه كما شوّه «الديكوسين» وجه رئيس أوكرانيا الوسيم فيكتور لوشانكو، يوم قاموا بتسميمه، فبدا مسخًا عن وجهه الأصلي. ماذا لو كان هذا هو وجهه الحقيقي، الذي عرّاه المال وفخامة المكان. «أعطه قناعًا تعرفْ وجهه الحقيقي».

كما يسرقك المال من نفسك، يسرقك المكان بفخامته. ذلك أنّ كلّ شيء فخم هو شيطاني لأنّه زور. وهي مذ جاءت إلى هذا الفندق

ما أقامت يومًا معه.. بل مع شيطانه. الرجل الذي أحبّته تركته في غابة بولونيا. كان بسيطًا ومتواضعًا وحنونًا، وهو يمشي بين الأشجار. الآن هو كمن يحاور شجرة بفأس، يتحدّث إليها بكلمات قاطعة حادّة. يهزّ شجرة قلبها بقوّة، فتتساقط أوراق أحلامها أرضًا، متناثرة كما أوراقه النقديّة.

شلّالٌ من الدموع انهمر داخلها. لكنّها لم تنبس بكلمة ولا ذرفت دمعة، كما في عزّ مباهجها معه، كانت تشعر بأن ما تعيشه، يحدث لامرأة غيرها. دون أن تستوعب ما يحدث لها، راحت تجمع أشياءها من الخزانة. ألقت إلى حقيبتها بكل ما عثرت عليه. أصبحت في عجلة لمغادرة المكان.

حتّى آخر لحظة، توقّعت أنّها تحلم. لعلّه يمنعها من المغادرة. سيقول معتذرًا إنّ غضبه تجاوز حدّه، ويطلب منها أن ترتدي ثياب السهرة ليذهبا معًا لحضور ذلك الحفل.

كان يكفي كلمة لإنقاذ الحبّ. لكنّ الرجل الذي قضى أشهرًا في انتقاء كلمات ترافق سلال ورده.. ما عاد في قلبه كلمة لها. كلّ الكلمات تأتي الآن من جيبه لا من قلبه.

كان قد انسحب إلى جناحه تاركًا الباب بينهما مفتوحًا. لم تودّعه بكلمة. جرّت حقيبتها وأغلقت خلفها باب الجناح، بينما كانت موسيقى مقطوعة le boléro تنطلق حيث هو، بصوت مرتفع عن العادة.

كان كمن يصدم أحدًا بسيارته، ولا يتوقّف لإسعافه، ثم يواصل طريقه لحضور حفل موسيقيّ دون شعور بالذنب.

حاولت ألّا تنهار وهي تخلو بنفسها في المصعد. يظلّ المصعد أكثر رحمة، لأنّه ينزل بنا من أحلامنا الشاهقة طابقًا طابقًا، تفاديًا لتهشيمنا لحظة ارتطامنا المدوّي بالأرض.

حتما هي تحلم. طلبت سيّارة أجرة. سارع أحد موظّفي الفندق لخدمتها، ووضع حقيبتها في الصندوق.

في السيّارة، تماسكت كي لا تنفضح بدموعها. واصلت تمثيل دور سيدة برجوازية تغادر فندقًا فاخرًا. إلى أن سألها السائق «إلى أين سيّدتي؟».

«إلى أين؟» الجواب نكبة السؤال. لكن في موقف كهذا، السؤال، كما الجواب، نكبة. هي لا تعرف المدينة، ولا تعرف اللغة حتّى لتشرح له ما تريد. لكنّها تعرف أنّه ما عاد في حوزتها ما يكفي للإقامة في فندق كبير، وأمامها ليلتان في انتظار رحلتها إلى الشام.

تركت للسائق مهمّة اختيار عنوانها. شرحت له بالفرنسية أنّها تريد فندقًا متوسّطًا بسعر معقول، لا يهمّ موقعه، فهي في جميع الحالات لن تغادره.

ليومين، رفضت أن تُخرج من الحقيبة أكثر من لوازم نومها. تركتها مغلقة. قضت معظم وقتها في السرير مع نفسها، تتأمّل كسوف أحلامها.

بكت كثيرًا في غرفتها تلك. كانت تحتاج إلى هذا المكان الصغير لتستعيد حقّها في البكاء. كانت تنزف وتدري أنّه الآن يبتسم بأنيابه ومخالبه، لعلمه أنه أدماها. إنّه الحبّ مفترسًا نفسه. برغم ذلك

كانت ممتلئة كبرياءً. الكرامة كالشرف مرّة لا مرّتين. وهي لم تعطه هذا ولا ذاك.

هو نال منها لأنه لم ينلها.

لقد غادرته كبيرة، يكفي أنّ عليه الآن أن ينحني ليجمع كلّ الأوراق النقديّة التي فرشت الأرض كسجّاد.. إلّا إذا طلب من خدمة الغرف أن يبعثوا بأحد ليجمعها عنه من الأرض، فيغذّي أحاديث الموظّفين، وعجب مدير الفندق الذي يبعث له كلّ يوم بالورد، وبالتفاتات مصحوبة ببطاقته!

لم تندم على إنفاقها ما تجاوز سقف بطاقتها المصرفيّة في شراء هديّة له، ندمت على التحف التي اشترتها لبيت تدري الآن أنه لن يزوره.

كانت تخرج لتشتري بعض المأكولات، وتعود لتتناولها في الغرفة. خشية أن تأخذ شيئًا من البرّاد، أو تطلب شيئًا من الفندق، فتفاجأ عند المغادرة، بفاتورة تفوق المبلغ النقدي الذي في حوزتها. صحيح أن الأيام دوّارة، لكن أن تدور في يوم واحد دورة كهذه، فهذا العجب!

أفرغت حقيبة يدها على السرير لتُعيد ترتيب محتوياتها، وتتأكّد من تذكرتها.

ما دُمت تملك تذكرة العودة، فأنت غنيّ بحرّيتك، يكفي أنّ بإمكانك صفق الباب والعودة من حيث جئت. شعرت بالتعاطف مع المغتربين الذين، عند المصاب، يجدون أنفسهم لا يملكون ثمن عودتهم. لكن أفقر منهم من لا يملكون لعودتهم وجهة.

كلّ تذكرة سفر هي ورقة يانصيب، تشتريها ولا تدري ماذا باعك القدر. رقم الرحلة.. رقم البوّابة.. رقم مقعدك.. تاريخ سفرك.. ما هي إلّا أرقامٌ تلعب فيها المصادفة بأقدارك، يمكن لرحلة لم تحسب لها حسابًا أن تُغيّر حياتك أو تودي بها، أن تفتح لك الأبواب أو توصدها، أن تعود منها غانمًا أو مفلسًا، عاشقًا أو مُفارقًا. أما هي، فكانت تعود وهي كلّ هذا دفعة واحدة!

لقد اشترت بأغلى تذكرة كلّ هذا الخراب الباذخ.

في حقيبتها، كان أيضًا ثمّة بطاقات هاتفيّة بعضها فارغ، وبعضها مازال صالحا للاستعمال. لكن الكلمات لا البطاقات هي التي ماتت. وثمّة مفتاح ذلك الجناح الذي دخلته أميرة وغادرته فقيرة، وغطاء زجاجة النبيذ تلك، التي خرج من قمقمها الوحش الذي أتى على كلّ شيء. وثمّة بطاقة الجزائريَّيْن اللذين عرضا عليها أن يدعواها إلى الغداء أو إلى العشاء، لكنّها لن تطلبهما. لا تريد أن تقتسم مع أحد انكسارات روحها، ولا رغبة لها في رؤية أحد. كادت تهمّ بتمزيقها. ثمّ، عن كسل، عادت ووضعتها في محفظتها.

* * *

ما كان يشعر بأنّه أخطأ في حقّها.

كيف تسنّى لها أن تخاطبه هكذا. في إهانتها لماله إهانة متعمّدة له. حتّى الذين ينصبون عليه يغفر لهم. لكنّه لا يغفر لمن يباهي باستغنائه عنه.

من تكون هذه الفتاة الجبليّة، التي لا تعرف حتّى «إيتيكيت» الجلوس إلى الموائد الراقية، لتتطاول عليه؟

ربّما كان يحبّها. لكنّه، جولة بعد أخرى، سيرغمها على قطع مراحل في العبوديّة. مدًّا وجزرًا سيؤدّبها.

تلك اللبؤة سيعود بها جروًا يتمسّح عند قدميه. لتمض حيث تشاء. هو أسعد الليلة من دونها، ذلك أنّ حبّها أصبح يؤذيه أكثر ممّا يسعده، لذا كلّما ازداد تعلّقًا بها تمرّد عليها. وكلّما ازداد إعجابًا بها، اجتاحته رغبة في إهانتها.

هي تائهة الليلة في مدينة لا تعرف أحدًا فيها. لو كانت حيوانًا لأشفق عليها، كما يشفق على كلبه. لو كانت عدوّه، لوجد من الشهامة أن يهبّ لنجدتها. لكنّها حبيبته، وحبّه لها غدا أخطر عليه من أعدائه. لقد هدّدت كيانه وقلعة رجولته، مذ فازت بامتلاك سرّه. لكن لن يفوّت فرصة بعد الآن ليذكّرها أنّه سيّدها.

* * *

صباحًا، قبل مغادرة الفندق، طلبت فاتورة إقامتها.. وسيّارة أجرة.

ردّ الموظّف:

– إقامتك مدفوعة يا سيّدتي..

سألت مندهشة:

– مدفوعة ممّن؟

راح يدقّق في أوراقه ثمّ أجاب:

– عذرًا.. لا أدري. يبدو أنّ ثمّة من اتّصل بالفندق ودفع ثمن الإقامة.

حتمًا هو. من سواه يدري بوجودها؟ لكن كيف عرف اسم الفندق وعنوان إقامتها؟ لعلّه اتّصل بشركة التاكسي نفسها التي تعمل مع الفندق ليستفسر أين أوصلها.

أُسقط بيدها. ليس بإمكانها أن تفعل شيئًا. حتّى لو أرادت دفع فاتورة الفندق مرّة ثانية لن يقبلوا ذلك منها. تمامًا كما حدث معها قبل سنة، يوم دفع ثمن كلّ مقاعد القاعة.. ووجدت نفسها مُكرهةً على الغناء له.

تراه قد ضحك كثيرًا من عنوان إقامتها. يريد إعطاءها علمًا بأنّه يعلم كم تساوي بالضبط عندما يتخلّى عنها، وأنّ ثلاث ليال من عمرها تساوي أقل من زجاج نبيذه. لكن زجاجة نبيذه تلك جعلته أصغر من أن يقف أمامها كبيرًا.

فليكن، كرامته المصرفيّة مصونة، وكذلك كرامته العاطفيّة. فهو رجل يقول «أحبّك» بجيبه أوّلًا ويقول «أحتقرك» بجيبه أيضًا.

فماذا أراد أن يقول لها بالتحديد؟

لا تدري.. لعلّه يستدرجها لمهاتفته كي تشكره مثلًا.

أقسمت أنّه لن يراها بعد اليوم ولن يسمع صوتها مهما حدث.

«أحبَّ من شئتَ فأنتَ مُفارقُه»

الإمام علي بن أبي طالب

كانت على عجل أن تغادر فيينا.

وصلت إلى المطار قبل إقلاع الطائرة بثلاث ساعات، كي تستفيد من خدمات صالون الدرجة الأولى، وتنجو من ذلك الفندق ومن «ليالي البؤس في فيينا».

لم يقل لها أحد إنّ الأغاني تكذب.

ها هو ذا الحزن في توزيع أوركستراليّ يليق بفيينا.. فلماذا الدانوب ما عاد أزرقًا؟ لماذا تحوّلت زرقته إلى كلمات زرقاء علقت بروحها كالكدمات. قال إنّه يريد مراقصة قلبها، لا قدميها. كيف يراقص طائرًا مذبوحًا بسكّينه؟!

كانت تحتسي قهوتها في زاوية مطلّة على مدرج الطائرات، تشغل نفسها بمتابعة حركة الإقلاع والهبوط، الموافقة تمامًا لقلبها الذي عرف في هذه المدينة لحظات شاهقة من السعادة، كما الألم، عندما شهق قلبها. لم تُصدّق عينيها، وهي تراه يدخل من أقصى القاعة.

استفادت من كونه لم يرها. فانسحبت عجلى إلى الحمّام تجدّد هيأتها. وضعت شيئًا من الحمرة، وزادت الكحل كي تخفي آثار دموعها فيشمت بها.

ما الذي جاء به؟ حتمًا هو يعرف أنّها ستأخذ هذه الرحلة، فهي الرحلة الوحيدة إلى بيروت. ربما تعمّد أن يأخذ معها الطائرة نفسها. قرّرت في جميع الحالات أن تتجاهل وجوده. شعرت كأنّها تقيم بين السهم والهدف، وأنّ ذبذباته تخترقها. لعلّه ينظر إليها.. ازداد خفقان قلبها.

عادت لتجلس، مطمئنّة إلى هيأتها، دون أن تلقي نظرة حولها. ثم خطر ببالها أن تطلب نجلاء. راحت تتبادل معها حديثًا تعمّدت أن يكون مبهجًا.

صاحت نجلاء على الطرف الآخر للخطّ:

– لا تقولي إنّك تهاتفينني لتخبريني أنّك لن تأتي اليوم!

– بل أنا قادمة.. إنّي أكلّمك من المطار.

– صحيح.. مبيّن عليك مبسوطة.

– انبسطت كتير.. يا الله شو حلوي فيينا.. المرّة الجاية بدي آخذك معي!

قالت جملتها الأخيرة بنبرة أعلى، كما لو أنّ ثمّة صعوبة في الاتّصال. في الواقع أرادت أن تتناهى إلى سماعه هذه الجملة بالذات. طبعًا هي لن تعود إلى فيينا، كل ما تريده أن تنجو منها. تودّ أن يتوهّم أنها لم تذرف دمعة مذ غادرته، وأنها قضت وقتًا ممتعًا.

راحت تتظاهر بتصفّح إحدى المجلّات كما لو أنّها لا تدري بوجوده، حين تقدّم منها النادل حاملًا صحنًا عليه ورقة مثنيّة.

أخذتها منه مندهشة. فتحتها. قرأت «شكرًا على لعبة الشطرنج». ثنت الورقة، وراحت تبحث عنه بعينيها كأنّها فوجئت بوجوده، وحين لمحته على بعد ثلاث طاولات منها، لم تتحرّك من مكانها، ولا بدا منها أيّ ردّ فعل.

حتمًا فوجئ بتجاهلها له. قصدها، قال وهو يقف على مقربة منها:

– أتأذنين لي بأخذ فنجان قهوة معك؟

تمتمت وقد وضعت المجلّة جانبًا:

– إن شئت.

ها هو ذا. قمعت قلبها الذي راح يخفق. قاومت رغبتها في البكاء. واجهت جلسته المتجبّرة، بحزنها المتعالي.

توقّعت أن يكون جاء ليعتذر عن كلّ ما ألحق بها من أذى. لكنّه قال كأنّه يواصل حديثًا سابقًا:

– بالمناسبة، لا تحتاج لعبة الشطرنج دائمًا إلى لاعبين.. يمكن للّاعب الحاذق أن يلعب ضدّ نفسه بتغيير مكانه.

ردّت بمكر:

– يحدث هذا فقط مع لاعب أكبر غرورًا من أن يتقبّل الخسارة أمام شخص آخر غير نفسه!

– جميل.. ما توقّعتك تفهمين في هذه اللعبة!

– أيًّا كانت اللعبة، فالجولة انتهت في هذه المدينة.

ابتسم بمخالبه، ردّ بسخرية كاذبة:

– أليس طريفًا أنّ جولة بدأناها في مطار شارل ديغول تنتهي في مطار فيينا!؟

أجابته وهي تخفي عنه نزيفها:

– الأطرف أنّ في الجولة الأولى لم أتعرّف إليك.. أمّا في الجولة الأخيرة فأنت الذي لن تتعرّف إليّ.. تلك الحمقاء التي أحبّتك ما عادت أنا!

ردّ بنبرة واثقة:

– سأظلّ أتعرّف إليك ما دام الأسود لونك.. أعني لوننا.

– أنا امرأة من أنغام وأنت رجل من أرقام.. وليس بإمكان لون أن يجمعنا.

ضحك الإله.

لم يصدّق كلامها. هو يعرف النساء، ويعرف الحبّ أكثر منها، ويدري أنّها ستنهزم وتعود إليه يومًا، لتقول عكس ما تقوله الآن. لذا لن يناقشها، سيتظاهر بأنّه يوافقها، وأنّهما لا بدّ أن يفترقا. إنّها نقلة الشطرنج القاتلة لأيّة امرأة، يكفي أن تجلس أمامها وتدعها تلعب ضدّ نفسها، وعندما تخسر كلّ شيء، لا تمنحها فرصة ثانية.. قف وأعلن أنّ الطاولة رُفعت، واللعبة انتهت، واستمتع بالتفرّج عليها وهي تعود لتتمسّح بقدميك كقطة، عساها تستعيدك!

جاءت المضيفة تطلب من المسافرين إلى بيروت الالتحاق بالطائرة.

اعتقدت وهي تراه يقف أنّه يسافر على الرحلة نفسها، وأنّهما سيواصلان الحديث في الطائرة، لكنّه قال مودّعًا:

– أتمنّى لك سفرًا سعيدًا.

لم يُقبّلها، لم يصافحها، لم يُطل حتّى النظر إليها وهو يضيف:

– إلى اللقاء.

راح قلبها يزداد خفقانًا، وهي ترى أنها لم تقل شيئا، وقد لاتراه أبدًا. لم يترك لها وقتًا لتسدّد له سوى جملة، من قهرها قالت عكس ما تمنّى قلبها أن يقول:

– لا أظنّنا سنلتقي بعد اليوم، إلّا إذا استطعتَ أن تشتري لك مصادفة أخرى في مطار!

ردّ بما كان يدري أنّه الضربة القاضية:

– سيكون ذلك صعبًا، لأنّنا لن نسلك البوّابة نفسها بعد اليوم.. سأتسلّم طائرتي الخاصّة نهاية هذا الشهر!

تبًّا له.. رجل يقتني الطائرات، ما حاجته لشراء المصادفات.

بدا لها لأوّل مرّة ذا نرجسيّة طاغية، مزهوًا كطاووس، ثملًا بثرائه، لعلّها الصفقة التي وقّعها في فيينا، أسكرته: «وسكر الغنى أشدّ من سكر الخمر» لكأنّها جاءت إلى فيينا لتراه في كلّ حالات سكره. هي نفسها داخت. لا تعرف معنى أن يكون أحد ثريًّا إلى هذا الحدّ! يا إلهي.. أيمكن لشخص أن يمتلك طائرة له وحده.. جاثمة في انتظاره بكل طاقمها؟

لم تعلّق على ما أراد تذكيرها به: تلك المسافات المصرفيّة التي تباعد بينهما، والتي ألغتها وهي تترك ماله أرضًا وتمضي، فحوّلتها بإهانتها إلى مجرّد أصفار.

انصرفت دون أن تلقي نظرة عليه. بنفس العنفوان الذي غادرت به جناحه.

كانت تهمّ بمغادرة القاعة عندما وجدت نفسها عند الباب، أمام ذلك الجزائري الذي التقت به برفقة الرجل الآخر في الفندق. نسَيت اسمه الكامل، لكنّها تذكّرت تمامًا ملامحه وطلّته الفارعة، لعلّ اسمه عزّ الدين.

غمرته سعادة عارمة وهو يراها، أمّا هي فسعدت لأنه منحها فرصة البقاء، في حيّز نظر رجل وحده يعنيها.

قال بالفرنسيّة:

– أما قلت لكِ لا تعطيني رقم هاتفك.. أثق أنّنا سنلتقي! لكن ما توقّعت أن نلتقي هنا. إلى أين أنت مسافرة؟

– إلى بيروت.. وأنت؟

– إلى بغداد.

– وهل ثمّة من يسافر الآن إلى بغداد والبلاد غارقة في الحرب!

– نحن نذهب حيث تكون الحروب.. لا نختار وجهتنا.. الحرب هي التي تختارنا!

– وماذا أنت فاعل هناك؟

– علينا أن نؤمّن حياة النازحين نحو الدول المجاورة..

كان عليها أن تلحق بالطائرة، بينما أمامه ساعتين في انتظار طائرته. وجدت نفسها على الطريقة الجزائريّة تقبّله على خدّيه مودّعة، فقد شعرت أنّ ثمّة احتمالاً ألّا تراه أبدًا. ثمّ هي، لم تنس تلك الجملة التي قالها لها أوّل مرّة محمّلة بكلّ العنفوان الجزائريّ في الثناء على امرأة «يعطيك الصحة يا الفحلة متاعنا»، فليكن إنه مدحها بالفحولة، أي أنّها «أخت رجال» كما يقولون في سوريا. ولا بأس أن تكون حاربت بأنوثة كلّ النساء، لتكسب معاركها بفحولة كلّ الرجال.

أخرجت ورقة كتبت له عليها رقم هاتفها، وقالت مازحة وهي تمدّه بها:

– القدر منحك حقّ امتلاك رقمي..

أجاب:

– سأجعل منها ورقة يانصيب رابحة.

ردّت بلهجة جزائرية وهي تسرع لتلتحق بالطائرة:

– عندك على روحك..

ركبت الطائرة وهي مدمّرة. لفرط ألمها، لم يشغل ذلك الجزائري أيّ حيّز في تفكيرها. لكنّها فكّرت أنّ الآخر وجد الآن دليلًا ملموسًا على علاقة تجمعها بهذا الرجل. وهو الآن يعزّي نفسه بأنّها ما كانت أصلًا تستحقّ حبّه. سيسعى إلى تشويهها في قلبه، ليُسرّع شفاءَه منها، ويستعيد في عين نفسه، ما سقط منه في عينيها. بل ربما اختلق مبرّرًا ليجالس ذلك الرجل في انتظار طائرته، عساه يعرف من يكون. فكلّ آلهة نصفها تحرّ. إنّها تحتاج إلى أن تتجسّس على «مخلوقاتها»!

مذ أوّل موعد أخلفته معه في مطار، إلى آخر لقاء به في مطار، ما انفكّ يتصرّف عكس توقّعاتها. لقد حضر إذًا خصّيصًا لتحطيمها. كما يحطّم الأشجار التي يدّعي حبّها. هذا الإله الصغير يريدها كبيرة لا من أجلها، بل لزهو إذلال قامتها. ذلك أنّه لا ينازل الصغار. هو يضخّمهم حتّى حين يتخلّى عنهم، يشعرون أنّهم ما كانوا شيئًا قبله.. ولن يكونوا شيئًا من دونه.

كان يكفي أن يعتذر. لكنّ الآلهة لا تعتذر، هي دائمًا على حقّ.

أقصى ما يمكن أن يقوم به هو أن يجعل المخلوقات تعتذر عنه. كما حين قال لها «سأجعل الأشجار تعتذر لك».

من أين له هذه القدرة التدميريّة؟ لكأنّه يحمي نفسه من الحبّ بأذيّة من يحبّ.

على مدى عامين، كانت تحيا بين الناس دون أن تلمس قدماها الأرض. كانت تقيم فوق سحابة بيضاء. لم تكن تمشي كانت تحلّق، فلقد أنبت لها حبّه جناحين.

وها هي الآن في الطائرة، لا تعود من فيينا بل من سحابتها تلك، بقلب تكسّرت أجنحته. فالسيّد هاشم تركها تسقط من هذا العلوّ.. لتتهشّم!

* * *

استفاقت ولا أحد.

رجل عبرها كقطار سريع، دهس أحلامها وواصل طريقه بسرعة الطائرات، فالوقت هو أغلى ما يملك. لا وقت له ليرى ما خلّفه مروره العاصف بحياتها من دمار. أشجار الأحلام المقتلعة، أعمدة الكهرباء التي قطع الإعصار أنوارًا أضاءت حياتها، سقف قلبها المتطاير قرميده، ونومها في عراء الذكريات.

قضت أيامًا مذهولة ممّا حلّ بها. ترى من دون أن تنظر، تسمع من دون أن تصغي. تسافر من دون أن تغادر. تعيش بين الناس، من دون أن يتنبّه أحد أنها، في الحقيقة، نزيلة العناية الفائقة، وأنّ نسخة

مزوّرة منها هي التي تعيش بينهم. نسخة يسهل اكتشافها، فلا شيء مما يسعد الناس يسعدها، ولا خبر ممّا يحدث في العالم يعنيها، وكلّ حديث أيّا كان موضوعه يبكيها. لأن كلّ المواضيع حتمًا ستفضي إلى ذلك الرجل الذي دمّرها ومضى.

دهمها إحساس بالفقر لافتقارها إلى قناع. كان عليها أن تسرق منه أحد أقنعته. الجميع حولها يملك أكثر من وجه، وهي تواجه الحياة سافرة. إنها تطالب بحقها في امتلاك قناع. القناع كان سيوفّر عليها كثيرا من الخسارات، والنضالات، والآلام، ويعفيها من ضريبة الحياء، ويخفي عن الآخرين ما ترك البكاء من أثر في وجهها.

مرّ وقت قبل أن تعِيَ أن صوته لن يأتي، وأن بإمكانها بعد الآن أن تشغل الهاتف من دون خوفها الدائم من نوبات غيرته. ومن شكوكه، وتجسّسه الصامت عليها. شُفيت من الرهاب الذي كان يلازمها، كلّما اضطرّت إلى تبرير سفرها، أو قبول دعوة، أو مجالسة ملحّن أو شاعر، أو محادثة أحد ووجد الهاتف مشغولًا، فغضب وانقطع عنها لأسابيع.

هي الآن حرّة، لكن كلّما تحرّرت منه، سعدت وحزنت في آن. وكلما شفيت من عبوديتها، عانت من وعكة حرّيتها. إنها تتصرّف بيتم فتاة عليها بعد الآن أن تقرّر وحدها قدرها.

لقد غدت يتيمة مرتين. ليس الحب وحده ما فقدت، بل تلك القوة الأبويّة الرادعة التي كانت تطوّقها بالأسئلة، وتحاصرها بالغيرة. اليتم العاطفي هو ألمك السرّي أمام كل خيار، لأنك في كلّ ما تفعلينه لا تقدمين حسابًا لأحد سوى نفسك، كأنّ لا أحد يعنيه أمرك.

* * *

مأساة الحب الكبير ليست في موته صغيرًا بل في كونه بعد رحيله يتركنا صغارًا.

هو ليس حزينًا من أجلها، بل لأنه جعلها كبيرة، وتركته صغيرًا.

مذ رآها تحادث بشوقٍ ذلك الرجل، الذي سبق أن التقته في الفندق، وذهبت حدّ تقبيله على خدّه، دخلت الدودة إلى قلب الثمرة، وما عاد بإمكانه إنقاذ تفاحة الحبّ.

أكثر من وسواس الغيرة، سكنه إحساس لم يحدث أن خبره في حياته: الشعور بالإهانة.

واجه الموقف بذلك التغاضي الأنيق الذي يليق بمقامه. ظلّ يسترق النظر من بعيد، لرجل كان أثناء ذلك منهمكًا في مطالعة ملفاته، رجل أربعيني رصين، أنيق دون جهد واضح. لم يغادر مقعده إلّا بعد مدّة ليُحضر صحنًا من المقبّلات الموجودة في متناول المسافرين، ويعود لأوراقه. توقّع له أكثر من اختصاص، لكنه لم يكتشف مجاله، إلّا عندما لمح في يده جوازًا دبلوماسيًّا، وهو يهمّ بمغادرة القاعة. لعلّه عرف في جلسة بصالون المطار، ما يكفي ليتسرّب الحزن عميقًا إلى قلبه.

يا للحبّ.. موجِعٌ ومَوجوع أبدًا.

يذكر أن المنظّمة العالمية للصحة أصدرت ذات عيد للحبّ، بيانًا تحذيريًّا لعشّاق العالم، قصد تنبيههم إلى العواقب المضرّة بالصحّة، والأمراض الفتّاكة التي قد يتسبّب فيها الحبّ، للسذّج من أتباعه، من أمراض قلب، وارتفاع في الضغط، وجلطات، وإصابة بداء السكّري، وأعراض اكتئاب، وفقدان للشهيّة، وإذا بالعالم يكتشف أنّ

أسلحة الدمار الشامل، توجد في مكان آخر غير العراق، وأنّ كلّ واحد منّا يحمل أسلحة دماره في قلبه!

لم يأخذ التحذيرات مأخذ الجدّ، إلّا حين راح قبل أيّام يُطالع نتائج فحوصاته الطبِّيَّة. وإذ بالفتاة التي وضعها خارج حياته ما زالت تُقيم في كريات دمه. لكأنّ حبّها غادره ليتمكّن من العودة تحت تسمية أخرى.

فمنذ أعلن العرب الحبّ سلطانًا، غدا الحبّ حاكمًا عربيًا بأسماء لا تُحصى. تسعون اسمًا في اللغة العربية تمجّد سلطته على العشاق، حسب تدرّج صاعقته بين النظرة الأولى.. والنفَس الأخير. لكنّه تجاوز سنّ «الوله» و«الولع» و«الشغف» و«الهيام» و«الغرام» و«العشق»، وكلّ المسمّيات التي تعني أنّك وقعت في قبضة حبّ قدريّ لا فكاك منه.

هو لا يحتاج إلّا لعبارة فرنسيّة تقول «Tu me manques» وعلى بساطتها لم تسعفه اللغة العربيّة باختراعها. هل قال عاشق عربي يومًا لامرأة إنّها تنقصه؟

لا يدري إن كان يحبّها. ما يدريه أنّها «تنقصه» كلّ يوم أكثر، وهذا المساء أيضًا لا شيء منها يأتي، لا شيء منه ينتظرها. أضحى غيابها طويلًا كمكيدة، عميقًا صمتها كطعنة، لكنه يرفض أن يستلّ خنجرها. يحتفظ به مغروسًا في مكانٍ ما من جسده.. يتفقّد بين الحين والآخر موضعه، ذلك أنّه لم يحدث قبلها أن طعنته امرأة في كبريائه.

* * *

حاولت أن تُخفي عن الجميع دمارها الداخلي. كان يلزمها إعادة إعمار عاطفيّ، كأنّها مدينة مرّ بها هولاكو، فأهلك كلّ ما كان قائمًا فيها. عزاؤها أنّها استطاعت أن تنقذ من الدمار كرامتها.. وذلك الشيء الذي لم تمنحه إيّاه.

استيقظت من أحلام منتهية الصلاحيّة، كأنّ شيئًا ممّا حدث لم يحدث. لقد عاشت سنتين مأخوذة بألاعيب ساحر ماكر. كأولئك السحرة الذين يخرجون من قبّعاتهم حَمامًا.. وأوراقًا نقديّة. لكن لا الحمام يمكن الإمساك به، ولا الأوراق النقديّة صالحة للإنفاق.

لقد ترك لها ثروة الذكريات، بينما كانت تتوقّع أن يهدي لها مشاريع حياة.

أجّلت طويلًا عودتها إلى بيت أثّثته من أجله ولن يزوره.

تحتاج إلى أن تستعيد قواها قبل مواجهة مرتجعات الحب. كلّ ما اقتنته عن عشق، يوجعها اليوم بتنكيل النهايات. حرمت نفسها من أشياء كثيرة، لتهدي إلى نفسها هذا الألم الباذخ. اشترت ألمها بالتقسيط المريح، بعملة الكرامة. اعتادت أن تدفع بالعملة الصعبة.

تجوّلت بين حطام أحلامها. كم من الأشياء كسّر ذاك الرجل دون علمه!

أشياء كانت جامحة الأحلام، تهشّمت من دون حتّى أن يلمسها بنظرة. وأخرى ترتدي حداد رجل لا يدري أصلًا بوجودها. أشياء تبكي لأنه لن يراها، وأخرى تبكي رجلًا لا يدري أنها تنتظره. أشياء تخدع انتظارها له بادّعاء نسيانه، لكنها لا تنسى. تواصل السؤال عنه أوّل ما يُفتح الباب، فهي مختارة على ذوقه هو، ومن أجل إبهاره وحده.

أشياء لها أن تحزن، لها أن تنتظر، لها أن تبكي، لها أن تتهشّم.. أيّا كان مصيرها، يظلّ هو سيّدها، فقد امتلكها بسطوة غيابه.

لأشهرٍ، انتابها حزن الجياد الجريحة.

لم تفهم كيف أنّ رجلًا أهدى لها كرم اللحظات الباهظة.. وبخل عليها بالكرامة. وهبها في لحظات زمنًا أزليًّا.. ثم كسر ببضع كلمات ما اعتقدته أبديًّا.

كما الطغاة، هو يبالغ إذا أحبّ، يبالغ إذا وهب، ويبالغ إذا غضب.

مثلهم، لا يغفر لمن يقدّم له استقالته. يرفضها، لحقٍّ إقالته لاحقًا.

لعلّه تمنّى استعادتها، ليكون له زهو التخلّي عنها عند أوّل فرصة. مثله لا تصفق امرأة الباب، وتتركه خلفها.

أَقدَرُها أن تلجأ لطاغية كلما هربت من آخر. كالشعوب التي تستبدل بالطغاة الغزاة، كلّ من استنجدت به كان ينوي احتلالها.

وما هربت من إرهاب، إلّا ووقعت في قبضة إرهاب مقنّع آخر.

تصدّت لإرهاب القتلة، ولإرهاب الدولة، ولإرهاب العائلة.. وها هي أمام الاستبداد العاطفي، غير مصدّقة، أنّ رجلًا لجأت إليه أملًا في سندٍ أبدي، ليس سوى إرهابيّ، استحوذ على صوتها بسلطة ماله.

بدأ بشرائه ليستمتع به وحده.. وانتهى بمنعها من الغناء إلا حين يأذن لها. بملء إرادتها تركته يستأثر بها. ليُتمها، كانت سطوته تمنحها ذلك الشعور الذي تنهزم أمامه النساء: الإحساس بالحماية.

لكنّه لم يكن يحمي صوتها، بل مهرة ليس من حقّها أن تصهل خارج حظيرته.

لأسابيع، ردّدت هذا الكلام على نفسها، لكن، حال انتهائها من مرافعتها، كان قلبها يأخذ الكلمة عنوة، ويعترف بأنّه ما زال يحبّه، كما «يحبّ القطّ خانقه»، و كما تحبّ الشعوب جلّاديها. حتّى في انقطاعه عنها كان جلّادا، في صمته عنف الصمت المخطط له.

إنها في النهاية كالشعوب العربية، حتّى وهي تطمح للتحرر، تحنّ لجلّادها. مثلها، تتآمر على نفسها، تخلق أصنامها، تقبّل يد خانقها، تغفر لقاتلها. تواصل تلميع التماثيل بعد سقوطها، تغسلها بالدموع من دم جرائمها.

تدريجيًّا، ما عاد لها من رغبة في البحث عن تفسير لصمته. لا أحد يبحث عن مبرّر لصمت الموتى. الموتى يموتون ولهذا يصمتون. وهو في كلّ يوم لا يهاتفها فيه يموت أكثر. مع كلّ نشرة أخبار تتوهّم أنه أحد الذين يسقطون في العراق أفواجًا ضحايا الموت العبثي. كلّما فكّرت في موت الآخرين صغر موته، وكلّما ضجّت الأنباء بأنين الأبرياء احتقرت غطرسة صمته.

مرّت أشهر وهي تكابر، تنتظر أن يهزمه الشوق ويطلبها. في انتظار دقّة هاتف منه نسيت أن تعيش. ثم، بدأت تراه يموت حقًا، وكذلك رقم هاتفه.

الأرقام تموت بموت الإحساس بأصحابها. تموت عندما تبدأ أرقام ذلك الرقم الهاتفي الذي كنّا نحفظه وننسى رقمنا، في التساقط

الواحد تلو الآخر من شجرة الذاكرة.. لتترك مكانًا لأرقام خضراء أخرى معلنة بداية ربيع حبّ جديد. لكنّ قلبها كان يأبى أن يغادر الشتاء، ويتشبّث بأوراق الماضي الصفراء.. كان مازوشيًّا!

إذًا، ستشرع بإعلان الحرب على كل ما يتشبّث به قلبها من أصفاد، بدءًا بجهاز الهاتف الذي أهداه إليها. لا تريد هاتفًا ثمينًا لا يدقّ، بل هاتفًا بسيطًا يخفق، الأشياء الفاخرة تنكّل دائمًا بأصحابها. ما نفع موسيقى الدانوب الأزرق التي غدت تؤذيها حدّ البكاء؟ تريد سماع رنّة عاديّة، قلبها، لا الهاتف، من يعزف سمفونية لسماعها. عليها أن تتخلّص من كلّ شيء كان جميلًا، وكانت ذكراه الأغلى على قلبها.

في الحبّ، كلّ هبة مكيدة، وكلّ شهقة فرح، هي مشروع تنهيدة، وكلّ رقم هاتفي يحمل من المكر بعدد أرقامه.

تلك الأرقام التي تأبى يدك أن تطلبها.. وترفض ذاكرتك أن تنساها.

* * *

عاد الشتاء من دونه، وقبله مرّ فصلان لم تدرِ بهما. بلغت معه ذلك الحزن الأكبر الذي ليس بعده خسارة أو فقدان.

كانت في حداد على ما تدري الآن أنّه ما عاد يمكن حدوثه مجدّدًا.

الأحلام التي تبقى أحلامًا لا تؤلمنا، نحن لا نحزن على شيء تمنّيناه ولم يحدث، الألم العميق هو على ما حدث مرة واحدة، وما كنّا ندري أنّه لن يتكرّر.

الأكثر وجعًا، ليس ما لم يكن يومًا لنا، بل ما امتلكناه برهة من الزمن، وسيظلّ ينقصنا إلى الأبد.

إنه الحنين لما تركناه خلفنا ولن نعود إليه. أماكن جميلة تتمنّى لو أنك لم ترها حتّى لا تحزن. لحظات باهرة، تندم أنك عشتها كي لا تتذكّر. رجال مدهشون، تودّ لو أنك لم تلتق بهم، كي لا تبكيهم ما بقي من عمر، كما لو أنهم رحلوا.

حدث قبله أن أبكاها رجل، لكن وحده كان بالبهجة يُهيّئها لكلّ تلك الدموع.

رجلٌ أشعل من أجلها كلّ المفرقعات، وأطلق كلّ الأسهم الناريّة، ثم أطفأ الأنوار في عزّ مباهجها الضوئيّة، وحوّل نهارها ليلًا، بعد أن كان ليلها به نهارًا.

لأشهرٍ، فقدت مباهجها وحماستها لإنجاز ألبومها الجديد، متذرّعةً بالظروف السياسيّة. الحقيقة، لا شيء سواه كان يعنيها. كانت تكرهه بقدر ما تحبّه، وتتمرّد عليه وتتمنّاه، وتحنّ إليه سرّاً، وعلنًا تتحداه. وتصمد أيامًا، ثمّ تنهار أحيانًا باكية، أمام سؤال لا تملك له جوابًا: «كيف حدث كلّ هذا؟».

تتذكّر أنّه قال لها مرّة، وهما يقومان بنزهة في غابة بولونيا بعد قطيعة: «الفراق من المواد العضويّة التي تتغذّى بها شجرة الحبّ». أكان عليها أن تستنتج أنّ رجلًا يصادق الأشجار هو جاهز لأن يتخلّى عن امرأة، لتنمو في غيابها تلك الشجرة؟ أيكون أبكاها ليسقي بدموعها شجرة الحبّ؟

بعد أشهر من البكاء، اكتشفت أنها وحدها كانت تسقي بدموعها الغبيّة تلك الشجرة. وأنها خسرت غابة على أمل إنقاذ شجرة.. شجرة ربّما لم تنبت سوى في قلبها.

في تلك السهرة التي خرج فيها الجنّ من عنق الزجاجة، قال لها «إحزني قليلًا كي نتساوى في العمر». ها قد غدت في غيابه أكبر منه سنًّا. لقد جعلها في أشهر تبلغ سنّ الفاجعة.. بينما تتوقّع أن يكون عاد إلى شبابه مع سواها.

وقال، وموسيقى تنبعث إلى شرفته، من الحدائق الأرستقراطية المزاج: «حتّى أثناء قطيعتنا لم أتوقف عن مراقصتك..» مدّ يده نحوها وواصل «تعالي.. ثمّة أشياء من السعادة أو من الحزن بحيث لا أعرف كيف أقولها لك إلّا رقصًا». ثمّ انتهت الرقصة من دون أن تعرف في أيّ الحالتين كان، فالأضداد لديه تتلامس.

يقول تعريف للموسيقى أنّها «ملجأ النفوس المريضة بالسعادة» فهل كان سعيدًا أم مريضًا؟ ما يؤلمها أنها، في الماضي كما اليوم، لا تعرف شيئًا عن نشرته النفسية. هل تألّم؟ هل بكى؟ هل ارتدى حدادها أم وضع قناعه؟ هل شفي منها أم ما زال مريضًا بها؟ أم عثر على من يمكن أن يبدأ معها جولة شطرنج أو يواصل أخرى كانت تنتظره في بلاد ما؟

* * *

ثمّة نساء يلامسن لواعج الروح، يعبرن حياتك كجملة موسيقيّة جميلة، يظلّ القلب يدندنها لسنوات بعد فراقهن. وأخريات بدون قفلة، لا تدري وهن يغادرن، إن كان من تتمّة لتلك السوناتا. وهناك من لا تملك منهن إلّا ومضة ذكرى، كنقرة وحيدة على مفتاح البيانو يتركنك معلّقًا لنظرة. وهناك نساء نشاز، لا تستطيع دوزنتهن، لا يفارقنك إلا وقد أفسدن تناغم الكائنات من حولك.

ثمّ.. ثمّة امرأة، بسيطة كناي، قريبة ككمنجة، أنيقة في سوادها كبيانو، حميميّة كعود. هي كلّ الآلات الموسيقيّة في امرأة. إنها أوركسترا فيلارمونية للرغبة، وبرغم ذلك لن يتسنىّ لك العزف على أيّة آلة فيها. تلك هي لحنك المستحيل.

هذا ما أدركه متأخّرًا، وهو يحاول أن يقنع نفسه بأنّ أجمل قصص الحب هي تلك المعلّقة، وأجمل المتع تلك الناقصة، وأنّ الحياة اختارت له معها أجمل النهايات.

أتكون قصّتهما قد انتهت هنا؟

عندما يفترق اثنان لا يكون آخر شجار بينهما هو سبب الفراق. الحقيقة يكتشفانها لاحقًا بين الحطام، فالزلزال لا يدمّر إلّا القلوب المتصدّعة الجدران والآيلة للانهيار.

راح يبحث بين الشقوق عن سببٍ للنهاية. لعلّه الضوء. فالحقيقة في عُريها الكاشف لا تليق بولع العشّاق، لكنّ الحبّ هو بوحٌ مستمر، تورّطٌ في تفاصيل الآخر، وشهوةٌ لتملّكه، يجعل منك رجل تحرّ.. ومخبرًا في آن! فعندما تعرف كلّ شيء عن الآخر، ويعرف عنك أكثر مما كان يجب أن يعرف، لا بدّ أن تفترقا. الحبّ وهمٌ، لا يصمد

أمام الأضواء الكاشفة. لقد عرفت هذه الفتاة سرّه الأبعد عمقًا، وهو لا يستطيع أن ينسى أنها استمتعت وهي تراه لبرهة عاريًا من هالته.

أيقظت فيه قسوة لا عهد له بها. لعلّها أمراض الرجولة. في لحظة ضعف يكشف رجل لامرأة سرّه، ثم يشرع لاحقًا في تأنيبها لينسيها ما باح به، يتمادى في إذلالها ليشكّكها في ما سمعته، في صدّها، في هجرها، لتبحث عن الأسباب خارج السّبب الحقيقي. لا يغفر الرجل لامرأة رأته في لحظة ضعفه.

كان يكفي أن تبكي ليطمئنّ أنّ كرامته مصونة. أن تعتذر، أن تتضرّع، ليتأكّد من سطوته عليها. ما لا يغفره لها حقًا، أنها غادرت حياته دون أن يرى لها دمعة. من تكون هذه التي لا تبكي ولا تعتذر؟! صفتان حكرٌ عليه وحده، هو الذي أبكى الرجال وهو يرفعهم إلى قامته، ثمّ يتركهم يسقطون من ذلك العلوّ الشاهق، كي يذكّرهم بسلطة المسافة. عليها أن تتذكّر بعد الآن أنّ المسافة بينه وبينها ليست بين صفَّيْن في طائرة، بل بين الطائرة.. والأرض.

في الواقع، هو خاسر سيئ، يحجم عن دخول معركة لا يضمن كسبها. هو لم يشعر يومًا معها بالأمان، لأنّه لم يمتلكها حقًا، شيء منها ظلّ يفلت من قبضته، لذا يفضّل أن يخسرها بملء إرادته، قبل أن تكون من يُخبره بخسارته.

كثيرًا ما قالت له مازحة إنه يعمل عاشقًا أحيانًا، وطاغية بدوام كامل. فليكن، لقد تركها أرضًا محروقة، من يأخذها منه فسيأخذها أنثى بلا قلب، استنادًا إلى قول أحدهم «من أراد العراق فسيأخذها

أرضًا بلا شعب». إنّها، بعده، بلاد خراب، لا أحد يجازف بحكمها، وأيًّا كان من سيليه، ستعيش مسكونة بالحنين إلى جلّادها، فقد كان هو عصرها الذهبي، دون منازع.

* * *

لعلّها كانت تحتاج إلى مسافة لتراه. ذات يوم، تجلّى لها بوضوح حيث لم تتوقّع.

عثرت على حقيقته، يوم لبّت مع والدتها دعوة فراس إلى حضور سهرة رمضانيّة، تقدّمها فرقة المولويّة الصوفيّة. راحت تتابع تلك الابتهالات، مأخوذة بدوران الدراويش على أذكار فرقة تضمّ عددًا من المنشدين، وضاربي الدّف وعازفي الناي.

في رقصتهم، تتجلّى محنة المتصوّف الذي، كما الناي، اقتلع نفسه ممّا هو دنيويّ، وأفرغ جسده ممّا هو مادّي، عبر التقشّف والزهد الذي يرمز إليه حزامه العريض، كي يخفّف من حمولة الدنيا ويعدّ نفسه للتحليق عاليًا، كما يفعل النغم، منجذبًا في دورانه نحو الله.

ذلك الرجل أيضًا كان يدور، لكن عن غرور، مُثقَلًا بمكاسبه، ثملًا بمباهجه، صانعًا من الثراء حزامًا يباهي به. لذا، كلّما حاول التحليق خانه جناحاه.

في رقصة المتصوّفة، يُمنع أن تلامس يدا الراقص ثوبه، هو يضمّهما فارغتين إلى صدره. وفي رقصة الجبابرة، يغدو الجسد أذرع «مروحيّة» تحاول عن جشع الإمساك بكل شيء. فالجبّار يرقص رقصة البهلوان ليلفت النظر إليه، مأخوذًا بنفسه، منتشيًا بسلطته. لذا

يُحطمّ في دورانه كلّ ما يصادفه، ويعجب أن ينتهي به الأمر دومًا راقصًا وسط الحطام.

أثناء رقصه زهوًا، حاول تحطيمها. ما كان يدري أنها ابنة الناي والدّفوف، تملك خفّة الكائنات التي تولد زاهدة، وتُبعث كل مرة من هشاشتها. ما كانا من العائلة الفيلارمونية نفسها. يريدها بيانو وهي لا تستطيع أن تكون إلّا مزمارًا ودفًّا. ألهذا افترقا؟

لا يملك الدفّ إلّا جلده، يتمّ تعريضه للنار ليقوى صوته. وكذلك الناي، يُنتزع من القصب المحيط بالمياه، لذا أبواه الماء والتربة. ثم تعمّده النار، يحتاج إلى أن يفرغ ليعبره الهواء عبر التجاويف. فلا لحن ينطلق من قصبٍ ممتلئ بنفسه.

مثلهما هي، تحمل في كينونتها العناصر الأربعة للطبيعة. هي التراب والماء، والنار والهواء، فكيف غرّه منها بساطتها، واعتقد أنه يسهل الانتصار عليها؟

أبكتها رقصة المتصوّفة في الدوران المتسارع الأخير لمؤدّيها. لكأنّها تقمّصت أرواح أولاد سيدي سليمان الذين كانوا، في طقوس احتفائيّة، يؤدّون رقصات صوفيّة حدّ انخراطهم في نوبة بكاء رهيبة، ودخولهم في حالة انخطاف روحيّ يجعل من يراهم يعجب ألا يكونوا ارتفعوا عن سطح الأرض بعدة سنتمترات. فما كانوا يقفون على أقدامهم، بل يحلّقون.

كانوا يفرطون في الوجع حتّى يغدو الوجع انتشاءً، ويستمتعون برقصهم حدّ البكاء. ووحده الله في عليائه كان يدري ماذا كانت تقول له، في رقصها، تلك الأقدام المنتحبة.

«الموسيقى ألغت احتمال أن تكون الحياة غلطة»

نيتشه

ذات صباح، دقّ الهاتف. قال صوت رجالي:

– واشك يا لالّا.. ما تسأليش علينا؟

إنها الجزائر تسأل «كيف أنت مولاتي؟ ألا سألت عنّا؟».

لم تتعرّف إلى الصوت، لكنّها تعرف تلك اللهجة الغالية على القلب، ففي الجزائر يحدث أن تُنادى الحرائر «لالّا»، عن حنينٍ لزمن جميل ولّى.

ردّت:

– أهلًا.

قال الرجل على الطرف الآخر:

– أنا عزّ الدين.. هل تذكّرتني؟

كان يتحدث إليها من رقم سوري. قالت تحت وقع المفاجأة:

– طبعًا أذكرك.. لكن ما توقّعت وجودك بسوريا. طمّني عنك.

– إني هنا في مهمّة.. قلت أسلّم عليك، عساك بخير.

– بخير.. شكرًا. واصلت مازحة: بخير ما دمت لا أتابع الأخبار.

– أنت محظوظة.. أنا لا أتابع الأخبار.. بل أتبعها!

– وأين ألقت بك الحروب؟

– ما زلتُ بين جنيف والعراق. تعبت.. إنّها حرب بسبعة أرواح.

– أغبطك.. لا تتذمّر.. في العمل الإنساني، على الأقلّ لا تُكافأ بالجحود، لأنك لا تعمل لإنسان بل للإنسانيّة.

– صدقتِ والله.. مآسي الناس وبؤسهم تُنسيك قدرتهم على الأذى، على كل حال أتمنّى أن أراك، لديّ الكثير مما أقوله لك، ثمّة مشروع كنت أودّ أن أحدّثك عنه منذ فيينا. هل هناك مجال لنلتقي؟

– إلى متى أنت هنا؟

– لأربعة أيام.. على الأكثر.

– نلتقي غدًا إذًا.

كان في هاتفه إشارة من القدر. هي تثق في الإشارات. لعلّ الله تقبّل دعواتها. لا تدري ما هو المشروع لكنها تريده. تحتاج إلى طوق نجاة كي تنجو بنفسها من جزيرة الأحزان التي تقيم فيها منذ أشهر.

ذهبت إليه في الغد دون زينة، عدا كحل رسمت به عينيها. لا رغبة لها في أن تقوم بجهد أكبر، كي تبدو أجمل من أيامها الشاحبة. طمأنها أن وجدته بدوره بلحية عمرها يوم أو يومان، من دون أن يفقد شيئًا من هيبة حضوره.

قال بالفرنسية ممازحًا:

– أما قلت لك إننا سنلتقي؟

ردّت:

– لن تقنعني أنّ المصادفة رتّبت لنا موعدًا ثالثًا!

– أنت تسيئين الظنّ بالقدر.

– لنقل إنّني لا أصدّق المصادفات المُتقنة.

– لا تدقّقي في هدايا الحياة.. حضرت لأتابع موضوع اللاجئين العراقيين. ما كان يمكن أن أكون هنا لولا أن سورية تستقبل مليون ونصف المليون لاجئ عراقي. المصادفة هي وجودك.. أي ريحٍ طيّبة أتت بك إلى هنا؟

ما كان لها من رغبة أن تقصّ عليه قصّتها مذ ذلك الزمن البعيد. هي جاءت لتنسى لا لتتذكّر.

ردّت ممازحة:

– هي تلك الرّيح ذاتها التي أتت بك.. حتّى نلتقي.

قال:

– أمّا وقد جئتُ.. فأودّ أن أعرف لماذا تركت الجزائر. علمت أنك عشت مأساة. يعنيني أن أعرف منك القصة.

أكبرت فيه أنّه لم يتوقّف عند ما أوحت له به من اشتياق. لعلّه يدري أنها ليست صادقة في شوقها إليه، وإلّا لكانت اتّصلت به منذ خمسة أشهر. هو يريد أن يقاسمها ألمها لا كذب مجاملاتها.

ما كان من مفرّ. راحت تروي له قصتها منذ البداية. قصّتها، من دون تلك القصّة..

قال معلّقًا بأسى:

– كنّا نريد وطنًا نموت من أجله، وصار لنا وطن نموت على يده.

واصل بعد شيء من الصمت مواسيًا:

– لا خيار لك إلّا التفوّق، إنّ المآسي الكبيرة هي التي تجعلنا كبارًا. أرى في المشروع الـذّي أعرضه عليك فرصة لبداية شهرة عالمية. نُعدّ لحفل كبير يقيمه نجوم عالميّون، وأريد أن تشاركي

فيه، سيعود ريعه لدعم اللاجئين العراقيّين، فنحن على أبواب الشتاء وعشرات الآلاف يعيشون في المخيّمات. سيكون الحفل في ميونيخ وينقل مباشرةً من خلال عدّة فضائيات أجنبية.

كان أجمل خبر سمعته منذ سنوات. إنه خبر نجاتها. ردّت بشهقة الفرحة:

– يا الله.. شكرًا لأنك فكّرت بي. أنت باب سعدي.

ردّ:

– بل بوّابة حظك.. الأبواب الصغيرة لا تليق بك.

«يا له من رجل!». لكن قلبها عاود التفكير في الرجل الآخر.

خشيت ألا يسمع أبدًا بهذا الحفل وألّا يراه. ما يعنيها قبل كلّ شيء، هو أن يراها تغني في حفل عالمي. هي لن تشفى ما دامت لم تثأر منه بالنجاح.

سألته متعجّبة:

– لماذا ميونيخ؟

أجاب:

– لأنّ جالية عراقية كبيرة تعيش في ألمانيا.. كان الله في عون العراقييّن، كم دفعوا ثمن وجودهم، لمصادفة جغرافية، على أغنى أرض عربيّة، لحظة حدوث أكبر عمليّة سطو تاريخيّة قام بها بلد لنهب بلد آخر. تصوّري، منذ أشهر ونحن نعمل على الإعداد لحفل سنجمع فيه على أقصى حدّ مليون دولار، إنّها أقلّ من زكاة أصغر لصّ أنجبه العراق الجديد. لننجو من طاغية، نستنجد دومًا بمحتلّ، فيستنجد بدوره بقطّاع طرق التاريخ ويسلّمهم الوطن.

كان مهمومًا بالعراق، بإمكانه أن يحكي لساعات عن بلد المليون نخلة الذي غدا بلد المليون قتيل، لكنها كانت أكثر سعادة من أن تصغي لما يقوله، إنّها فرصتها لتعود إلى الأضواء من علوّ شاهق. تريد أن يراها ذلك الرجل وهي واقفة على تلك القمّة مع الكبار. أن تطلّ عليه من جبلها، لا من المطار الذي تركها فيه. الفنّ كما الإبداع، هو في نواته الأولى بذرة انتقام.

سألته بلهفة:

– متى يكون الحفل؟

– في 5 ديسمبر. أمامك شهر للاستعداد. اختاري أغاني جميلة لأنك تتوجّهين لجمهور لا يعرفك.

– لا أخفيك أنّ حفلًا كهذا يخيفني.

– لا تهتمّي.. قد تصعدين على المسرح نكرة، لكن حين تنزلين منه لن ينسى أحد اسمك. أريدك يومها أفضلهم. تذكّري أنّك كما ترين نفسك تكونين.

افترقا على أن يتهاتفا ليحدّدا موعدًا آخر يزوّدها فيه بالتفاصيل.

أحبّت رجولته الشامخة في تواضعها الجميل، وغيرته على اسمها. إحساس بالأمان تسرّب إلى قلبها. حمدت الله لوضعه هذا الرجل في طريقها، فما عاد بإمكانها التجديف وحدها.

لكن ما أحبّته حقًا هو تاريخ 5 ديسمبر. كانت تحتاج إلى تاريخ لتوثيق انقلابها، لا شيء بعده يعود كما كان. يومها، لن تقلب صفحة حياتها.. ستمزّقها بشهادة الكاميرات.

عندما التقته بعد غد، كانت تبدو أجمل وأكثر بهجة. لأشهرٍ، ما كانت لها مشاريع.. بل ذكريات. كانت الحياة بالنسبة إليها لا تُصرَّف إلّا في الماضي. اكتشفت أن السعادة هي أن تملك مشروعًا. أما العافية، فهي أن تضحك من القلب.. أخيرًا.

بعد مغادرته، واصل عزّ الدين مهاتفتها ليطمئنّ على سير استعداداتها. يحرّضها حينًا على العمل، وأحيانًا يحلو له مفاجأتها، يطلبها أثناء أسفاره من أرقام لا تعرفها. وعندما تسأل «من؟»، يجيب «الحاج» فتزداد حيرة لكون نصف الشعب الجزائري حجّاجًا.

تسأل «أيّ حاج؟»، يردّ «في الواقع أنا ما زلت ما حجّيتش.. ما عملت غير «عمرة».. ما تنادينيش يا حاج ناديني.. يا عمري».

كانت نكتة جزائرية عن مدير أزعجه أن تناديه سكرتيرته «يا حاج» فاخترع لها فتوى كي تناديه «يا عمري». ضحكت للنّكتة كما لم تضحك منذ أيّام الجزائر.

ساعد مزاجها المبتهج في هجومها على العمل بحماسة، بما أودعها عزّ الدين من نزعة لرفع التحدي.

– ليس مسموحًا أن تقدّمي إلّا عملًا عظيمًا.. أنت في هذا الحفل لا تمثّلين نفسك بل الجزائر.

أرعبها أن تغنّي مع الكبار. هي سهرة واحدة، لا تملك منها إلّا نصف الساعة لتلعب مستقبلها على طاولة القدر. لفرط خوفها تحرّرت من الخوف. قرّرت أن تربح الرهان. نبت لها ريش حيث ما توقّعت أن يكون لها جناحان.

* * *

على هذا العلوّ، في طائرةٍ تحمل اسمه، هو يملك قطعة من السماء. من حيث هو، تبدو له تلك الفتاة في الأسفل كالعصافير التي تقف مثنًى وثلاث على حبال الكهرباء. هي واحدة من الحشد الذي لا يُرى. لا جناحان لها لتطاله، فكيف لطائر نبيل يفرد جناحيه على القارّات، أن يعاشر عصفورة؟!

غير أن فكرة أسراب العصافير المتأهّبة للطيران، راحت تتداعى في خيالاته لتوقظ هواجسه. ذكّرته بمخاطر الحمام والعصافير على الملاحة الجويّة، وكلّ الجهود التي تقوم بها المطارات لإبعاد الطيور عن المدارج، لأنها تحبّ الاختباء في محرّكات الطائرات الجاثمة، فتتسبّب لاحقًا في سقوطها. يحدث أيضًا أن ترتطم بالزجاج الأمامي للطائرة، وتحجب الرؤية عن قائد الطائرة، فترغمه على العودة إلى مطار إقلاعه.

لفرط إلمامه بما قد تسبّبه الطيور من كوارث، أصبح يعاني من رهاب ذلك العدو الصغير غير المرئيّ. ما من مرّة، لحظة تأهّب طائرته للإقلاع، إلّا وخطرت بذهنه تلك الطيور، إلى حدّ أن سكنه في لا وعيه الخوف من تلك الكائنات الصغيرة.

كيف أن طيورًا صادقها في الأرض، غدت عدوّته يوم بلغ السماء؟

أكلّما صعدنا ازددنا خوفًا؟ أم أن وجودنا في الأعالي يجعلنا نتوجّس الشّر حتّى من أصغر الكائنات؟ أم ترانا نكون الأكثر هشاشة، عند بلوغنا قوّتنا الأقصى، ما دام بإمكان طائر صغير أن يُسقط طائرًا تكنولوجيًا في ضخامة طائرة؟

أكان عليه إذًا أن يحذر تلك الفتاة التي كانت عصفورة تنقر الحَبّ في كفّه، وحين خرجت من حياته، اختبأت في «محرّك قلبه»، وتلافيف ذاكرته، وبإمكانها الآن وقد غدت خارج مجال رؤيته، أن تكيد له، وتقف في حفل عالمي لتغني، متحدّية سطوته، ومهدّدة صرح كرامته؟

بطلّتها في ذلك اللون الزاهي، ألحقت بقلبه عطبًا غير مرئي، وضررًا عاطفيًا أصابه في الصميم.

كان يعتقد أنّه يمتلك ثقافة البهجة، بينما تملك هي ثقافة الحزن، ولا أمل في انصهار النار بالماء. فكيف انقلبت الأدوار، وإذ بها هي من يشتعل فرحًا، بينما شيء منه ينطفئ، وهو يتفرّج عليها تغنّي؟ ربما كان يفضّل لو خانته مع رجل، على أن تخونه مع النجاح. النجاح يجمّلها، يرفعها، بينما اعتقد أنه حين ألقى بها إلى البحر مربوطة إلى صخرة لامبالاته، ستغرق لا محالة. من فكّ رباطها؟ بمن استنجدت لتقطع المسافة بين القاع والسطح؟

برغم ذلك، تابع من بيته حفلها إلى الآخر، محتفظًا لقلبه بباقة التوليب التي اعتاد أن يرسلها إليها.

تمامًا كما يوم رآها لأول مرّة، هو جالس ذات مساء يتفرّج عليها عبر شاشة تلفازه. لقد عادت عصيّة وقصيّة كما كانت.

هوذا.. رجل برازيلي المزاج، أنفق عمرًا في ابتكار الأقنعة. الحبّ بالنسبة إليه كرنفال ومدارس تنكّريّة للبهجة. إنّه المهرّج الذي يخلو بنفسه ليحزن، والساحر الذي يعود خاسرًا بعد كلّ استعراض.

ثمّة حزن يعرفه، وآخر يتعرّف إليه الليلة. حزن ما خبر من قبل صدمته.

حسب الإتيكيت، عليه أن يرسل سلّة توليب لأحزان دخلت حياته للتوّ. أو ليست الأحزان أنثى تختبره بغواية الألم؟

عِمتِ مساءً مولاتي الأحزان. هل تسمحين لي أن أهديك باقات توليب لم أقطفها.. فأنا ما عدتُ البستاني الذي كان.

* * *

أراد أن يعطيها درسًا في الغناء.. ستلقّنه درسًا في الإستغناء.

ماذا يعرف عنها هي سليلة «الكاهنة»؟ امرأة لم تخسر حربًا واحدة على مدى نصف قرن. كلّما تكالب عليها الأعداء، وتناوب الخصوم على مضاربها، خسروا رهان رجولتهم في تركيع أنوثتها. من حيث جاءت، تولد النساء جبالًا.. أما الرجال، فيولدون مجرّد رجال.

كالجنود العائدين من المعركة، واضعين ورودًا في فوّهات البنادق، عادت. لا أحد يتوقّع أمام طلّتها كم عانت، وفي أيّ الخنادق لا الفنادق أقامت. ولا كم من الهجمات صدّت.

عزلاء انتصرت، بتلك الهشاشة التي صنعت أسطورة شجاعتها. لقد أكسبها الظلم حَصانة الإيمان. مذ أدركت أن طغاة الحبّ كطغاة الشعوب، جبابرة على النساء، وصغارًا أمام من يفوقهم جبروتًا. وأنّ سيّدك أيضًا له سيّده، وطاغيتك له من يخشاه، صغُر السادة في أعينها، وغدت سيدة نفسها. لا تخاف غير الله، ولا تنبهر سوى بأصغر كائناته.

بدءًا، تحمّست للمشاركة في هذا الحفل العالمي، كي تضمن أن يراها وقد خلعت سوادها، فيدرك أنّه من خلعت. كان يعنيها أن تقهره. كانت في لونها الجديد شهيّة كمؤامرة عشقيّة. تركت له الأسوَد، فليرتدِ هو الحداد عليها.

«لكلّ طائر لون صيحته». ارتدت لون العصيان.

أرادت أن تثأر لكرامتها لحظة تقع عيناه عليها وهي في ثوبها اللّازوردي. لون اختارته أمّها ليبعد عنها العين، لفرط بهائها، كما قالت.

لكن، أثناء استعدادها للحفل، وتدريباتها على مدى شهر على الأغاني التي ستؤدّيها، ما عاد الثأر يعنيها، فالهوس بالانتقام، يعني أن نسمح لمن نريد أن نثأر منه بمواصلة إبقائنا أشقياء به.

اليوم هي تغنّي للناس جميعًا عداه. ليس ثوبها، بل صوتها هو من يأخذ بالثأر، من ذلك الحفل الذي أجبرها فيه يومًا على ألا تغنّي لسواه. هو اليوم الغائب الأوحد. أوّل ما اعتلت المنصة، اختفى طيفه من القاعة، غدا خلفها، قرّر قلبها ألا يلتفت إليه، فالنهر لا يلتفت وراءَه. درس آخر تعلّمته من حيث جاءت.

كما لو أنّه، بمنعها من الغناء، حبس نبعًا، وحال دون مضيّه إلى مجراه، وهاهو سدّه ينهار، وهي تتدفّق شدوًا.

هي اليوم امرأة حرة كما هم «الشاويّة»: «الرجال الأحرار».

صوتُها ناي يحنّ إلى منبته، يعود موّالًا إلى تربته. لا يحتاج إلى ميكروفون، إنه ينتشر مع الهواء، عابرًا الوديان، ماضيًا صوب الأعالي

التي غنَّى منها جدّها. لصوتها شجرة عائلة، تنحدر من حناجر «أولاد سلطان». صوتها يسلطن طربًا، يعود إلى قمم الأوراس، حيث وحدها الحبال الصوتيّة يمكنها تسلّق الجبال. صوتها يشدو.. يعلو.. يغنّي:

نخيل بغداد يعتذر لك
أيّها الراحل باكرًا مع عصافير الوقت
ليس هذا الزمن لك
لم يحدث أن كنت أكثر حياة
كما يوم حللت ضيفًا على مدن الموت

خُطاك كانت تعانق الأرصفة
وعيناك شفة
تقبّل وجنات الصغار
شهيًا كنتَ ومنتظرًا كنبيّ
لذا ما لزمتَ الحذَر
وأنت تجتاز القدَر
إلى الضفة الأخرى

كنتَ تودّ يومها لو أنّ يدك
كانت في يد من تحبّ
لو أنّ قبلةً أخيرةً أودت بكَ
فمتَّ في حادث حب
لكنك سقطت
والعصافير تنقر قمح الحبّ في كفّك

أتكون ذهبت لتسقي بدمك
شجرة الإنسانيّة

يا عاشقًا من حلمه ما عاد
لا تأبه بالموت تماسك
يسأل عنك نخيل بغداد
يسألني عنك
عسى تواسي ضفائر الانتظار
وتخلع عن الصبايا الحداد

صوتُها الليلة يُغنّي لحرّيتها. يصدح احتفاءً بها، صوتها الليلة لا يحب سواها. لأوّل مرّة تقع في حبّ نفسها.

هي ليست معنيّة بالذين يصفّقون لها واقفين، ولا بالذين يتابعونها في بيوتهم جالسين أمام شاشات تلفازهم. حتّى هو، ما عاد يعنيها أن يكون الآن يشاهدها في أحد بيوته، وقد خلعت ما كان يسمّيه «لونهما».

وهو يمجّد سوادها، كان يريد أن يُديم استعبادها، فأثناء ذلك، كان يخونها مع عشيقته الأزليّة، تلك الشهيّة التي لا ترتدي حداد أحد: الحياة.

الرجل الذي لم يعطها شيئًا.. وعلّمها كلّ شيء، تناسى أن يعلّمها درسه الأهم: الإخلاص للحياة فقط.

ذات يوم، عثرت على حكمة أبقتها في ذهول. بدا لها وهي تقرأها، أنها سرقت آخر أسراره. لكأنّه من كتبها:

«ارقص كما لو أن لا أحد يراك
غَنِّ كما لو أنّ لا أحد يسمعك
أحبَّ كما لو أن لا أحد سبق أن جرحك»

كم من الأشياء تفعل هذا المساء لأوّل مرّة.

أيتها الطيور، أيتها الجبال، أيتها الأمواج، أيتها الينابيع، أيتها الشلالات، يا كلّ الكائنات، إنّي أسمع ناياتك تناديني.

أيّتها الحياة،

دعي كمنجاتك تُطيل عزفها.. وهاتي يدك.

لمثل هذا الحزن الباذخ بهجة..

راقصيني.

بيروت، نيسان 2012